新 視 野
中華經典文庫

新 視 野
中華經典文庫

世說新語

名譽主編 饒宗頤

導讀及譯注 陳岸峰

中華書局

新視野中華經典文庫

世説新語

□
導讀\譯注
陳岸峰

□
出版
中華書局（香港）有限公司
香港北角英皇道 499 號北角工業大廈一樓 B
電話：(852) 2137 2338　傳真：(852) 2713 8202
電子郵件：info@chunghwabook.com.hk
網址：http://www.chunghwabook.com.hk

□
發行
香港聯合書刊物流有限公司
香港新界大埔汀麗路 36 號
中華商務印刷大廈 3 字樓
電話：(852) 2150 2100　傳真：(852) 2407 3062
電子郵件：info@suplogistics.com.hk

□
印刷
深圳中華商務安全印務股份有限公司
深圳市龍崗區平湖鎮萬福工業區

□
版次
2012 年 7 月初版
2022 年 4 月第 7 次印刷

□
規格
大 32 開（205 mm × 143 mm）

□
ISBN：978-988-8148-58-5

出版說明

為甚麼要閱讀經典？道理其實很簡單——經典正正是人類智慧的源泉、心靈的故鄉。也正是因此，在社會快速發展、急劇轉型，因而也容易令人躁動不安的年代，人們也就更需要接近經典、閱讀經典、品味經典。

邁入二十一世紀，隨着中國在世界上的地位不斷提高，影響不斷擴大，國際社會也越來越關注中國，並希望更多地了解中國、了解中國文化。另外，受全球化浪潮的衝擊，各國、各地區、各民族之間文化的交流、碰撞、融和，也都會空前地引人注目，這其中，中國文化無疑扮演着十分重要的角色。相應地，對於中國經典的閱讀自然也就有不斷擴大的潛在市場，值得重視及開發。

於是也就有了這套立足港臺、面向海外的「新視野中華經典文庫」的編寫與出版。希望通過本文庫的出版，繼續搭建古代經典與現代生活的橋樑，引領讀者摩挲經典，感受經典的魅力，進而提升自身品位，塑造美好人生。

本文庫收錄中國歷代經典名著近六十種，涵蓋哲學、文學、歷史、醫學、宗教等各個領域。編寫原則大致如下：

（一）精選原則。所選著作一定是相關領域最有影響、最具代表性、最值得閱讀的經典作品，包括中國第一部哲學元典、被尊為「群經之首」的《**周易**》，儒家代表作《**論語**》、《**孟子**》，道家代表作《**老子**》、《**莊子**》，最早、最有代表性的兵書《**孫子兵法**》，最早、最系統完整的醫學典籍《**黃帝內經**》，大乘佛教和禪宗最重要的經典《**金剛經**》、《**心經**》、《**六祖壇經**》，中國第一部詩歌總集《**詩經**》，第一部紀傳體通史《**史記**》，第一部編年體通史《**資治通鑒**》，中國最古老的地理學著作《**山海經**》，中國古代最著名的遊記《**徐霞客遊記**》，等等，每一部都是了解中國思想文化不可不知、不可不讀的經典名著。而對於篇幅較大、內容較多的作品，則會精選其中最值得閱讀的篇章。使每一本都能保持適中的篇幅、適中的定價，讓普羅大眾都能買得起、讀得起。

（二）尤重導讀的功能。導讀包括對每一部經典的總體導讀、對所選篇章的分篇（節）導讀，以及對名段、金句的賞析與點評。導讀除介紹相關作品的作者、主要內容等基本情況外，尤強調取用廣闊的「新視野」，將這些經典放在全球範圍內、結合當下社會生活，深入挖掘其內容與思想的普世價值，及對現代社會、現實生活的深刻啟示與借鑒意義。通過這些富有新意的解讀與賞析，真正拉近古代經典與當代社會和當下生活的距離。

（三）通俗易讀的原則。簡明的注釋，直白的譯文，加上深入淺出的導讀與賞析，希望幫助更多的普通讀者讀懂經典，讀懂古人的思想，並能引發更多的思考，獲取更多的知識及更多的生活啟示。

（四）方便實用的原則。關注當下、貼近現實的導讀與賞析，相信有助於讀者「古為今用」、自我提升；卷尾附錄「名句索引」，更有助讀者檢索、重溫及隨時引用。

（五）立體互動，無限延伸。配合文庫的出版，開設專題網站，增加朗讀功能，將文庫進一步延展為有聲讀物，同時增強讀者、作者、出版者之間不受時空限制的自由隨性的交流互動，在使經典閱讀更具立體感、時代感之餘，亦能通過讀編互動，推動經典閱讀的深化與提升。

這些原則可以說都是從讀者的角度考慮並努力貫徹的，希望這一良苦用心最終亦能夠得到讀者的認可、進而達致經典普及的目的。

「弘揚中華文化」是中華書局的創局宗旨，二〇一二年又正值創局一百週年，「承百年基業，傳中華文明」，本局理當更加有所作為。本文庫的出版，既是對百年華誕的紀念與獻禮，也是在弘揚華夏文明之路上「傳承與開創」的標誌之一。

需要特別提到的是，國學大師饒宗頤先生慨然應允擔任本套文庫的名譽主編，除表明先生對本局出版工作的一貫支持外，更顯示先生對倡導經典閱讀、關心文化傳承的一片至誠。在此，我們要向饒公表示由衷的敬佩及誠摯的感謝。

倡導經典閱讀，普及經典文化，永遠都有做不完的工作。期待本文庫的出版，能夠帶給讀者不一樣的感覺。

中華書局編輯部

二〇一二年六月

目錄

一往情深：論《世說新語》中的社會結構、思想變遷及生命之情調

陳岸峰

一、前言

東漢末年，外戚干政，宦官當權，殺戮頻生，群雄並起，天下三分。最終卻是魏滅蜀漢，而螳螂捕蟬，黃雀在後，司馬氏先代魏而後再滅吳，中國再度統一。然而，晉武帝又犯下大肆分封之弊，先是八王造反，從而又誘發「永嘉之亂」。晉室倉惶東渡，在王導（茂弘，二七六—三三九）等人的擁立下，在南方創建了東晉政權[1]。然而此後的一百多年，權臣迭現，禍亂頻繁，先有王敦（處仲，二六六—三二四）與蘇峻（子高，?—三二八）之亂，後有桓溫（元子，三一二—三七三）之專權凌上。幸有王導與謝安（安石，三二〇—三八五），安內攘外，壓抑並化解權臣篡位的野心。特別是謝安任宰相期間，運籌帷幄，決戰千里，「淝水之戰」令前秦

1 關於王導在東晉之建立過程中如何安撫並籠絡東吳士族與豪強的高明之處，可參閱陳寅恪：《述東晉王導之功業》，《金明館叢稿初編》（上海：上海古籍出版社，1980），頁48-68。

「草木皆兵」，終至潰敗以至亡國，為偏安一隅而淒徨不可終日的小朝廷，創造輝煌。

在此衰亂的時代，士人紛紛掙脫儒家之桎梏，奔向道家的解放，由性至情之轉變，痛生命之短促，悲人生之無常，騷人墨客唱出了闋闋生命的悲歌。及至劉宋時期，劉義慶（季伯，四〇三——四四四）乃劉宋政權之宗室，為了避免宋文帝劉義隆對宗室之「懷疑猜忌」，遂招聚文學之士，編撰《世說新語》，為的便是「全身遠禍」。[2] 此書所記載的就是這個衰敗而又燦爛的時代。

二、才情勃發

（一）、從世家大族到唯才是用

在東漢世家大族的制度之下，紈絝子弟也可以平步青雲、扶搖直上。例如，曹操（孟德，一五五——二二〇）從小瞞上欺下，與袁紹兩人均為京城惡少，胡作非為，連搶人家新婚媳婦

2 見周一良：〈《世說新語》和作者劉義慶身世的考察〉，《魏晉南北朝史論集》（北京：北京大學出版社，2010），頁301。

的事也幹得出（《假譎第二十七》第一則），而後來竟然舉了「孝廉」。僅此一例，足見這制度的荒謬。從此，曹操便進入仕途，此後大半生的縱橫捭闔，基本上也就是將少年時代在京師的一套玩意兒，全搬在了政治與戰場上而已。更荒謬的是，推翻這制度的人，竟亦就是受益者曹操，為了羅致人才，他「周公吐哺」之餘，更具體提出了「唯才是用」的招賢納才的方法。

「唯才是用」不問出身，打破了門閥的壟斷，向社會全面開放，因此也就大大地提高了競爭性。在此新的標準下，「才」是關鍵，那麼如何見得是真的有才華呢？這就得依靠大名士的汝南月旦，[3] 曹操年少時也曾威逼利誘許劭（子將，一五〇——一九五）而得「治世之能臣，亂世之奸雄」之品評[4]。然而「唯才是用」只是口號而已，或許只在於動盪的三國時期才有它的實際效果，及至曹丕（子桓，一八七——二二六）時代，又確立了「九品中正」作為評定人才的方法，具體標準是：家世、道德以及才能，而又再分為九等。評核者名為「中正」，是由本地在中央任職的二品以上的官員擔任，實際的操作者當然是地方上的僚屬。這就大有文章可作了。然而，古往今來，家世便代表一切，亦因如此，此制度遂有「上品無寒門，下品無士族」之弊。

3 《**後漢書**・**許劭傳**》記載，汝南郡人許劭與許靖在每月的初一（月旦），均會發表對時人的品評，稱為「月旦評」。

4 有關曹操獲得品評而成為「名士」的過程及其作用，可參劉蓉：《**漢魏名士研究**》（北京：中華書局，2009），頁68-76。

雖然如此，利益所在，整體社會仍然熱衷於品評。在謀求大名士之品評的過程中，「個體」就得想方設法，伺機突圍而出。此處拈出「個體」，突顯的是人的主體性，高門大族雖是樹大好遮蔭，但就連謝家的子弟如謝玄（幼度，三四三——三八八）自小也曉得自身亦必須如庭前的「芝蘭玉樹」，家族方可永久（《言語第二》第九十二則）。可以說，東漢乃世家大族所壟斷，魏與西晉為名士的過渡時期，及至晉室東渡之後，漢代以來的門閥高第的世襲壟斷，漸漸地便由新興的士族所取代。[5] 阮籍（嗣宗，二一〇——二六三）的父親阮瑀（元瑜，?——二一二）便是「建安七子」之一。[6] 阮氏子弟多是一時才俊，在文學與音樂方面均有天賦，阮家亦漸漸地形成一新興的「士族」，及至東晉，已躍居名門之列。《簡傲第二十四》第九則記：

謝萬在兄前，欲起，索便器。於時阮思曠在坐，曰：「新出門戶，篤而無禮。」

謝萬（萬石）之兄謝安，亦就是後來連狂傲不羈的李白（太白，七〇一——七六二）也為之傾倒終生，並為之歌唱「謝公東山三十春，傲然攜妓出風塵」的風流人物，竟也在此因弟弟之牽連而受阮裕（思曠，生卒年不詳）的嘲諷，由此益見士族地位的超然及其所帶來的自信與

5　可參閱劉蓉：《緒論》，同上注，頁 1-10。

6　「建安七子」乃指建安年（一九六——二二〇）的七位文學家。「七子」之稱出於曹丕《典論・論文》，包括孔融、陳琳、王粲、徐幹、阮瑀、應瑒、劉楨七人。

倨傲。

「士族」，亦即「士大夫家族」，代表了「士」與「家族」概念的結合。「士族」是東晉南朝的「立國基石」，具備了政治、社會以及文化上的優越地位。[7] 錢穆（賓四，一八九五——一九九〇）指出：

> 門第精神，維持了兩晉兩百餘年的天下。[8]

名門不可能一蹴而就，必須苦心經營，必須經得起風吹雨打。以東晉而言，曇花一現的所謂權臣不在少數，而真正的名門，只有琅邪王氏家族、太原王氏家族以及陳郡謝氏家族。三大家族人才輩出，文韜武略，各擅勝場，從而輪流執政，主導了東晉百多年的政局。

相對於豪門，寒門中人永遠都是被鄙視以至於打壓的。陶淵明（元亮，約三六五——四二七）或可引其祖先陶侃（士行，二五九——三三四）在東晉的輝煌功業而自豪，而陶侃卻出身孤寒，素為名門所鄙視，終生如是。陶侃的進入官場是適逢貴人范逵（生卒年不詳）路過其家，陶母賣髮以買米和肉，又劈房柱當柴燒，可以說是削髮破家以款待客人，而陶侃又追送

7 相關論述可參閱毛漢光：《兩晉南北朝士族政治之研究》（臺北：中國學術著作獎助會，1996）；蘇紹興：《兩晉南朝的士族》（臺北：聯經出版社，1985）。

8 錢穆：《國史大綱》（香港：商務印書館，1989），上冊，頁267。

客人數十里，方才得到范氏為他傳播名聲（《賢媛第十九》第十九則）。他當初入官場，所擔當的不過是管理魚梁的小吏；及至後來發跡，位極人臣，仍被賤稱為「小人」、「溪狗」[9]。其子陶範（生卒年不詳）想送米給琅邪王氏後人王修齡（生卒年不詳），竟為對方所不屑而拒絕（《方正第五》第五十二則）。另一例子，劉惔（真長，生卒年不詳）貴為丹陽尹，又為清談大名士，他本人不屑受小吏所贈送的食物，又譏諷殷浩（淵源，？—三五六）為「田舍兒」（《文學第四》第三十三則），卻忘了他亦原本貧寒。《晉書》記劉惔：「家貧，織芒屩以為養」、「華門陋巷」。[10]原來，劉氏曾居於貧民區，以織草鞋維生。

簡而言之，無論是世家大族還是士族，門第既代表了一切，就必須涇渭分明，這觀念牢不可破，深植人心，因為牽涉的是整個家族長久的榮辱、利益以及興衰。

---

9 《**世說新語．容止第十四**》中有溫嶠勸庾亮前往見陶侃以求協助平叛時說：「溪狗我所熟悉，卿但見之，必無憂也。」陳寅恪指出「溪」為溪族，乃高辛氏女與神犬槃瓠所生後代，故武陵、長沙、廬江、郡夷之地，均為槃瓠之後，雜處五溪之內，被視為「蠻種」。陶侃一族即出於此族而被賤視，再加上他早年孤貧，因此便曾被吏部郎溫雅稱之為「小人」，溫嶠稱之為「溪狗」。陳先生雖說「非別有確證，不能遽信為實」。然而，南人鄙視北人為「傖夫」，北人沿中州一帶輕詆吳人，再加上有「小人」之賤稱在先，即使再稱「溪狗」在後，亦不足怪。詳參陳寅恪：《**魏書司馬叡傳江東民族條證及推論**》，《**金明館叢稿初編**》，頁79-81。

10 房玄齡：《**晉書**》（北京：中華書局，2003），第七冊，卷七十五，頁1990。

（二）、行為藝術

大道或如青天，但有才者卻不一定可以脱穎而出，關鍵是魏、晉時代還沒有科舉制度，因此要吸引大名士的品評而鶴立雞群、暴得大名，絕非易事。種種的艱難，逼使才俊之士帶着枷鎖跳舞，力求浮出水面。故此，很多特立獨行甚至似乎矯情造作之士便蜂擁而現。嵇康（叔夜，二二三 — 二六三）之當街鍛鐵，是一種自我呈現，既有讓人品評之意圖，更有以反常行為引起公眾反思的積極意義，為甚麼才華橫溢的嵇康不是身居顯位而卻當街打鐵？很明顯，就是以一種與當政者決裂的姿態告訴世人，自己寧幹如此不稱身份之粗活，亦不與司馬政權同流合污。而阮籍之翻青白眼以判人的優劣，則可謂是魏、晉之「秒殺」。更精彩的是《雅量第六》第三則記：

> 夏侯太初嘗倚柱作書，時大雨，霹靂破所倚柱，衣服焦然，神色無變，書亦如故。賓客左右，皆跌蕩不得往。

雷擊破柱，燒焦衣服，賓客震蕩，而夏侯玄（太初，二〇九—二五四）卻不為所動，甚至書寫如故，如此反應，違反常情，一介文人，何以練就如此「雅量」？第九則記載中，裴遐（生卒年不詳）便泄露了「雅量」的秘密：

裴遐在周馥所，馥設主人。遐與人圍棋，馥司馬行酒，遐正戲，不時為飲，司馬恚，因曳遐墜地。遐還坐，舉止如常，顏色不變，復戲如故。王夷甫問遐：「當時何得顏色不異？」答曰：「直是暗當故耳！」

裴遐被無禮地摜倒在地之後依然從容爬起，「顏色不變」地繼續下棋，實是強忍怒氣，究其原因，無非是着緊士林對他的風度的評價。王衍（夷甫，二五六 — 三一一）與謝尚（仁祖，三〇八 — 三五六）被人侮辱而不動氣，亦是如此。由此可見，上述夏侯玄面臨雷擊及生命威脅而仍保持書寫的姿態，確實也是極不容易，由此名垂千古，我們也不得不佩服其用心良苦了。

而若論行為藝術的表表者，則莫過於東晉丞相謝安。從隱居東山三十年，到傲然攜妓出風塵，以至於「淝水之戰」時聞前方大捷，雖內心狂喜，仍若無其事地下棋（《雅量第六》第三十五則），均足以見此君真的將人生如戲之理念，揮灑得淋漓盡致。正因為如此，早年在海上暢遊而遇大風浪時，王羲之（逸少，三〇三 — 三六一）與孫綽（興公，三一四 — 三七一）等人均大驚失色，獨謝安處之泰若，嘯詠如常，終化險為夷，經此事而眾人一致推崇，均認為「安石」，名符其實，是足以安天下之基石。（《雅量第六》第二十八則）這就是表演的力量。風雨飄搖的東晉，需要的就是懂得表演的名人領袖如謝安的「矯情鎮物」，[11] 以安天下人心。

---

11 房玄齡：《晉書》（北京：中華書局，2003），第七冊，卷七十九，頁 2075。

（三）、清談

魏、晉的行為藝術是長期而持續的姿態，但也是消極而頗為費時的姿態。大名士是不會跑到全國各地去品評人物的，他們都會集中在上層的名流圈子之中，上至宰相司馬昱（後來的簡文帝，約三一九——三七二）、中書令庾亮（元規，二八九——三四〇）、丹陽尹劉惔、中軍將軍殷浩（淵源，？——三五六）府中，下及王公大臣如庾亮、王導、謝安，以至於婦道人家如謝道蘊（令姜，生卒年不詳）及謝安之妻，以至於方外之士如支遁（道林，三一四——三六六）等，皆以清談為雅事，並以此為貴。謝安與支道林及許珣（玄度，生卒年不詳）聚於王家，暢論《莊子．漁父》，各抒己見，而謝安「作萬餘言，才峰秀逸」（《文學第四》第五十五則），眾人歎為觀止。在他們眼中，遨遊於精神世界，探索人生的真諦，方為人上人。清談影響之大，在時人心目中之崇高，就連王敦與桓溫這兩位梟雄也湊熱鬧，或以清淡人士的保護者的姿態自居而為榮（《賞譽第八》第五十一則、《排調第二十五》第二十四則）。羅宗強如此道出魏、晉之熱衷清談的原因：

> 從清議的重道德到人物品評的重道德又重才性容止，反映着從經學束縛到自我意識的轉化。有此變化，就會逐步走向重視人及其自然情性。而有了重視人、重視人的自然情性，重人格獨立，亦就逐步導向對於人的哲理思考，探尋人與自然、人與社會的關係，逐

步地轉向玄學命題。[12]

整個東晉雖總處於風雨飄搖、危急存亡之秋，而清淡不絕，此中自有其營造詳和的社會氛圍以安定人心的功能。故當王羲之列舉夏禹、文王的胼手胝足、宵衣旰食以治國，對舉朝上下均以清談為尚表示憂心時，謝安即予以反駁，或便有此意（《言語第二》第七則）。

另一方面，清淡是智者才子之雅集，此為智慧交鋒之沙場，更是藉此以揄揚名聲之要塞。一旦勝出或經大名士激賞，則名揚天下，從而踏上出仕之階梯。《文學第四》第十八則記載：

> 阮宣子有令聞，太尉王夷甫見而問曰：「老、莊與聖教同異？」對曰：「將無同！」太尉善其言，辟之為掾。世謂「三語掾」。衛玠嘲之曰：「一言可辟，何假於三！」宣子曰：「苟是天下人望，亦可無言而辟，復何假一！」遂相與為友。

一言而為官，如此時代，如此機遇，真是羡煞狂呼「獨我不得出」的李白。故此，進入清談的圈子並伺機擊敗享有盛名的高手，便是揚名立萬的積極行為。劉惔、殷浩、庾亮固然是箇中高手，而名僧支遁更是眾人的攻擊或突擊的目標。其時《周易》、《老子》、《莊子》、《才性四本論》、《聲無哀樂論》等論述，均為討論中心。支遁之論《莊子．逍遙遊》，如繁花燦爛，精義迭出，舉世咸服，就連本來不大看得起他的大名士王羲之，被強留步聆聽其妙論之後，亦

12 羅宗強：《玄學與魏晉士人心態》（天津：南開大學出版社，2003），頁56。

為之流連不止，成了好友（《文學第四》第三十六則）。由此，魏、晉清談，天才輩出，王弼（輔嗣，二二六——二四九）、向秀（子期，約二二七——二七二）以至郭象（子玄，二五二——三一二）等等，皆為中國之哲學發展作出了重大的貢獻，如陳寅恪（一八九〇——一九六九）先生所說的對中國中古之思想有「重大意義」[13]，故宗白華（伯華，一八九七——一九八六）先生說：「『論天人之際』，當是魏、晉。」[14]

清談，是玄學之論辯，不只要求有思維上的突破，還須文辭優美，令主客破疑遣惑，心情愉悅，精神暢快。錢穆指出：

> 清談精神之主要點，厥為縱情肆志，不受外物屈抑。[15]

《世說新語》記載清談時常稱「四坐莫不厭心」（《文學第四》第五十五則）、「足暢彼我之懷」、「一坐同時拊掌而笑，稱美良久」、「兩情俱得，彼此俱暢」。清談高手王濛（仲祖，生卒

---

13 陳寅恪先生指出：「《世說新語》記錄魏晉清談之書也。……在吾國中古思想史，則殊有重大意義。」陳先生又認為，由東漢末年至西晉初期之清談與當時士大夫的政治態度實際生活有密切關係，及至東晉，清談「則成口頭虛語，僅為名士之裝飾品而已」，並因此而有衰竭之勢，佛學遂而勃興。見陳寅恪：《陶淵明之思想與清談之關係》，《金明館叢稿初編》，頁 194。

14 宗白華：〈論《世說新語》和晉人的美〉，《美學散步》（上海：人民出版社，1997），頁 227。

15 錢穆：《國史大綱》，上冊，頁 242。

年不詳）臨終之際，在燈下審視着陪伴自己縱橫清談多年的麈尾，黯然神傷；其後，好友劉惔為他放了一把犀柄麈尾陪葬（《傷逝第十七》第十則）。不久之後，劉氏也悲慟而絕。由此可見，魏、晉癡人特別多。

縱清談情好，榮華不滅，或爾虞我詐，你唱罷來我登場，而彼此共通的創傷，就是故土邈若山河，故無論是北人之「新亭對泣」（《言語第二》第三十一則），還是南人之「蓴鱸之思」（《識鑒第七》第十則），揮之不去的都是那驀然回首的永恆鄉愁。

三、任情恣意

（一）、任情恣意

政治領袖要面對波譎雲詭的局勢，必須具備謝安「矯情鎮物」的本領。而魏晉之時代精神卻是任情恣意，以求暢快瀟灑，基本是顛覆禮教，背離法度，時稱「任誕」。其時，被置於任誕第一的就是大名鼎鼎的「竹林七賢」：

陳留阮籍、譙國嵇康、河內山濤，三人年皆相比，康年少亞之。預此契者，沛國劉伶、陳留阮咸、河內向秀、琅邪王戎。七人常集於竹林之下，肆意酣暢，故世謂「竹林七賢」。（《任誕第二十三》第一則）

既是「賢」又為「誕」，十分弔詭。七賢之中的山濤與王戎，早已有當官的意向，自然是循規蹈矩。至於嵇康，思想雖激進，卻為人低調，喜怒不形於色。向秀是純學者，傾心於《莊子》研究。嵇、向兩人鍛鐵、灌園而自得其樂，並沒有驚世駭俗的行為。以任誕的行為對虛偽的社會與嚴苛的禮法作抗爭的，有劉伶（伯倫，約二二一——三〇〇）之裸醉，以天地為衣裳（《任誕第二十三》第六則），又以戒酒戲弄妻子（《任誕第二十三》第三則）；阮籍醉臥當壚美婦身旁（《任誕第二十三》第八則）、服喪期間飲酒吃肉（《任誕第二十三》第十一則）；阮咸（仲容，生卒年不詳）當街晾褌（《任誕第二十三》第十則）、與豬共飲（《任誕第二十三》第十二則）、服喪期間追回鮮卑婢（《任誕第二十三》第十五則）等等。倨傲至極，即為所謂的「任誕」，視世間禮法為無物。這是多麼的不畏人言，又是多麼的坦然！

而任誕者與衛道者之爭，如何曾（穎考，一九九——二七八）對阮籍的漠視喪葬之禮的指責（《任誕二十三》第二則），動輒以禮教殺人，實際上是曹魏之「唯才論」與司馬氏政權之「以孝治天下」兩方陣營的暗中較量，甚至發展至意識形態上《四本論》[16]的鬥爭。有意或無意的任誕者及其攻擊者，均淪為殘酷的政治斗爭的犧牲品。而流風所被，竟成魏晉風尚，可謂始料不及。

在這些被世人視為「任誕」者的眼中，他們的行為是任情恣意，是為才情而生的意氣揮灑，例如，王獻之（子敬，三四四 — 三八六）、王徽之（子猷，？ — 三八八）兩兄弟某些行徑似乎「傲慢無禮」：

王子敬自會稽經吳，聞顧辟疆有名園，先不識主人，徑往其家。值顧方集賓友酣燕，而王遊歷既畢，指麾好惡，傍若無人。顧勃然不堪曰：「傲主人，非禮也；以貴驕人，非道也。失此二者，不足齒之傖耳。」便驅其左右出門。王獨在輿上，迴轉顧望，左右移時不至，然後令送著門外，怡然不屑。（《簡傲第二十四》第十七則）

又如：

王子猷嘗行過吳中，見一士大夫家，極有好竹；主已知子猷當往，乃灑埽施設，在聽事坐相待。王肩輿徑造竹下，諷嘯良久，主已失望，猶冀還當通，遂直欲出門。主人大不堪，便令左右閉門，不聽出。王更以此賞主人，乃留坐，盡歡而去 。（《簡傲第二十四》第

16 參看《文學第四》第五則注一有關《四本論》的論爭。

十六則）

兄弟倆的行為或被視為倨傲，而這在魏、晉間並非貶義，至少自身必須得有出眾之才，方能行使這項權力而不為人所譏笑。事實上，在他們心目中，與那些園林主人之交談，幾乎是對自身的一種褻瀆。如此美景，惟有他們這種層次之人，方才是園林美景之真正知音。任情而往，王徽之雪夜想起戴逵（安道，三二六——三九六）便趁興而去，興盡而歸，在乎的並非見面，只是為了滿足心中剎那的逸興（《任誕第二十三》第四十七則）。彼等並非虛偽，在官場上亦是如此姿態傲視上司。當桓沖（幼子，三二八——三八四）問到可知馬匹死了多少時，王徽之竟以「未知生，焉知死」（《簡傲第二十四》第十一則）作答。如此行為，歸根究柢，也就是世家大族之光環及本身才氣而深入在骨子裏的傲氣的呈現。

從王羲之的「東牀坦腹」是具自信者的自然流露，而至其兒子輩如王獻之與王徽之的行止已從倨傲而近於造作。謝安對王獻之有如下批評：

> 子敬實自清立；但人為爾，多矜咳，殊足損其自然。（《忿狷第三十一》第六則）

可謂一針見血。或許，從人而至於書法的非「自然」，這就是王獻之無法超越其父王羲之的關鍵。

至於王澄（平子，二六九——三一二）、胡毋輔之（生卒年不詳）、阮瞻（生卒年不詳）、謝鯤（幼輿，約二八〇——三二三）等人的裸形自樂，他們自認為得大道之本，故去巾幘，脫衣服，露裸形，學狗叫，學驢鳴，踩躪自我，蔑視社會，可謂反抗無力之餘，此中亦不無是對人生之虛誕、人世之苦悶而發的宣泄。

這是一個已失去了儒家思想制約的時空，正如嵇康所提出的「越名教而任自然」，[17] 阮籍所說的「禮豈為我輩設耶？」（《任誕第二十三》第七則），克己復禮湮沒於硝煙與殺戮，代之而興的是，個人主義的縱情享樂與情感傾泄。

（二）、飲酒與服藥

酒在於魏、晉中人而言，有忘憂、避禍、服藥等等不同的目的。阮籍、劉伶等人的縱酒以寄情懷，其實有它的歷史淵源。曹丕《典論．酒海》記靈帝時的情形：

孝靈帝（劉宏，一五六——一八九）末，朝政墮廢。群官百司，並湎於酒。貴戚猶甚。斗酒千錢。中常侍張讓子奉，為太醫令，與人飲酒，輒牽引衣裳，發露形體，以為戲樂。將罷，又亂其烏履，使小大差跨，無不顛倒僵仆，踒跌手足，因隨而笑之。（《北堂書鈔》

17 嵇康：《釋私論》，見戴明揚校注：《嵇康集校注》（北京：人民文學出版社，1962），卷六，頁234。

卷一百四十八注引）

又：

洛陽令郭珍，家有巨億，每暑召客，侍婢數十，盛裝飾，羅縠披之，袒裸其中，使進酒。（《太平御覽》卷八百四十五）[18]

在縱酒狂歌的背後，蘊藏的是人生虛無的悲哀，亦是人對生命不可言喻的痛。據載，東漢桓帝永壽三年（一五七）全國人口五千六百五十萬，而一百三十多年後，晉武帝司馬炎（安世，二三六——二九〇）太康元年（二八〇），全國人口僅有七百六十餘萬，銳減了百分之八十六。[19] 其實，導致一時期人口銳減的更重要原因並不僅是三國混戰，還有饑荒、瘟疫以及政治殺戮。當時，人均壽命約在四十歲左右。例如，曹丕與曹植（子健，一九二——二三二）兩兄弟的壽命便都只是四十歲而已。再看與曹氏兄弟同時代的「建安七子」的壽命：孔融（文舉，一五三——二〇八）、陳琳（孔璋，?——二一七）、王粲（仲宣，一七七——二一七）、徐幹（偉長，一七一——二一七）、阮瑀（元瑜，?——二一二）、應瑒（德璉，?——二一七）、劉楨（公幹，?——二一七），除了孔融為曹操所殺之外，其他的也大抵都只是四十歲而已。故自

18 以上二則資料乃轉引自羅宗強：《玄學與魏晉士人心態》，頁43。

19 童強：《嵇康評傳》（南京：南京大學出版社，2006），頁7-8。

東漢末年以至於魏、晉，文學創作中多有「歎逝」之風。

在政治方面，司馬氏苦心謀奪曹魏政權過程中的大型殺戮，動輒夷族之禍，更是促使時人願長醉酒鄉的主要原因。酒是魏晉人解脫的妙方，孔群（敬林，生卒年不詳）以糟肉浸酒「乃更堪久」（《任誕第二十三》第二十四則），以喻藉酒避禍。王光祿云：「酒正使人人自遠」（《任誕第二十三》第三十五則）；王衞軍（生卒年不詳）云：「酒正自引人著勝地」（《任誕第二十三》第四十八則）；王忱云：「三日不酒飲，覺形神不復相親」（《任誕第二十三》第五十二則）；張翰（季鷹，生卒年不詳）認為身後名聲：「不如即時一杯酒」（《任誕第二十三》第二十則）；畢世茂（生卒年不詳）云：

一手持蟹螯，一手持酒杯，拍浮酒池中，便足了一生。（《任誕第二十三》第二十一則）

太元二十年，長星出現，其兆據說是將有帝王駕崩。孝武帝司馬曜（昌明，三六二——三九六）聽了自是情鬱於中，夜裏便到華林園喝酒解悶，在醉意朦朧中，舉杯向夜空裏的長星感慨道：

長星，勸爾一杯酒，自古何時有萬歲天子？（《雅量第六》第四十則）

那是個動盪不安的時代，整個社會充滿了末日情緒，飲酒求醉，成了社會上普遍的消愁解悶之良方。阮籍的醉酒是為了逃避黑暗的政治，故終不及劉伶的終生對酒純粹的一往情深，酒入骨髓，《酒德頌》是千古名篇，既是飲酒之宣言，獨步古今，更是他放浪形骸、遊戲人間之哲學。雖說「死便埋我」[20]，而「酒仙」卻最終得以壽終。

當時的人又喜歡服食五石散，此中最著名的首推何晏（平叔，約一九三——二四九）：

服五石散，非唯治病，亦覺神明開朗。（《言語第二》第十四則）

何氏縱情聲色，藉服食五石散以求長壽或以增房中情趣。然而，服散的遺害亦大，史載何氏形如「枯木、鬼幽」。[21] 或許，這也是身處政治漩渦的何晏消磨生命與排遣恐懼的良方。

服散就得喝酒相助並行散以求藥性的散發[22]，王恭（孝伯，？——三九八）在行散的時候說「所遇無故物，焉得不速老！」（《文學第四》第一零一則），可見念茲在茲的乃在於長生之道，而他最終仍是死於政治殺戮。阮籍為逃避政治逼害而醉酒佯狂，而嵇康為了逃避司馬昭（子上，二一一——二六五）之徵辟而逃至山中跟隨孫登與王烈求仙問道。魯迅（周樹人，一八八一

20 房玄齡：《晉書》，第五冊，卷四十九，頁1376。

21 此處轉引自余嘉錫：《寒食散考》，《余嘉錫論學雜著》（北京：中華書局，2007），上冊，頁185。

22 有關五石散之論述可參同上注，頁181-226。

一九三六）於是便將嵇康與阮籍之分別視為服藥與喝酒的不同而有以下推論：

後來阮籍竟做到「口不臧否人物」的地步，嵇康卻全不改變。結果阮得終其天年，而嵇竟喪於司馬氏之手，與孔融何晏等一樣，遭了不幸的殺害。這大概是因為吃藥和吃酒之分的緣故：吃藥可以成仙，仙是可以驕視俗人的；飲酒不會成仙，所以敷衍了事。[23]

其實，嵇康早已知他與阮籍之分別在於他不能如阮籍之「不論人過」、「又不識人情，闇於機宜，無萬石之慎，而有好盡之累。」[24]然而，無論是服藥還是喝酒，嵇康與阮籍終無法忘世，於是乎，前者棄首東市，後者長醉於酒鄉。

「竹林七賢」之一的王戎雖位至三公，卻在「八王之亂」中有性命之虞時，竟假裝服散藥發，跌入屎坑，這是忍辱含垢，以存性命。飲酒服散背後，竟是苟存性命於亂世，且如王戎如此不堪，實在可悲！宗白華先生指出：

魏晉人以狂狷來反抗這鄉愿的社會，反抗這桎梏性靈的禮教和士大夫階層的庸俗，向自己的真性情、真血性裏掘發人生的真意義、真道德。他們不惜拿自己的生命、地位、名譽來冒犯統治階級的奸雄假借禮教以維持權位的惡勢力。……這是真性情、真血性和這虛

23 魯迅：《而已集》（北京：人民文學出版社，1973），頁91。
24 嵇康：《與山巨源絕交書》，見戴明揚校注：《嵇康集校注》，卷二，頁118-119。

偽的禮法社會不肯妥協的悲壯劇。[25]

王戎與世浮沉，自是阮籍眼中的「俗物」（《排調第二十五》第四則）。而嵇、阮二人的高低，亦從服藥與飲酒之別而判然立現。阮籍醉酒佯狂以獨善其身，甚至最終也為司馬昭寫了勸進表，終得以倖存。《詠懷》諸篇，抒寫的亦不外是大半生的「夜中不能寐」（其一）、「終身履薄冰，誰知我心焦」（其三十三）、「對酒不能言，淒愴懷酸辛」（其三十四），從內而外的表演，則為「窮途而泣」。而嵇康卻終生不改其一往情深之理念，東市臨刑前，顧日影而彈琴，以一曲《廣陵散》，超度了自己大半生不屈的靈魂，聽者涕泣，千古同聲一哭。

嵇康是「竹林七賢」真正而唯一的靈魂人物，[26]從理念以至於處世，顛覆傳統、抗俗辟邪，死得極之悲壯瀟灑，其錚錚風骨，為千載以下的中國文人傳統，豎立了豐碑。

---

25 宗白華：《美學散步》，頁223。

26 陳寅恪先生指出竹林七賢中「應推嵇康為第一人」，在其終生不改崇尚老莊之自然說以抗衡司馬集團之名教說；阮籍雖不及嵇康之始終不屈身於司馬氏，而其「所為不過『祿仕』，依舊保持其放蕩不羈之行為」，同樣佯狂放蕩之阮咸與劉伶猶可寬恕，亦在於他們還是不改主張自然之初衷；而陳先生一再鞭撻的是山濤與王戎之同時獲取竹林之遊的清高名聲而後來又兼得尊顯之達官。詳見陳寅恪：《陶淵明之思想與清談之關係》，《金明館叢稿初編》，分別見頁183，186，187，188，193。

四、情之所鍾

王戎雖是阮藉眼中的「俗物」，卻也曾經說過一句超凡脫俗的名言，他說：

> 聖人忘情，最下不及情，情之所鍾，正在吾輩！（《傷逝第十七》第四則）

此話竟然能獲得山濤那狂傲的兒子山簡（季倫，二五三 — 三一二）的認同，並因此而與王戎為早逝的兒子同聲一哭。可見王戎雖「俗」，可就憑其對「情」之洞見，可謂是老狐狸終於露出尾巴，真不愧自小被視為神童。這種周旋於雅俗之間，由竹林而臺閣，實在就是從小訓練有素的琅邪王氏家族的與世浮沉之處世哲學。

這句名言說的是，人可分三層：第一層是聖人，看透人生百態，喜怒哀樂，風吹不動；第一層的境界非第二及第三層的人可企及；第三層最為低下，不知情為何物，不可言說，無法溝通；而最為人間性的就是第二層，大悲大喜，自然流露，是為真人。此話傳遞了竹林七賢的共通人生哲學，故此，阮籍以青白眼待人，嵇康視鍾會（士季，二二五 — 二六四）如不見，阮咸服喪期間騎馬追回鮮卑婢是為了「人種不可失」（《任誕第二十三》第十五則），其實都是「情之所鍾」境界的體現。

竹林精神在東晉得到了王導、謝安的傳承。王導最崇拜的就是嵇康，並以嵇康的著作為清談之資；謝安視「竹林七賢」為神聖，不許子弟輕易評論。同樣一個時代，因為政治的黑暗而造就了竹林悲歌，而此同時代之菁英並未因此而落井下石，而竟是引為知音，而七賢之流風遐被，亦得以在東晉成為風尚，成為歷代中國文人聖潔的精神家園。

五、一往情深

（一）、生命之美的珍惜

東晉皇權旁落，帝王已全然失去司馬昭兄弟的暴戾濫殺以收威懾之霸權，反而與文人雅士周旋，故而文風熾盛，朝野皆以風流儒雅相尚。宗白華指出：

> 晉人藝術境界造詣的高，不僅是基於他們的意趣超越，深入玄境，尊重個性，生機活潑，更主要的還是他們的「一往情深」！無論對於自然，對探求哲理，對於友誼，都有

可述。[27]

東晉文人之間，絕少猜忌，更多的是惺惺相惜：

> 庾亮死，何揚州臨葬云：「埋玉樹著土中，使人情何能已已！」（《傷逝第十七》第九則）

如此例子，多不勝數。宗白華稱《傷逝》猶具悼惜美之幻滅的意思[28]，是為定論。這是有情者對生命之美的珍惜及由此而產生的痛楚，由於欣賞而超越了血統之關係，此種博大的胸襟與審美精神之現象，古往今來，惟獨魏、晉。

（二）、梅花三弄

支道林放鶴，讓其自由（《言語第二》第七十六則）；養馬而不乘，止於賞其神駿（《言語第二》第六十三則）；衛玠（叔寶，二八六 — 三一二）見江水茫茫，百感頓生（《言語第二》第三十二則）；桓溫折柔條而涕泣（《言語第二》第五十五則）；王廞（生卒年不詳）登茅山，大慟哭曰：「琅邪王伯輿，終當為情死」（《任誕第二十三》第五十四則）；桓子野每聞清歌，輒喚「奈何」，謝公聞之，曰：「子野可謂一往有深情」（《任誕第二十三》第四十二則）。由此可

27 宗白華：《美學散步》，頁213。
28 同上注，頁214。

見，這是深於情者，對宇宙人生體會到至深的無名哀感，深入肺腑，呼天搶地，驚心動魄，以訴說其痛其快，完全體現了王戎所說的「情之所鍾正在吾輩」。最為動人的，莫過於《任誕第二十三》第四十九則：

王子猷出都，尚在渚下。舊聞桓子野善吹笛，而不相識。遇桓於岸上過，王在船中，客有識之者，云是桓子野。王便令人與相聞，云：「聞君善吹笛，試為我一奏。」桓時已貴顯，素聞王名，即便回下車，踞胡牀，為作三調，歌畢，便上車去，客主不交一言。

桓伊既是虎將，卻又是多才而情深，堪稱人間佳士，他甘於下車為倨傲的王徽之吹奏「梅花三弄」，也就為了王氏性情之超凡脱俗，故而惺惺相惜，不以為逆。這一曲「梅花三弄」，吹在偶然相逢的渡口，吹落梅花無數，漫天飛花，樂舞九天，精神之契合，泯滅了世間一切的隔閡與禮節，千載之下仍是笛聲悠揚。

六、餘論

《世說新語》原書名應為《世說》，「世」指世間，「說」則為「論說」、「說法」或無關宏旨之「小說」[29]。後又改為《世說新書》，以別劉向（子政，約前七十七——七）之《世說》。[30]至於何人改為《世說新語》，就連《四庫全書總目提要》子部小說家類《世說新語》中亦稱未可知。敬胤（生卒年不詳）應是現存文獻中首位注釋者，較劉峻（孝標，四六二——五二一）更為接近《世說新語》的面世年代。[31]

若按起、承、轉、合來分析《世說新語》，描述東漢末年之清流是為「起」，過江之後，東晉建立及其間之人事是為「承」，謝安主政時代是為「轉」，及至桓玄（敬道，三六九——四〇四）、司馬道子（三六四——四〇二）及王國寶（生卒年不詳）之流的出現，已是故事落幕之際，是為「合」。

29 范子燁：《〈世說新語〉研究》（哈爾濱：黑龍江教育出版社，1998），頁208-209。另可參周一良：〈《世說新語》和作者劉義慶身世的考察〉，《魏晉南北朝史論集》，頁297-298。

30 范子燁認為，《世說》加上「新書」二字應是劉孝標所為。詳見同上注，頁8注1。

31 王能憲：《世說新語研究》（南京：江蘇古籍出版社，1992年），頁82。

《世說新語》有如魏、晉間之《清明上河圖》，寫人如生，記事生動，在如沐春風的清談中呈現主客神韻，在千絲萬縷的關係中交織出驚心動魄的政治漩渦；要言不繁，一卷在握，讓魏、晉風流，千載之下，成為永恆。簡而言之，此書千頭萬緒，又有如眾聲喧嘩，百家爭鳴，而其神韻，一以貫之，則乃魏、晉之悲涼慷慨，如一曲幽笛，在茫茫黑夜，如泣如訴，令人感慨萬端。

二十世紀以來，相關的研究中，中國大陸方面，首推民國時代余嘉錫先生的《世說新語箋疏》，考證綿密，扣緊時代，別有懷抱；港、臺方面，應以香港中文大學楊勇教授的《世說新語校箋》多有創獲，是為純粹的學術研究；兩書的比較，前者可謂偏於抒情，後者傾向徵證。前者因為是以文言文的書寫而頗為艱澀，後者則又援引博雜，難免令現今的年青讀者望而生畏。故此，這個版本在參考前賢的基礎之上，先有全書導讀，讓讀者對此書有整體的認識，又在每一章之前有本篇導讀，再細緻至每則故事均有注釋以至於佳句之點評，希望更能貼近當下的時代脈搏。

故此，希望此書能給予當今讀者以下幾方面的裨益：

（一）領略言語的妙用，應變的敏捷：阮修因一言而得一官，郗超一念之間而化解一場滅族之禍，這也是當今職場求生之術；

（二）了解世局幻變，歷史變遷：因為有了魏、晉思想的解放與漢、胡民族的大融合，才有後來的盛唐。因此，近代中國之黑暗、混亂，或可能是另一盛世的序幕。

（三）觀照人生，了悟生死：所謂魏晉悲歌，實在是因為他們對人生有了真切的感悟，方才感慨萬端。人生可以如夢如幻，人生亦可以真真切切，各有信仰，各有立場，魏、晉中人彼此尊重，並行不悖。這是獨立之精神，自由之思想。

德行第一

本篇導讀——

漢代實行察舉制以選拔人才，只有才德兼備才能獲得推薦。若推薦失當，則有連坐之責，因此憑察舉而入仕者可謂萬中無一。其流弊則在於門閥之見與家族利益，仕宦之途往往為世家大族所壟斷。自曹操提出「任人唯才」後，世風為之一變。許多德行不堪者，竟亦身居要職、飛黃騰達。在東漢政權衰頹的年代，野心勃勃如曹操者當然重才而輕德，此舉乃為日後的謀奪政權而鋪設。直至宋朝劉義慶編撰此書，仍以孔門的德行為第一，奉行的當然仍是儒家思想，然而人物的言行已經變質。莫非，劉氏是有意以當時為世所推重的這批所謂的「風流人物」作為諷刺的對象？

在第四十六則中，第一次出現「真孝子」。這本書的編者共七個人，皆一時俊彥，考慮不可謂不周，他們選擇以孔安國為晉孝武帝而痛哭流涕為「真孝子」，是孝的最高典範，可謂是對「德行」的一錘定音。在此典範之下，「德行」中的很多行為，便可圈可點了。比如說王祥的臥冰求魚、抱樹而泣，固然孝感可嘉，但他在司馬昭擊殺魏帝曹髦時，卻沒予以抗爭，而且還接受了司馬氏政權的加官晉爵。在儒家的禮教中成長並以孝而名重天下的王祥，怎會不明白「侍君如侍父」，才是大孝？

另一真正的情感流露應是孝武帝在服喪期間說出真的想哭就會哭，而不是因為禮教所規範的要哭就得哭。那是帝皇才敢說得出，臣下百姓則是尋到了表演以獲品評的良機。例如王戎，其在服喪期間的完美表演，令他迅速躍居名人榜的前列。甚至，他的參與竹林七賢的清談，亦有藉以邀名的明顯目的，阮籍不久便看穿他的心思，諷刺他為「俗物」。德行列於第一，真是充滿弔詭，頗堪玩味。

1.1

陳仲舉言為士則[1]，行為世範，登車攬轡，有澄清天下之志。為豫章太守[2]，至，便問徐孺子所在[3]，欲先看之。主簿白[4]：「群情欲府君先入廨[5]。」陳曰：「武王式商容之閭[6]，席不暇暖。吾之禮賢，有何不可？」

注釋

1 陳仲舉：陳蕃（？—一六八），字仲舉，汝南平輿（今屬河南）人。東漢桓帝時官至尚書僕射、太尉，靈帝時為太傅，與大將軍竇武謀誅宦官，事泄被殺。2 豫章：郡名，治所在今南昌。3 徐孺子：徐稚，字孺子，豫章南昌（今屬江西）人。家境貧苦，不滿宦官專權，雖多次徵聘，終不肯就，時稱「南州高士」。4 主簿：掌管印信及文書往來事務的官員。5 府君：漢朝太守的稱呼。廨：官署。6 式：通「軾」，古代車廂前用作扶手的橫木。這裏用作動詞，人立車中，俯憑車軾以示敬意。商容：為紂王所貶之賢臣。閭：巷口之門，指住處。

譯文

陳仲舉之言談為士子準則，行為為世人典範，登車控繮，為官赴任，懷着掃除奸佞、澄清天下之志。任豫章太守時，他一到治所就詢問徐孺子的住所，準備先行拜訪。主簿說：「大家都希望太守先進官署。」陳仲舉回答道：「周武王伐紂後連席子都來不及坐暖，就親自前往商容家拜望致意。我禮敬徐賢士，有甚麼不可以呢？」

1.7

客有問陳季方[1]：「足下家君太丘[2]，有何功德，而荷天下重名？」季方曰：「吾家君譬如桂樹生泰山之阿，上有萬仞之高[3]，下有不測之深；上為甘露所霑，下為淵泉所潤。當斯之時，桂樹焉知泰山之高，淵泉之深？不知有功德與無也。」

注釋

1 陳季方：陳諶，字季方，陳寔第六子。2 足下：對人之敬稱。太丘：陳寔，字仲弓，潁川許縣（今屬河南）人，任太丘長，後遭黨錮之禍。3 仞：古代長度單位，八尺為一仞。

譯文

有客人問陳季方：「令尊太丘長陳寔有哪些功勳和品德而譽滿天下？」陳季方說：「我與我父親相比就好像生長在泰山一角的桂樹，上有萬丈高峰，下有深不可測的深淵；上受雨露所灌溉，下為深泉所滋潤。這個時候，桂樹怎麼知道泰山有多高，深泉有多深呢？也就不知道有沒有功德了！」

1.11

管寧、華歆共園中鋤菜[1]，見地有片金，管揮鋤與瓦石不異，華捉而擲去之。又嘗同席讀書，有乘軒冕過門者[2]，寧讀如故，歆廢書出看。寧割席分坐，曰：「子非吾友也！」

注釋

1 管寧：字幼安，北海朱虛（今屬山東）人。漢末避亂居遼東，聚徒講學，三十餘年始歸。魏文帝拜為太中大夫，明帝拜為光祿勳，皆固辭不受。華歆：字子魚，平原高唐（今屬山東）人。東漢末舉孝廉，為尚書郎。獻帝時任豫章太守，後徵召入京，為尚書令。魏文帝時任司徒，明帝時官拜太尉。2 軒冕：古代卿大夫的車服。

譯文

管寧與華歆一起在園中鋤地種菜，看到地上有一片金子，管寧照樣揮鋤，把金子視同瓦片石塊，華歆則把金子撿起來後再扔掉。二人又曾經同坐在一張席子上讀書，有官員乘坐車馬從門外經過，管寧照樣讀書，華歆卻扔下書本跑出去看。於是管寧割斷席子與華歆分開坐，說：「你不是我的朋友了！」

賞析與點評

在物慾橫流的當下，道德教育必須從小抓起。

1.14

王祥事後母朱夫人甚謹[1]。家有一李樹，結子殊好，母恆使守之。時風雨忽至，祥抱樹而泣。祥嘗在別牀眠，母自往暗斫之。值祥私起，空斫得被。既還，知母憾之不已，因跪前請死。母於是感悟，愛之如己子。

注釋

1 王祥（一八四—二六八）：字休徵，琅邪臨沂（今屬山東）人，二十四孝中「臥冰

譯文　求鯉」之孝子，後任溫令，累遷大司農、司空、太尉，西晉時官至太保。

王祥侍奉後母非常謹慎恭敬。家中有一棵李樹，結出的李子特別好，後母經常叫他去守護李樹。有時碰上急風暴雨，王祥便抱着樹哭泣。王祥曾睡在別的牀上，後母暗中過去用刀砍他。碰巧王祥起牀解手，後母一刀砍空，只砍在被子上。王祥回來後知道後母非常恨他，便跪在她面前請求處死自己。後母因此受到感動，終於醒悟過來，疼愛他就像親生兒子一樣。

晉文王稱阮嗣宗至慎[1]，每與之言，言皆玄遠，未嘗臧否人物。

注釋　1 晉文王：司馬昭（二一一—二六五），字子上，三國河內溫縣（今河南溫縣）人。司馬懿次子。魏帝曹髦在位時，繼其兄司馬師任魏大將軍，專擅朝政，並謀代魏。又滅蜀漢，稱晉公，後為晉王。死後謚文，因稱晉文王。阮嗣宗：阮籍（二一〇—二六三），字嗣宗，三國陳留尉氏（今河南開封）人。他能詩善文，與嵇康齊名，為竹林七賢之一。因曾官步兵校尉，世稱「阮步兵」。

譯文　晉文王司馬昭稱讚阮嗣宗是最謹慎的，每逢和他談話，他的言辭都很奧妙深遠，未曾評論過別人的長短。

1.16

王戎云[1]：「與嵇康居二十年[2]，未嘗見其喜慍之色。」

注釋

1 王戎（二三四—三〇五）：字濬沖，西晉琅邪臨沂（今山東臨沂）人。好清談，與阮籍、嵇康等為友，為竹林七賢之一。累官尚書令、司徒。2 嵇康（二二三—二六二）：字叔夜，三國譙郡（今安徽亳縣）人。本姓奚，他是曹操之子沛王曹林的孫女婿，官中散大夫，世稱「嵇中散」。他崇尚老莊，講求養生服食之道。因聲言「非湯武而薄周孔」，且對當時掌握朝政的司馬氏集團有所不滿，被司馬昭所殺。

譯文

王戎說：「和嵇康相處二十年，未曾看見過他有喜怒的表情。」

1.21

王戎父渾有令名[1]，官至涼州刺史[2]。渾薨[3]，所歷州郡義故，懷其德惠，相率致賻數百萬，戎悉不受。

注釋

1 王渾：字長厚，歷任尚書、涼州刺史。令名：好名聲。2 刺史：州的最高行政長官。3 薨：古代王侯之死稱作「薨」。王渾乃貞陵亭侯，故有此尊稱。

譯文

王戎的父親王渾，很有名望，官職做到涼州刺史。王渾死後，他在各州郡做官時的隨從和舊部下，懷念他的恩惠，相繼湊了幾百萬錢喪葬費送給王戎，王戎一概不收。

1.23

王平子、胡毋彥國諸人[1]，皆以任放為達，或有裸體者。樂廣笑曰[2]：「名教中自有樂地[3]，何為乃爾也？」

注釋

1 王平子：王澄（二六七——三一二），字平子，西晉琅邪（今山東臨沂）人。王衍弟。曾為成都王司馬穎從事中郎。後任荊州刺史。日夜縱酒，投壺博戲，不理政事；又殘殺巴蜀流民，激起杜弢等流民起義。後徵為軍咨祭酒，途中為王敦所殺。胡毋彥國：胡毋輔之，字彥國，晉泰山奉高（今山東泰安東）人。嗜酒，不拘小節。初為繁昌令，遷尚書郎，以參與討平齊王司馬冏功封平陽男。渡江後官至湘州刺史。2 樂廣（？——三〇四）：字彥輔，晉南陽淯（今河南南陽東南）人。少孤貧，王戎舉為秀才。善清談，尚名教。代王戎為尚書令，故稱「樂令」。3 名教：以正定名分為中心的儒家禮教。樂地：快樂的境地。

譯文

王平子、胡毋彥國等人都以放蕩不羈為曠達，有時還有人赤身露體。樂廣笑着說：「名教中自有令人快意的境地，為甚麼偏要這樣做呢！」

1.24

郗公值永嘉喪亂[1]，在鄉里甚窮餒。鄉人以公名德，傳共飴之。公常攜兄子邁外生周翼二小兒往食[2]，鄉人曰：「各自饑困，以君之賢，欲共濟君耳，恐不能兼有所存。」公於是獨往食，輒含飯著兩頰邊，還，吐與二兒。後並得存，同過江[3]。郗公亡，翼為剡縣，解職歸，席苫於公靈牀頭[4]，心喪終三年[5]。

注釋

1 郗公：郗鑒（二六九—三三九），字道徽，歷任兗州刺史、司空、太尉。永嘉喪亂：永嘉五年（三一一），在山西稱帝的匈奴劉聰（國號漢）之大將石勒、劉曜入侵中原，俘殺宰相王衍，攻破洛陽，俘懷帝，焚都城，西晉覆亡，晉室東遷，史稱「永嘉之亂」。2 邁：郗邁，字思遠，累官少府，中護軍。外生：外甥，周翼，字子卿，晉陳郡（今屬河南）人，歷官郯縣令、青州刺史。3 過江：永嘉之亂後，晉室之琅邪王、司馬睿在王導等人之協助下，於江東建立東晉政權。其時中層人士，紛紛渡過長江，投奔正朔。4 席苫：鋪草墊子為席，坐、臥在上面。古時父母死了，就要在草墊子上枕着土塊睡，叫做「寢苫枕塊。」靈牀：為死者設置的坐臥用具。5 心喪：古時父母死了，服喪三年；外親死，服喪五個月。郗鑒是周翼之舅父，屬外親，周翼卻守孝三年以報答其恩德，只是沒穿孝服而已，故稱「心喪」。

譯文

郗鑒在永嘉喪亂時期，住在家鄉，生活很困難，經常捱餓。鄉里因為他德高望重，大家便輪流供他飯吃。郗鑒經常帶着哥哥的兒子郗邁和外甥周翼這兩個小孩去吃。鄉里說：「各家自己也窮困捱餓，只是因為您的賢德，想共同接濟您就是了，但恐怕不能兼顧兩個小孩了。」郗鑒於是便單獨去吃，吃完後總是兩個腮幫子含滿了飯，回來便吐出給兩個小孩吃。後來都活了下來，一起到了江南。郗鑒死時，周翼正任剡縣縣令，他辭職回去，在郗鑒靈牀前盡孝子禮，寢苫枕塊，守孝足足三年。

1.25

顧榮在洛陽[1]，嘗應人請，覺行炙人有欲炙之色。因輟己施焉，同坐嗤之。榮曰：「豈有終日執之，而不知其味者乎？」後遭亂渡江，每經危急，常有一人左右己。問其所以，乃受炙人也。

注釋

1 顧榮（?—三一二）：字孝先，晉吳郡吳縣（今屬江蘇）人。三國吳丞相顧雍之孫。琅邪王司馬睿鎮建康，任為軍司，加散騎常侍，後來亦成為建立東晉之江南士族領袖。

譯文

顧榮在洛陽的時候，一次應邀赴宴，發現上菜的人有想吃烤肉的神情，就把自己那一份讓給了他。同座的人都笑話顧榮，顧榮說：「哪有成天端着烤肉而不知肉味的道理呢！」後來遇上戰亂過江避難，每逢遇到危急，常常有一個人在身邊護衛自己。便問其原因，原來就是得到烤肉的那個人。

1.27

周鎮罷臨川郡還都[1]，未及上住，泊青溪渚。王丞相往看之[2]。時夏月，暴雨卒至，舫至狹小，而又大漏，殆無復坐處。王曰：「胡威之清[3]，何以過此！」即啟用為吳興郡。

注釋

1 周鎮：字康時，陳留尉氏（今河南開封）人。2 王丞相：王導（二七六—三三九），字茂弘，東晉琅邪臨沂（今山東臨沂）人。西晉末，為琅邪王司馬睿獻策移鎮建康。輔司馬睿稱帝，即晉元帝，任丞相。堂兄王敦掌重兵，鎮長江上游；族人多居要職。當時有「王與馬，共天下」之稱。他歷元帝、明帝、成帝三朝，都居宰輔之位，是調節南遷士族與江南士族關係、穩定東晉政權的重要人物。3 胡威：胡威從京師去看當荊州刺史的父親胡質。胡威回家時，父親只給了一疋絹當路費。胡威一路上自己打柴做飯，胡質手下一個都督在途中常資助胡威，胡威便將那疋絹給了都督，並將這事稟告父親。胡質認為此事有損其清廉，故責打該都督一百棍，並開除了他。

譯文

周鎮從臨川郡卸任回京，未及上岸，泊舟於青溪渚。丞相王導前往看望他。時值夏天，突降暴雨，船窄且小，而又漏水，幾乎無處可坐。王導說：「胡威的清廉，也不至於這種情況！」即刻任命他為吳興郡太守。

1.31

庾公乘馬有的盧[1]，或語令賣去。庾云：「賣之必有買者，即當害其主，寧可不安己而移於他人哉？昔孫叔敖殺兩頭蛇以為後人[2]，古之美談。效之，不亦達乎？」

注釋

1 庾公：庾亮（二八九—三四〇），字元規，潁川鄢陵（今河南鄢陵）人，其妹為晉明帝皇后。歷仕元帝、明帝、成帝三朝，以帝舅與王導輔立成帝，任中書令，執朝政。後蘇峻、祖約起兵，欲誅殺庾亮，陶侃出兵，平亂。後鎮武昌，任征西將軍。的盧：白額入口至齒的馬，傳說為妨害主人的凶馬。2 孫叔敖：芈姓，蔿氏，名敖，字孫叔，春秋時楚國期思（今河南淮濱）人，官令尹（楚相），輔助楚莊王成就霸業。

譯文

庾亮所乘的馬中有一匹的盧馬，有人勸他賣掉。庾亮說：「我賣掉此馬，必定有買牠的人，那又害了牠的新主人。怎麼能因這馬對自己不利就把禍害轉移給別人呢？過去孫叔敖殺死兩頭蛇為後人除害，成為古來的美談。我仿效他，不也是很通達嗎？」

賞析與點評

這便是所謂的「己所不欲，勿施於人」。

1.32

阮光祿在剡[1]，曾有好車，借者無不皆給。有人葬母，意欲借而不敢言，阮後聞之，歎曰：「吾有車，而使人不敢借，何以車為？」遂焚之。

注釋 1 阮光祿：阮裕，字思曠，陳留尉氏（今河南開封）人，因曾被徵召為光祿大夫，故稱。剡：縣名，在今浙江嵊縣。

譯文 阮光祿閒居剡縣時，曾經有一架好車，凡有人來借車，從來都不會拒絕。有人要安葬母親，想借車子卻又不敢開口。阮光祿聽說了這件事後，歎息道：「我有車而別人卻不敢借用，要這車有甚麼用呢？」於是就把車燒掉了。

1.33

謝奕作剡令[1]，有一老翁犯法，謝以醇酒罰之，乃至過醉而猶未已。太傅時年七八歲[2]，著青布絝在兄膝邊坐，諫曰：「阿兄，老翁可念，何可作此！」奕於是改容曰：「阿奴欲放去邪[3]？」遂遣之。

注釋 1 謝奕（？—三五八）：字無奕，晉陳郡陽夏（今河南太康）人。曾任剡令，後官至安西將軍、豫州刺史，乃謝安之兄、謝玄之父。2 太傅：古時三公之一，這裏指謝安。謝安（三二〇—三八五），字安石，謝奕的弟弟。孝武帝時官至宰相。前秦苻堅南下攻晉時，謝安為征討大都督，指揮謝石、謝玄等大破苻堅於淝水，以功拜太保。死後追贈太傅，故稱。3 阿奴：魏晉南北朝間年長者對幼小者的愛稱。

譯文　謝奕做剡縣縣令的時候，有一老者犯了法，謝奕要他喝高度數的酒以作懲罰，即使老者醉得很厲害，卻仍不停罰。謝安當時只有七八歲，穿一條藍布褲，坐在他哥哥膝上，勸告說：「哥哥，老人家多麼可憐，怎麼可以做這種事！」謝奕臉色立刻緩和下來，說道：「你要放他走嗎？」於是就把那個老者放了。

賞析與點評

小童的仁愛之心，猶如幼苗，必須給予呵護與認同，方可茁壯，成為一生的道德準則。

1.36

謝公夫人教兒[1]，問太傅[2]：「那得初不見君教兒？」答曰：「我常自教兒。」

注釋　1 謝公夫人：謝安的夫人，劉惔之妹。2 太傅：即謝安。

譯文　謝安的夫人教導兒子時，追問太傅謝安：「怎麼從來沒有見您教導過兒子？」謝安回答說：「我經常以自身言行教導兒子。」

賞析與點評

事實上，謝安不止身教，對兒女子侄更常常是耳提面命，費煞苦心，在他的悉心栽培下，謝家子弟文才武略，一時無兩。

王子敬病篤[1]，道家上章應首過[2]，問子敬：「由來有何異同得失？」子敬云：「不覺有餘事，唯憶與郗家離婚[3]。」

注釋

1 王子敬：王獻之（三四四——三八八），字子敬，書聖王羲之最小的兒子，擅書法，尤擅草書，與王羲之並稱「二王」。信奉五斗米道。初為州主簿，後為謝安長史、建威將軍、吳興太守，官至尚書令。2「道家」句：道家，本來指一個學術派別，這裏指道教，具體指五斗米道，乃東漢末年的張道陵創立，以符咒辟邪驅鬼治病，受治者出五斗米。病者請道士做章表，寫明病人姓名，向上天祈禱服罪，請求除難消災，稱為上章。病人要坦白自己的罪過，這叫首過。3 郗家：王獻之娶表姐，即郗曇的女兒郗道茂為妻，後來因為皇帝要將自己的女兒嫁給他，被逼離婚。其女兒王神愛，為晉安帝皇后。

譯文　王子敬病重，請道士主持上表文禱告，本人應該自陳己過，道士問子敬過去有甚麼過失。子敬說：「沒有別的事，只有和郗家離婚一事。」

1.44

王恭從會稽還[1]，王大看之[2]。見其坐六尺簟，因語恭：「卿東來[3]，故應有此物，可以一領及我。」恭無言。大去後，即舉所坐者送之。既無餘席，便坐薦上。後大聞之，甚驚，曰：「吾本謂卿多，故求耳。」對曰：「丈人不悉恭，恭作人無長物[4]。」

注釋　1 王恭（?—三九八）：字孝伯，晉太原晉陽（今山西太原）人，孝武帝王皇后兄，安帝之舅，歷任中書令，青州、兗州刺史，為官清廉。晉安帝時起兵造反，被殺。2 王大：王忱（?—三九二），小名佛大，也稱阿大，是王恭的同族叔父輩，官至荊州刺史、建州將軍。3 卿：六朝時，尊輩稱晚輩，或同輩熟人間的親熱稱呼。4 丈人：古時晚輩對長輩的尊稱。長物：多餘的東西。

譯文　王恭從會稽回來後，王忱去看望他。看見他坐着一張六尺長的竹席子，便對王恭說：「你從東邊回來，自然會有這種東西，可以拿一張給我。」王恭沒有說甚麼。王忱走後，王恭就拿起所坐的那張竹席送給王忱。自己既沒有多餘的竹席，就坐在草席子上。後來王忱聽說這件事，很吃驚，對王恭說：「我原來以為你有多餘的，所以才問你要呢。」王恭回答說：「叔父你不了解我，我並沒有多餘的東西。」

賞析與點評

「身無長物」之典故亦出於此，如心中亦能做到這一點，才是最高境界。

1.46

孔僕射為孝武侍中[1]，豫蒙眷接。烈宗山陵[2]，孔時為太常[3]，形素羸瘦，著重服[4]，竟日涕泗流漣，見者以為真孝子。

注釋

1 孔僕射：孔安國（?—四二八），晉會稽山陰（今浙江紹興）人。晉孝武帝時歷任侍中（皇帝的近侍官），太常（管祭祀禮樂），尚書左、右僕射等職。侍中：官名，備切問近對，拾遺補缺，參與朝政，乃皇帝左右親信之要職。2 烈宗：晉孝武帝廟號，即死後立室奉祀時起的名號。山陵：帝王的墳墓，這裏指歸山陵，即死亡。3 太常：官名。位為列卿，掌禮樂郊廟等禮儀事宜。4 重服：孝服中之重者，即父母喪時所穿的孝服。涕泗：眼淚與鼻涕。

譯文

孔安國任晉孝武帝的侍中，喜獲孝武帝的恩寵禮遇。孝武帝死，當時孔安國任太常之職，他的身體一向瘦弱，穿着很重的孝服，一天到晚眼淚鼻涕不斷，看見他的人都認為他是真正的孝子。

言語第二

本篇導讀——

魏晉崇玄理，尚清談，語言是體現風度與識度的媒介，故而妙語如珠，機鋒處處。這裏有幾則，已成中國文學與文化史上的經典。王獻之以「應接不暇」讚歎山陰風景的美不勝收；顧愷之以「千巖競秀，萬壑爭流，草木蒙籠其上，若雲興霞蔚」描述會稽山川，見其言如見其畫。謝安言傳身教，常與子侄在庭前閒話，謝玄的對答，可見聰慧，而淝水一役，又能運籌帷幄、馳騁沙場，戰功彪炳，是魏晉不可多得的人才；至於謝道韞詠柳之作，初現中國女才人的光芒；始料不及的是，一世梟雄如桓溫，泫然發出「木猶如此，人何以堪」的生命感慨，竟成為了千古絕歎。

《言語》一節中有不少的慧童出現，「少時了了」的孔融及其兒子的「覆巢之下，復有完卵」，皆已成為常用語。聰慧，或者說過度的聰慧，正為孔氏招來滅門之災，在過度強調見智慧的當今社會，實值得引以為鑒。

魏晉清談，着重的當然是語言的炫技逞能，其風熾盛，在哲理上無疑有長足之發展，甚至是東晉領袖人物安撫社會人心的一種方法。至於語言在當今社會，尤為重要。全球化的時代，多種語言的訓練已屬必然的要求。而此章故事中應對的得體與敏捷，更值得學習。

2.3

孔文舉年十歲[1]，隨父到洛[2]。時李元禮有盛名[3]，為司隸校尉[4]。詣門者，皆俊才清稱及中表親戚乃通。文舉至門，謂吏曰：「我是李府君親。」既通，前坐。元禮問曰：「君與僕有何親[5]？」對曰：「昔先君仲尼與君先人伯陽有師資之尊[6]，是僕與君奕世為通好也。」元禮及賓客莫不奇之。太中大夫陳韙後至[7]，人以其語語之。韙曰：「小時了了，大未必佳。」文舉曰：「想君小時，必當了了。」韙大踧踖。

注釋

1 孔文舉：孔融（一五三——二〇八），字文舉，東漢魯（今山東）人，獻帝時任北海相，時稱孔北海；又任少府、太中大夫等職。孔氏因恃才負氣，觸怒曹操而被殺。他是建安七子之一，著作大多散佚，有明輯本《孔北海集》。2 父：孔融的父親名宙，官泰山都尉。洛：東都洛陽。3李元禮：李膺（一一〇—一六九），字元禮，潁川襄城（今河南平頂山）人，因謀誅宦官，事泄，下獄死。4司隸校尉：官名。初掌糾察百官及所轄附近各郡犯事者，後改專察督察三輔、三河、弘農七郡，治洛陽。5僕：古代男子對自己之謙稱。6先君仲尼：孔融是孔子二十世孫，故稱。伯陽：老子，姓李名耳，字伯陽。師資之尊：孔子曾問禮於老子，因此老子是孔子的老師。7太中大夫：主管議論政事的官員。陳韙在東漢桓帝時曾任太中大夫。

譯文

孔文舉十歲時，跟隨父親到洛陽。當時李元禮享有很高的名望，任司隸校尉。凡是登門造訪的，只有那些有着高潔名聲的傑出之士，以及中表親戚才能通報進門。孔融到了李府門前，對守門吏說：「我是李府君的親戚。」通報進門後，孔融坐到了前面。李元禮問孔文舉：「您和我是甚麼親戚？」孔文舉答道：「過去我的祖先孔子與您的先人老子有師生之誼，所以我與您世代為通家之好。」李元禮及賓客聽了孔文舉的話無不感到驚奇。太中大夫陳韙晚到，有人把孔文舉的話告訴他。陳韙說：「小的時候聰明伶俐，長大後不見得就很好。」孔文舉說：「想來您小的時候，必定是聰明伶俐的了！」陳韙聽後大為尷尬。

2.4

孔文舉有二子，大者六歲，小者五歲。晝日父眠，小者牀頭盜酒飲之。大兒謂曰：「何以不拜？」答曰：「偷，那得行禮！」

譯文　孔文舉有兩個兒子，大的六歲，小的五歲。有一次，當父親在白天睡覺的時候，小兒子就到牀頭偷酒喝，大兒子對他說：「喝酒前為甚麼不先行禮呢？」小兒子回答說：「偷酒喝，怎麼還得行禮！」

2.5

孔融被收，中外惶怖。時融兒大者九歲，小者八歲，二兒故琢釘戲[1]，了無遽容。融謂使者曰：「冀罪止於身，二兒可得全不？」兒徐進曰：「大人豈見覆巢之下，復有完卵乎？」尋亦收至。

注釋　1 琢釘戲：古時一種兒童遊戲。

譯文　孔融被逮捕時，朝廷內外無不惶恐懼怕。當時孔融的大兒子九歲，小兒子八歲，他們照樣做琢釘的遊戲，完全沒有一點驚慌的神色。孔融對派來逮捕他的人說：「希望罪過只在我一人之身，兩個兒子的性命能否保全？」兩個兒子從容向前說：「父親大人難道見過傾覆的鳥窩下會有完好的鳥蛋嗎？」不久逮捕他們的人也就到了。

賞析與點評

孔家之子之智慧固是天資，而其淡定從容，想必亦與孔融平時之教育密不可分。

鍾毓、鍾會少有令譽[1]，年十三，魏文帝聞之，語其父鍾繇曰[2]：「可令二子來！」於是敕見。毓面有汗，帝曰：「卿面何以汗？」毓對曰：「戰戰惶惶，汗出如漿[3]。」復問會：「卿何以不汗？」對曰：「戰戰慄慄，汗不敢出[4]。」

注釋

1 鍾毓、鍾會：是兄弟倆。鍾毓（？—二六三），字稚叔，鍾繇長子，十四歲任散騎侍郎，後升至車騎將軍。鍾會（二二五—二六四），字士季，小時聰穎，為司馬師、司馬昭所倚重，凡有征伐，會均預謀，功勳卓著，以平蜀漢功，官至司徒，封縣侯。後因與蜀將姜維合謀，據蜀叛司馬氏而被殺。令譽：美好的聲譽。2 鍾繇

（二五一——二三〇）：字元帝，三國魏潁川長社（今河南長葛）人。東漢末為御史中丞，封東武亭侯。魏明帝時遷太傅，進封定陵侯。工書法，與王羲之並稱「鍾王」。3 戰戰惶惶：害怕得發抖。漿：凡較濃的液體都可叫做漿。4 戰戰慄慄：害怕得發抖。「慄」、「出」韻，兄弟隨口應對，同義而異辭，皆為韻語，以見機警聰慧。

譯文

鍾毓、鍾會兄弟倆少年時就有好名聲，鍾毓十三歲時，魏文帝聽說他們倆，便對他們的父親鍾繇說：「可以叫兩個孩子來見我！」於是下令賜見。覲見時鍾毓臉上有汗，文帝問道：「你臉上為甚麼出汗？」鍾毓回答說：「戰戰惶惶，汗出如漿。」魏文帝又問鍾會：「你為甚麼不出汗？」鍾會回答說：「戰戰慄慄，汗不敢出。」

何平叔云[1]：「服五石散[2]，非唯治病，亦覺神明開朗。」

注釋

1 何平叔：何晏（約一九〇——二四九），字平叔，三國魏宛（今河南南陽）人。東漢何進之孫。母尹氏為曹操所納；又為曹操的女婿。曹爽執政時任吏部尚書。好《老》、《莊》，尚清談，與夏侯玄、王弼等倡玄學。後因依附曹爽，為司馬懿所殺。2 **五石散**：丹藥名，以紫石英、白石英、赤石脂、鍾乳、硫磺五種藥石為主，佐以人參、白朮、桔梗、海蛤、防風、附子、桂心、乾薑、細辛、栝樓等配製而成。傳為何晏據東漢張仲景紫石散及侯氏黑石散兩方增減所創，云可治男子勞傷虛羸。因需冷服，又名「寒食散」。自何晏服用有效後，魏晉六朝上層人士競相仿效，為當時玄風之一種表現。藥性猛烈，服後需行走調適，謂之行散。服者食宜冷，衣宜薄，酒需溫，但每致中毒，染成痼疾，性格暴躁，至有傷殘夭死者。

譯文

何平叔說：「服食五石散，不只能治病，也覺得精神很清爽。」

嵇中散既被誅[1]，向子期舉郡計入洛[2]，文王引進[3]，問曰：「聞君有箕山之志[4]，何以在此？」對曰：「巢、許狷介之士，不足多慕！」王大咨嗟。

注釋

1 嵇中散：嵇康，曾任中散大夫，故稱。2 向子期：向秀（約二二七—二七二），字子期，魏晉之際河內懷（今河南武陟西南）人，和嵇康友好，「竹林七賢」之一，標榜清高。嵇康被殺後，他便改變初衷，出來做官，官至黃門侍郎、散騎常侍。郡計：計是計薄、賬簿，列上郡內眾事的官員。3 文王：司馬昭。引進：推薦。4 箕山：山名，在今河南省登封縣東南。堯時巢父、許由在箕山隱居。此處借指歸隱之志。

譯文

中散大夫嵇康被殺以後，向子期呈送郡國賬簿到京都洛陽去，司馬昭推薦了他，問他：「聽說您有意隱居不出，為甚麼到了京城呢？」向子期回答說：「巢父、許由是孤高傲世的人，不值得稱讚和效法。」司馬昭聽了，大加讚賞。

2.22

蔡洪赴洛[1]，洛中人問曰：「幕府初開，群公辟命，求英奇於仄陋，採賢儁於巖穴。君吳、楚之士[2]，亡國之餘，有何異才而應斯舉？」蔡答曰：「夜光之珠，不必出於孟津之河[3]；盈握之璧，不必採於崑崙之山[4]。大禹生於東夷，文王生於西羌[5]。聖賢所出，何必常處。昔武王伐紂，遷頑民於洛邑；得無諸君是其苗裔乎[6]？」

注釋

1 蔡洪：字叔開，吳郡人，原在吳國做官，吳亡後入晉，晉惠帝元康初為松滋令。2 吳楚：春秋時代的吳國和楚國。兩國都在南方，所以也泛指南方。3 夜光之珠：即夜明珠，是春秋時代隋國國君的寶珠，又叫隋侯珠，或稱隋珠，傳說是一條大蛇從江中銜來的。孟津：渡口名，在今河南省孟縣南。周武王伐紂時和各國諸侯在這裏會盟，是一個有名的地方。4 崑崙：古代盛產美玉的山。5 大禹：夏代第一個君主，傳說曾治平洪水。**東夷**：中國東部的各少數民族。**文王**：周文王，殷商時一個諸侯國的國君，封地在今陝西一帶。**西羌**：中國西部的一個民族。這裏暗指大禹、文王都不是中原一帶的人。6「**昔武王**」句：周武王滅了殷紂以後，把殷的頑固人物遷到洛水邊上，派周公修建洛邑安置他們。戰國以後，洛邑改為洛陽。

譯文

蔡洪到洛陽後，洛陽的人問他：「官府設置不久，眾公卿徵召人才，要在平民百姓中尋求才華出眾的人，在山林隱逸中尋訪才德高深之士。先生是南方人士，亡國遺民，有甚麼特出才能，敢來接受這一選拔？」蔡洪回答說：「夜明珠不一定都出在孟津一帶的河中，滿把大的璧玉，不一定都從崑崙山開採來。大禹出生在東夷，周文王出生在西羌，聖賢的出生地，為甚麼非要在某個固定的地方呢！從前周武王打敗了殷紂，把殷代的頑民遷移到洛邑，莫非諸位先生就是那些人的後代嗎？」

賞析與點評

英雄莫問出處，以地域、門第而自傲的人只是井底之蛙而已。

諸名士共至洛水戲[1]，還，樂令問王夷甫曰[2]：「今日戲，樂乎？」王曰：「裴僕射善談名理[3]，混混有雅致；張茂先論《史》、《漢》[4]，靡靡可聽；我與王安豐說延陵、子房[5]，亦超超玄著。」

注釋

1 洛水：即洛河，源出陝西洛南，東入河南，經洛陽等地，至鞏縣洛口入黃河。2 樂令：樂廣。王夷甫：王衍（二五六—三一一），字夷甫。3 裴僕射：裴頠（二六七—三〇〇），字逸民，歷任侍中、尚書左僕射。名理：考核名實，辨別、分析事物是非、道理之學，是魏晉清談的主要內容。4 張茂先：張華，字茂先，博覽群書，晉武帝時任中書令，封廣武侯。《史》、《漢》：指司馬遷所著之《史記》、班固之《漢書》。5 王安豐：王戎，封安豐侯。延陵：今江蘇武進縣，這裏以地代人。春秋時吳王壽夢的少子季札封在這裏，稱為延陵季子，有賢名。子房：張良，字子房，本戰國時韓國人。秦滅韓，張良以全部家產求刺客刺秦王，後幫助劉邦擊敗項羽，封為留侯。

譯文

名士們一起到洛水邊遊玩，回來的時候，尚書令樂廣問王夷甫：「今天玩得高興嗎？」王夷甫說：「僕射裴頠擅長談名理，滔滔不絕，意趣高雅；張茂先談《史記》、《漢書》，娓娓動聽；我和安豐侯王戎談論延陵季子、張良，也極為超塵拔俗，奧妙透徹。」

陸機詣王武子[1]，武子前置數斛羊酪，指以示陸曰：「卿江東何以敵此？」陸云：「有千里蓴羹[2]，但未下鹽豉耳[3]！」

注釋

1 陸機（二六一—三〇三）：字士衡，晉吳郡吳縣華亭（今上海松江）人。祖遜、父抗，均為吳國的將相。吳亡後入晉，累遷太子洗馬、著作郎，曾任平原內史，世稱「陸平原」。後從成都王司馬穎討伐長沙王司馬乂，任後將軍、河北大都督。兵敗，受讒害，與弟陸雲同被殺。王武子：王濟（二四〇—二八五），字武子，太原晉陽（今屬山西）人。擅清談，娶晉武帝女為妻，歷任侍中、太僕。好弓馬，性豪侈。孫子荊：孫楚（？—二九四），字子荊，太原中都人，仕至馮翊太守。2 千里：千里湖，有說在今江蘇溧陽縣附近。蓴羹：用蓴菜、鯉魚做主料，煮熟後加上鹽豉製成的一種名菜。3 歷來此句的詮釋紛紜。陸機的意思應該是說，北方羊酪的味道，大概也就是南方千里湖未下鹽豉的蒓菜羹吧。當然，在未下鹽豉前兩者還是屬於可以比較的層次，意謂若下了鹽豉的蒓菜羹，就非羊酪可比了。

譯文

陸機去拜訪王武子，正好王武子跟前擺着幾斛羊奶酪，他指着給陸機看，問道：「你們江南有甚麼名菜能和這個相比呢？」陸機說：「我們那裏有千里湖出產的蓴羹可以媲美，只是還不必放鹽豉呢！」

賞析與點評

地域的偏見，在魏、晉時代已有。我們必須具備開放的胸襟，欣賞多元的美。

2.31

過江諸人，每至美日，輒相邀新亭[1]，藉卉飲宴。周侯中坐而歎曰[2]：「風景不殊，正自有山河之異！」皆相視流淚。唯王丞相愀然變色曰[3]：「當共勠力王室，克復神州[4]，何至作楚囚相對[5]！」

注釋

1 新亭：三國時吳建，故址在今江蘇南京南，東晉時為朝士遊宴之所。2 周侯：周顗（二六九—三二二），字伯仁，晉汝南安成（今河南平輿西南）人，少有重名，官至尚書左僕射。3 王丞相：王導。見《德行第一》第二十七則注2。4 神州：戰國時鄒衍稱中國為「赤縣神川」，泛指中原。5 楚囚：原指被俘的楚人。《左傳・成公九年》載楚國伶人鍾儀為晉所囚，仍奏楚聲，不忘南音，後用以形容處境窘迫之人。

譯文

過江避難的士人們，每逢風和日麗的好天氣，總是相邀一起到新亭，坐在草地上聚會飲酒。周顗坐在眾人中間感歎說：「風景沒有甚麼兩樣，只是山河大不相同！」大家都相對垂淚。只有丞相王導臉色大變說：「我們應當同心協力輔佐王室，恢復中原，為甚麼像楚囚那樣相對哭泣呢！」

賞析與點評

感傷無補於事，王導的當頭一棒，足見他作為領袖的精神強度與恢復河山的信心。

2.32

衛洗馬初欲渡江[1]，形神慘悴，語左右云：「見此芒芒，不覺百端交集。苟未免有情，亦復誰能遣此！」

注釋

1 衛洗馬：衛玠（二八七—三一三），字叔寶，晉河東安邑（今山西運城東北）人。風神秀美，雅善玄談，為世所重。歷任太傅西閣祭酒、太子洗馬。洗馬：太子屬官，太子出行則為前導。

譯文

太子洗馬衛玠剛要渡江，面容憔悴，神情淒慘，對隨從的人說：「看見日夜奔流的大江，不覺百感交集。只要還有點感情，誰又能排遣得了這種種憂傷！」

賞析與點評

這是人與環境的交感互應，而當代人對大自然的感應已早為機器文明所磨鈍了。

2.33

顧司空未知名，詣王丞相[1]。丞相小極，對之疲睡。顧思所以叩會之，因謂同坐曰：「昔每聞元公道公協贊中宗，保全江表；體小不安，令人喘息[2]。」丞相因覺，謂顧曰：「卿珪璋特達，機警有鋒[3]。」

注釋

1 顧司空：顧和（二八五——三五一），字君孝，晉吳郡吳（今江蘇蘇州）人，王導任揚州刺史時，召他為從事，累遷尚書令，死後追贈司空。王丞相：王導。2 元公：指顧榮，他是顧和的族叔。顧榮死後，謚號為元，所以稱為元公。中宗：晉元帝的廟號。3 珪璋特達：珪和璋是玉器，是諸侯朝見天子時所用的重禮。用珪璋時可以單獨送達，不須加上別的禮品為輔，後用來比喻有才德的人不用別人推薦也會有成就。

譯文

司空顧和還沒有出名的時候，去拜訪丞相王導。王導有點疲乏，對着他打瞌睡。顧和考慮着怎樣才能和王導見面並請教他，便對同座的人說：「過去常常聽元公談論王公輔佐中宗，保全了江南。現在王公貴體不太舒適，真叫人焦急不安。」王導聽見他說，便醒來了。對在座的人評論顧和說：「這個人真是『珪璋特達』，才德可貴，為人機警，詞鋒犀利。」

2.46

謝仁祖年八歲[1]，謝豫章將送客[2]。爾時語已神悟，自參上流。諸人咸共歎之，曰：「年少一坐之顏回[3]。」仁祖曰：「坐無尼父，焉別顏回[4]？」

注釋

1 謝仁祖：謝尚（三〇八—三五七），字仁祖，謝鯤之子，幼聰穎，歷官給事黃門侍郎，出為歷陽太守，轉都督江夏、義陽、隨三郡軍事，江夏相，後為豫州刺史，西中郎將。2 謝豫章：謝鯤（二八〇—三二二），字幼輿，擅清談，通音律，放達不羈，王敦引為長史，後出為豫章太守。3 顏回（前五二一—四九〇）：春秋時魯國人，對孔子的學說深有體會，孔子很賞識他。4 尼父：孔子，字仲尼，尊稱為尼父。

譯文

謝仁祖八歲時，他父親豫章太守謝鯤已經領着他送客。那時他的言談便顯示出奇異的悟性，已經自居於名流之中。大家都很讚許他，說他：「年紀雖小，也是座中的顏回。」謝仁祖說：「座中沒有孔子，怎麼能識別顏回！」

童年。

賞析與點評

聰慧的兒童，當然可愛。可是，從另一個角度來說，過於聰慧的兒童，卻幾乎等於沒有童年。

2.49

孫盛為庾公記室參軍[1]，從獵，將其二兒俱行。庾公不知，忽於獵場見齊莊[2]，時年七八歲，庾謂曰：「君亦復來邪？」應聲答曰：「所謂『無小無大，從公于邁[3]』。」

注釋

1 孫盛（約三〇二—三七三）：字安國，太原中都（今山西平遙西）人。博學，善玄理。從桓溫平蜀、洛，封吳昌縣侯，累遷秘書監，著有《魏氏春秋》、《晉陽秋》。記室參軍：將軍幕府中主管文書的。2 齊莊：孫放，字齊莊，孫盛次子，幼以捷辯見稱，官至長沙相。3「無小」二句：引自《詩經·魯頌·泮水》，意指無論大小臣子，都跟着公出遊。

譯文

孫盛任庾亮的記室參軍，一次隨着庾亮去打獵，並且帶着自己的兩個兒子一起去。庾亮本不知道，忽然在獵場看見他的次子齊莊，當時這孩子只有七八歲，庾亮問他說：「您也來了嗎？」齊莊接口回答說：「正如《詩經》裏所說的『無小無大，從公于邁』。」

2.50

孫齊由、齊莊二人，小時詣庾公[1]。公問齊由何字[2]，答曰：「字齊由。」公曰：「欲何齊邪？」曰：「齊許由。」齊莊何字，答曰：「字齊莊。」公曰：「欲何齊？」曰：「齊莊周[3]。」公曰：「何不慕仲尼而慕莊周？」對曰：「聖人生知，故難企慕。」庾公大喜小兒對。

注釋

1 孫齊由：孫潛（？—三九七？），字齊由，孫盛長子，仕至豫章太守。齊莊：孫放，見本篇上一則注2。庾公：庾亮。2 字：古人的正名之外的另一個名字。自稱用名，以示謙恭；稱人用字，以示尊敬。名與字之間均有意義之關聯。3 莊周：莊子，名周，戰國時人，著有《莊子》，與老子同是道家學派的代表人物。

譯文

孫齊由、齊莊兄弟二人，小時候去拜見庾亮。庾亮問齊由的字是甚麼，齊由回答說：「字齊由。」又問：「想向誰看齊呢？」齊由說：「向許由看齊。」接着又問齊莊的字是甚麼。齊莊回答說：「字齊莊。」問他：「想向誰看齊？」齊莊說：「向莊周看齊。」庾亮問：「為甚麼不仰慕孔子而仰幕莊周？」齊莊回答說：「聖人生來就知道一切，所以很難仰慕。」庾亮對這個小兒子的回答非常滿意。

2.55

桓公北征[1]，經金城[2]，見前為琅邪時種柳，皆已十圍[3]，慨然曰：「木猶如此，人何以堪！」攀枝執條，泫然流淚。

注釋

1 桓公：桓溫（三一二——三七三）。北征：桓溫在東晉太和四年（三六九）伐燕。2 金城：地名。南琅邪郡郡治。桓溫在咸康七年（三四一）任琅邪國內史鎮守金城，到伐燕時已過了快三十年。3 圍：兩手的拇指和食指合攏的圓周長為一圍。

譯文

桓溫北伐的時候，經過金城，看見從前任琅邪內史時所種的柳樹，都已經十圍那麼粗了，就感慨地歎道：「樹木尚且這樣，人怎麼經受得起呢！」於是邊說邊手握柳條，淚流不止。

賞析與點評

再堅強的人，也有柔情的一面。

2.56

簡文作撫軍時，嘗與桓宣武俱入朝[1]，更相讓在前，宣武不得已而先之，因曰：「伯也執殳，為王前驅[2]。」簡文曰：「所謂『無小無大，從公于邁』[3]。」

注釋

1 簡文：簡文帝司馬昱（三二〇——三七二），字道方，晉元帝少子。初封琅邪王，徙封會稽王。穆帝即位時，褚太后攝政，他以撫軍大將軍總理政務。歷事哀帝、廢帝，位居丞相，而大權一歸於桓溫。後被桓溫立為帝，不到一年，病死。撫軍：撫軍大將軍。桓宣武：桓溫，謚宣武。2「伯也」二句：引自《詩經．衞風．伯兮》，大意是，我丈夫手裏拿着殳，為王打仗做先驅。桓溫走在前面，所以引《詩經》「為王前驅」以示謙讓。殳：一種有棱無刃的兵器。3「無小」二句：參第四十九則注3。

譯文

晉簡文帝司馬昱任撫軍將軍的時候，有一次和桓溫一同上朝，兩人多次互相謙讓，要對方走在前面。桓溫最後不得已只好在前，於是一面走一面說：「伯也執殳，為王前驅。」司馬昱回答說：「這正所謂『無小無大，從公于邁』。」

2.58

桓公入峽[1]，絕壁天懸，騰波迅急。乃歎曰：「既為忠臣，不得為孝子，如何[2]？」

注釋

1 桓公：桓溫，在晉永和二年（三四六）伐蜀。2「既為」句：據《漢書．王尊傳》載，王陽任益州刺史時，視察到邛郲的九折坂，歎道：「奉先人遺體，奈何數乘此險！」便託病辭官。後來王尊做刺史，到這裏時就叫車夫趕馬前進，說：「王陽為孝子，王尊為忠臣。」於是策馬前驅。

譯文

桓溫率兵進入三峽，看見陡峭的山崖如從天懸掛而下，翻滾的波濤迅猛飛騰。於是歎息道：「既然要做忠臣，就不能做孝子，有甚麼辦法呢！」

2.62

謝太傅語王右軍曰[1]：「中年傷於哀樂，與親友別，輒作數日惡。」王曰：「年在桑榆，自然至此，正賴絲竹陶寫，恆恐兒輩覺損欣樂之趣。」

2.63

注釋　1 謝太傅：謝安。王右軍：王羲之（三〇三—三六一），字逸少，東晉琅邪臨沂（今屬山東）人。丞相王導之侄，郗鑒之婿。初為秘書郎，累遷右軍將軍、會稽內史，世稱「王右軍」。擅書法，自成一家，震鑠千古，世稱「書聖」。

譯文　太傅謝安對右軍將軍王羲之說：「中年以來，受到哀傷情緒的折磨，和親友話別，總是悶悶不樂好幾天。」王羲之說：「到了晚年，自然會這樣，只能借助音樂寄興消愁，還常常擔心子侄輩發覺，減少了歡樂的情趣。」

支道林常養數匹馬[1]。或言道人畜馬不韻。支曰：「貧道重其神駿。」

注釋　1 支道林（三一四—三六六）：名遁，東晉高僧，陳留（今河南開封東）人。本姓關。嘗隱居支硎山，世稱「支公」、「支硎」、「林公」。年二十五出家。繼竺法深講法於宮禁中。形貌醜異而善談玄理。宣揚「色即是空」，為當時般若學的代表人物。

譯文　支道林和尚經常養着幾匹馬。有人說：「和尚養馬，不雅。」支道林說：「貧僧只是看重馬的神采姿態而已。」

劉真長為丹陽尹，許玄度出都就劉宿[1]；牀帷新麗，飲食豐甘。許曰：「若保全此處，殊勝東山[2]。」劉曰：「卿若知吉凶由人，吾安得不保此！」王逸少在坐，曰：「令巢、許遇稷、契，當無此言[3]。」二人並有愧色。

注釋

1 劉真長：劉惔，字真長，晉明帝之婿，謝安妻舅，任丹陽尹，即京都所在地丹陽郡的行政長官，卒年三十六。許玄度：許詢，字玄度，善清談，受敬仰，又樂於隱遁，拒絕出任官職，曾被召為司徒掾，不就。2 東山：浙江的山名，謝安曾於該處隱居。3 王逸少：王羲之。稷：后稷，周的始祖，堯時任稷官。契：商的始祖，舜時為司徒，輔助大禹治水。王羲之這兩句話是諷刺許、劉二人熱衷功名，注重享樂。

譯文

劉真長任丹陽尹的時候，許玄度到京都去，便到他那裏住宿。他設置的牀帳簇新、華麗，飲食豐盛味美。許玄度說：「如果保全住這個地方，比隱居東山強多了。」劉真長說：「你如果能肯定禍福由人來決定，我怎麼會不保全這裏呢！」當時王羲之也在座，就說：「如果巢父、許由遇見稷和契，一定不會說這樣的話。」劉、許兩人聽了，都面有愧色。

賞析與點評

朋友的可貴在於能常常令我們可以發現自己的不足。

2.70

王右軍與謝太傅共登冶城[1]，謝悠然遠想，有高世之志。王謂謝曰：「夏禹勤王，手足胼胝；文王旰食，日不暇給。今四郊多壘，宜人人自效；而虛談廢務，浮文妨要，恐非當今所宜。」謝答曰：「秦任商鞅[2]，二世而亡，豈清言致患邪？」

注釋

1 王右軍：王羲之。謝太傅：謝安。冶城：故址在今江蘇南京朝天宮一帶，相傳春秋時夫差於此冶鑄，故名。2 商鞅（約前三九〇—前三三八）：戰國秦孝公時任左庶長，推行變法，奠定秦國富強之基，封於商。孝公死後，為貴族所誣而被殺。

譯文

王羲之與謝安一起登上冶城，謝安悠閒自在地沉湎於遐想中，似有超世脫俗的志趣。王羲之說：「夏禹為國事操勞，手腳都長滿了繭子；文王整天忙於政事，到晚上才吃上飯，沒有一點兒空閒時間。現在戰事不斷，每個人都應為國效力。然而空談會荒廢政務，浮華的文風會妨礙國事，恐怕與當前國勢不適應吧。」謝安答道：「秦用商鞅的嚴刑峻法，僅僅兩代就滅亡了，難道也是清談造成的禍患嗎？」

賞析與點評

言論自由並不妨礙社會穩定，甚至是強國崛起的必要元素。

謝太傅寒雪日內集，與兒女講論文義。俄而雪驟，公欣然曰：「白雪紛紛何所似？」兄子胡兒曰[1]：「撒鹽空中差可擬。」兄女曰：「未若柳絮因風起。」公大笑樂。即公大兄無奕女[2]，左將軍王凝之妻也[3]。

注釋

1 胡兒：謝朗，小字胡兒，謝安次兄謝據的長子，官至東陽太守。2 大兄無奕女：謝安長兄無奕之女謝道韞，聰慧有才辯，善清談，時人稱其頗有「竹林七賢」的名士風度。嫁王凝之，持家有道，為後世所稱頌。3 王凝之（？—三九九）：王羲之次子，字叔平，歷仕江州刺史、左將軍、會稽內史，工草、隸。孫恩攻會稽，王凝之篤信五斗米道，謂已請鬼兵相助而不設防，城陷而被殺。

譯文　謝安在寒冷的雪天把一家人聚集到一起，給兒女們講論文章的義理。一會兒雪下得急了，謝安高興地說：「這白雪紛飛像甚麼呢？」侄兒謝朗說：「好比是把鹽撒到空中一樣。」侄女謝道韞說：「還不如說是柳絮憑藉風勢在空中起舞。」謝安聽後樂得大笑。她就是謝安長兄謝無奕的女兒，左將軍王凝之的妻子。

賞析與點評

謝安的言傳身教，影響了下一代，可見良好的家庭氛圍的重要性。

2.76

支公好鶴，住剡東岇山[1]。有人遺其雙鶴，少時翅長欲飛，支意惜之，乃鎩其翮。鶴軒翥不復能飛，乃反顧翅垂頭，視之如有懊喪意。林曰：「既有陵霄之姿，何肯為人作耳目近玩！」養令翮成，置使飛去。

注釋　1 支公：支遁。剡東岇山：在今浙江嵊縣之東。

譯文　支遁喜愛鶴，住在剡縣東面的岇山。有人送給他一對鶴，不久鶴的翅膀長成了想飛，支遁心裏捨不得牠們，便剪去牠們的翅上的硬羽。鶴張開翅膀卻不再能飛了，就回過頭看着翅膀，垂下頭來，看上去好像有懊喪的意思。支遁說：「牠們既然有直上雲霄的資質，怎麼肯被人們當作耳目觀賞的玩物呢！」於是把鶴餵養到翅膀長好後，放牠們飛翔而去。

賞析與點評

寵物是人類的好朋友，但我們不能改變牠們的習性，那才是真正的愛護牠們。

2.78

晉武帝每餉山濤恆少[1]，謝太傅以問子弟，車騎答曰[2]：「當由欲者不多，而使與者忘少。」

注釋

1 晉武帝：司馬炎。山濤（二〇五—二八三）：字巨源，西晉河內懷縣（今河南武陟西南）人，乃「竹林七賢」之一，歷任魏朝郎中、吏部郎等。入晉，累遷冀州刺史、北中郎將、吏部尚書、右僕射、司徒等職位。擅於識拔人才，每選用官吏，親作評論，時稱「山公啟事」。2 車騎：指謝玄。謝玄，字幼度，小字遏，一作羯。謝奕之子，謝安之侄。謝安為相時，薦舉玄以禦苻堅，升為建武將軍、兗州刺史。太元十八年（三八三），為前鋒都督。與謝石、謝琰等謝家子弟共破前秦大軍於淝水，乘勝收復徐、兗、青、豫諸州，推進至黎陽。以功封康樂縣公。司馬道子猜忌謝氏之勢力，使還鎮淮陰。以病轉授散騎常侍、左將軍、會稽內史。卒贈車騎將軍。

譯文

晉武帝每次賞賜東西給山濤，總是很少。太傅謝安就這件事問子侄們如何理解，謝玄回答說：「這應是由於受賜的人要求不多，才使得賞賜的人不覺得少。」

2.83

袁彥伯為謝安南司馬[1]，都下諸人送至瀨鄉[2]。將別，既自淒惘，歎曰：「江山遼落，居然有萬里之勢！」

注釋

1 袁彥伯：袁宏（三二八——三七六），字彥伯，小字慶，東晉陳郡陽夏（今河南太康）人，才思敏捷。謝尚為豫州刺史時引為參軍。累遷大司馬桓溫府記室。孝武帝太元初，官至東陽太守。謝安南：謝奉，字弘道，歷任安南將軍、廣州刺史、吏部尚書。司馬：將軍府的屬官，管理一府之事。2 都下：京都。瀨鄉：古地名。在今江蘇南京附近。

譯文　袁彥伯出任安南將軍謝奉的司馬，京都的友人給他送行一直送到瀨鄉。快到分手的時候，他不勝惆悵，感慨萬分地說：「江山遼遠，居然有萬里之勢。」

賞析與點評

萬里江山的氣勢，引發了人的情感的奔瀉。都市中人有空要多親近名山大川。

2.88

顧長康從會稽還[1]，人問山川之美，顧云：「千巖競秀，萬壑爭流，草木蒙籠其上，若雲興霞蔚。」

注釋　1 顧長康：顧愷之。會稽：郡名。治所在今浙江紹興。

譯文　顧長康從會稽回來，人們問他那邊山川的秀麗情狀，他說：「那裏千峰競相比高，萬壑爭先奔流，茂密的草木籠罩其上，有如彩雲湧動，霞光燦爛。」

賞析與點評

由大畫家眼中，我們甚至還可以感受古代的山川之美，這是沒有河流污染與山林破壞的大自然。

2.89

簡文崩[1]，孝武年十餘歲立[2]，至瞑不臨[3]。左右啟：「依常應臨。」帝曰：「哀至則哭，何常之有？」

注釋

1 簡文：簡文帝。崩：帝王逝世稱為「崩」。2 孝武：晉孝武帝司馬曜（三六二—三九六），字昌明。簡文帝第三子。咸安元年（三七二）簡文帝死，遂即帝位。淝水之戰後，排斥謝安，以弟司馬道子執政。道子及元顯擅權，又擢用王恭、殷仲堪等以為防範。後溺於酒色，為其所寵之張貴人害死。3 臨：哭。親人死，到一定時候要哭喪，叫臨。

譯文

簡文帝逝世，孝武帝十多歲就登上帝位，服喪期間，一次，天黑了他也不哭喪。侍從向他啟奏說：「按慣例應該哭了。」孝武帝說：「悲痛到來時，自然就會哭，有甚麼慣例不慣例的！」

賞析與點評

習俗不一定就是合情合理的，但有多少人敢於質疑？

2.91

王子敬云[1]：「從山陰道上行，山川自相映發，使人應接不暇[2]。若秋冬之際，尤難為懷。」

注釋

1 王子敬：王獻之。2 山陰：會稽郡山陰縣（今浙江紹興）。東晉時，南渡之士族多聚居於此。王子敬曾住在會稽郡，那裏以山水優美著稱。映發：互相映襯，彼此顯現。

譯文

王子敬說：「從山陰道上走過時，山光水色交相輝映，使人目不暇接。如果是秋冬之際，更是讓人難以忘懷。」

賞析與點評

當代人「應接不暇」的可能是郵件與公務，而不是山川美景。

2.92

謝太傅問諸子侄：「子弟亦何預人事，而正欲使其佳[1]？」諸人莫有言者，車騎答曰：「譬如芝蘭玉樹，欲使其生於階庭耳[2]。」

注釋

1 謝太傅：謝安。2 車騎：謝玄。「譬如」句：比喻希望美好、高潔的東西都能出自自己家門。芝蘭是芝草和蘭草，是芳香的草；玉樹是傳說中的仙樹。二者都用來比喻才德之美。

譯文

太傅謝安問眾子侄：「子弟後輩，關涉別人甚麼事，為甚麼總想培養他們成為優秀子弟呢？」大家都不說話。車騎將軍謝玄回答說：「這就好比芝蘭玉樹，總想使它們生長在自家的庭院啊！」

賞析與點評

長輩有意栽培下一代，而下一代又心領神會，人生的快樂莫過於此。

2.94

張天錫為涼州刺史[1]，稱制西隅。既為苻堅所禽[2]，用為侍中[3]。後於壽陽俱敗[4]，至都，為孝武所器[5]。每入言論，無不竟日。頗有嫉己者，於坐問張：「北方何物可貴？」張曰：「桑椹甘香，鴟鴞革響；淳酪養性，人無嫉心。」

注釋

1 張天錫（三四六—四〇六）：張天錫在東晉興寧元年（三六三）殺張玄靚，自稱涼州牧、西平公，實行地方割據，繼承前涼政權。三七六年苻堅攻涼州，張天錫投降，前涼亡。後來在淝水之戰中苻堅軍敗，張天錫於陣中逃出，歸順晉朝，任散騎常侍。

2 苻堅（三三八—三八五）：字永固，一字文玉，略陽臨渭（今甘肅天水東）人，氐族。十六國時前秦國君。任用王猛，加強集權，興修水利，重視教育。先後攻滅前燕、前涼、代國，招撫慕容垂、姚萇等鮮卑、氐族領袖，統一北方大部分地區，並奪取東晉益州。建元十九年（三八三）徵調大軍攻晉，於淝水之戰中大敗。各族首領乘機反秦。後為姚萇擒殺。前秦隨即瓦解。3 侍中：官名。在皇帝左右，備切問近對，拾遺補缺。4 壽陽：即壽春，晉縣名。今安徽壽縣。5 孝武：晉孝武帝。

譯文

張天錫任涼州刺史，在西部地區稱王。被苻堅俘虜以後，任用為侍中。後來隨苻堅攻晉，在壽陽縣大敗，便歸順晉朝，來到京都，得到晉孝武帝的器重。每次入朝談論，沒有不談一整天的。很有一些妒忌他的人當眾問他：「北方甚麼東西可貴？」張天錫回答說：「桑葚香甜，鴟鴞振翅作響；醇厚的乳酪怡情養性，人們沒有妒忌之心。」

2.101

桓玄義興還後，見司馬太傅[1]，太傅已醉，坐上多客。問人云：「桓溫來欲作賊[2]，如何？」桓玄伏不得起。謝景重時為長史[3]，舉板答曰：「故宣武公黜昏暗，登聖明，功超伊、霍[4]，紛紜之議，裁之聖鑒。」太傅曰：「我知，我知。」即舉酒云：「桓義興，勸卿酒！」桓出謝過。

注釋

1 桓玄（三六四—四〇三）：桓溫之幼子。字敬道，一名靈寶，譙國龍亢（今屬安徽）人，襲封為南郡公，曾官義興太守、江州刺史、都督荊州等八州郡軍事。元興元年

（四〇二）舉兵攻入建康，殺司馬元顯，掌朝政；次年代晉自立，國號楚，不久為劉裕所敗而自殺。**義興**：郡名。治所在今江蘇宜興。桓溫死時，桓玄才五歲，直到二十三歲才拜太子洗馬，雖清要而無實權；次年出為義興太守，以為不得重任，不久又棄官回鄉。**司馬太傅**：簡文帝第三子司馬道子，孝武帝之弟，封會稽王，進位丞相，與子司馬元顯專事聚斂，奢侈無度，朝政日壞，激起孫恩起兵。元興元年（四〇二）桓玄破建康，父子皆被殺。2 **桓溫**：任大司馬、大將軍，公元三七一年廢晉帝為海西縣公，並立司馬道子的父親為帝，就是簡文帝。3 **謝景重**：謝重，謝朗（胡兒）之子，為司馬道子長史。**板**：手板，即笏。4 **伊、霍**：伊尹、霍光。伊尹是商湯時的宰相，助湯伐夏桀有功。湯死後，又輔佐其孫太甲。霍光受漢武帝遺詔輔佐昭帝，昭帝死，迎立宣帝。

譯文

桓玄從義興郡回到京都後，去謁見太傅司馬道子。這時太傅已經喝醉了，在座的還有很多客人，太傅就問大家說：「桓溫晚年想造反，怎麼回事？」桓玄拜伏在地不敢起來。謝景重當時任長史，拿起手板來回答說：「已故的宣武公廢黜昏庸的人，扶助聖明君主登上帝位，功勳超過伊尹、霍光。至於那些亂紛紛的議論，只有靠太傅英明的鑒識來裁決了。」太傅說：「我知道！我知道！」隨即舉起酒杯說：「桓義興，敬你一杯！」桓玄離開座位向太傅謝罪。

2.102

宣武移鎮南州，制街衢平直。人謂王東亭曰[1]：「丞相初營建康，無所因承，而制置紆曲，方此為劣。」東亭曰：「此丞相乃所以為巧。江左地促，不如中國。若使阡陌條暢，則一覽而盡；故紆餘委曲，若不可測。」

注釋

1 王東亭：王珣（三四九—四〇〇），字元琳，王導之孫，王洽子。大司馬桓溫辟為主簿，累遷尚書左僕射，封東亭侯。累官尚書令、衞將軍、散騎常侍。下文丞相指王導。王東亭意在誇耀自己的祖父王導的街道設計巧於桓溫。

譯文

桓溫移鎮南州，他規劃修建的街道很平直。有人對東亭侯王珣說：「丞相王導當初籌劃修築建康城的街道時，沒有現成圖樣可以仿效，所以修築得彎彎曲曲，和這裏相比就顯得差些。」王珣說：「這正是丞相規劃得巧妙的地方。江南地方狹窄，比不上中原。如果街道暢通無阻，就會一眼看到底；特意拐彎抹角，就給人一種幽深莫測的感覺。」

2.106

桓玄既篡位後[1]，御牀微陷，群臣失色。侍中殷仲文進曰[2]：「當由聖德淵重，厚地所以不能載。」時人善之。

注釋

1「桓玄」句：晉安帝元興元年（四〇二）下詔討伐桓玄，桓玄就舉兵東下建康，總理朝政，殺會稽王司馬道子。第二年桓玄稱帝，國號楚，並改元永始，廢晉安帝為平固王。公元四〇四年，劉裕等起兵討伐桓玄，桓玄兵敗被殺。2 殷仲文（？—四〇七）：桓玄的姊夫，桓玄攻入京都後，殷便離開新安太守職，投奔桓玄，任咨議參軍。桓玄篡位，派他總領詔命，以為侍中。玄敗，投朝廷，遷東陽太守，後以謀反被誅。

譯文

桓玄篡位之後，他坐的椅子稍微陷下去一點，大臣們大驚失色。侍中殷仲文上前說：「這是由於皇上德行深厚，以致大地承受不起。」當時的人很讚賞這句話。

2.108

謝靈運好戴曲柄笠[1]，孔隱士謂曰[2]：「卿欲希心高遠，何不能遺曲蓋之貌[3]？」謝答曰：「將不畏影者未能忘懷[4]？」

注釋

1 謝靈運（三八五—四三三）：南朝宋陳郡陽夏（今河南太康）人，謝玄之孫。襲封康樂公，又稱謝康樂。仕晉為秘書郎。入宋，初為太子左衞率，出為永嘉太守，日遊山水，不理政事。後辭官返會稽祖居，經營園林產業。元嘉初，宋文帝召為侍中。晝夜宴樂，因免官。後被誣謀反，被殺於廣州。擅長山水詩賦，為山水詩派創始人。**曲柄笠**：一種帽子，「笠上有柄，曲而後垂，絕似曲蓋之形。」2 **孔隱士**：孔淳之，字彥深，南朝宋魯郡魯（今山東曲阜）人，性好山水，除著作佐郎、太尉參軍，均不就。宋文帝元嘉初，徵為散騎侍郎，乃逃入上虞縣界，莫知所之。3 **曲蓋**：帝王、大官外出時的一種儀仗，蓋如傘狀，柄彎曲。孔淳之因為曲柄笠和曲蓋相像，就藉以諷刺謝靈運沒有忘掉富貴。4 **畏影者**：害怕自己影子的人，典出自《莊子》。謝靈運是說，如果不想到富貴，就不會怕富貴的影子，藉此諷刺孔隱士才是不能忘懷富貴的。

譯文

謝靈運喜歡戴曲柄笠，隱士孔淳之對他說：「你想仰慕德高志遠的人，為甚麼不能拋開曲蓋的形狀？」謝靈運回答說：「恐怕是怕影子的人還不能忘記影子吧！」

政事第三

本篇導讀——

王導善於待人接物，山濤有識人之明，謝安不懲逃兵，劉惔對殷浩宵禁不以為然，王承不追究小偷小摸和違反宵禁，王濛主張和靜致治，桓溫想要「德被江漢」，這些執政以寬的故事幾乎佔了《政事第三》中一半的篇幅。當然，這種寬恕的為政之道必然有其時代背景之特殊性，在東晉渡江初期，人心慌亂，政局動盪，王導深知「憒憒」更符合實際，並以此為豪，而庾亮的凡事「察察」，則「頗失人心」，從而誘發了蘇峻之亂。

為政的細微者，如陶侃出身卑微，常被人看不起，然而他儲存木屑以鋪雪後的路以利行走，蓄積粗竹頭為伐蜀的船釘。這些細節，別人都沒想到，都是因為他成長於貧賤。

政事中存在清談派與務實派之爭，簡文帝是前者的領袖，他為相時，「事動經年」，如此執政，國事復可有為？其下效者，王濛與劉惔勸何充別為政務所擾而廢了玄談，何氏回應說若不是他埋首處理公事，他們便沒有清談的環境。其實，兩派各有其功能，實際行政一定得有務實派的推行，安撫人心則得清談派的表演。

環視今日，為甚麼以諷刺政治人物之安撫民心的舉止為「影帝」呢？真是不可理喻。

3.1

陳仲弓為太丘長[1]，時吏有詐稱母病求假，事覺，收之，令吏殺焉。主簿請付獄考眾奸[2]，仲弓曰：「欺君不忠，病母不孝；不忠不孝，其罪莫大。考求眾奸，豈復過此！」

注釋

1 陳仲弓：陳寔。太丘：東漢縣名，故地在今河南永城西北。2 主簿：官名。縣令之屬官，掌文書簿籍及印鑒等。付獄：付予獄吏。

譯文

陳仲弓任太丘縣縣長，當時有個小官吏假稱母親有病請假，事情被發覺，陳仲弓就逮捕了他，並命令獄吏處死。主簿請求交給訴訟機關查究其他犯罪事實，陳仲弓說：「欺騙長官就是不忠，詛咒母親生病就是不孝；不忠不孝，沒有比這個罪狀更大的了。查究其他罪狀，難道還能超過這件嗎！」

3.8

嵇康被誅後，山公舉康子紹為秘書丞[1]。紹咨公出處[2]，公曰：「為君思之久矣。天地四時，猶有消息，而況人乎[3]！」

注釋

1 山公：山濤。康子紹：嵇紹（二五三—三〇四），字延祖，嵇康之子。嵇康被司馬昭處死後，嵇紹經由山濤推薦而入仕，累官至侍中。永安元年（三〇四）東海王司馬越挾持惠帝與成都王司馬穎交戰，大敗於蕩陰，當時百官與侍衛潰散，只有嵇紹以身護帝，中箭身亡，血濺帝衣。秘書丞：秘書省的屬官，掌管圖書典籍。2 出處：出仕和退隱。嵇康是被晉文帝司馬昭殺害的，而山濤卻把他的兒子嵇紹推薦到晉武帝朝為官，嵇紹必然有所顧慮。3 消息：消長，減少和增長。

譯文

嵇康被殺以後，山濤推薦嵇康的兒子嵇紹做秘書丞。嵇紹去和山濤商量出任與否，山濤說：「我替您考慮很久了。天地間一年四季，也還有交替變化的時候，何況是人呢！」

賞析與點評

變與不變，千古以來都不是一件容易的事。

3.15

丞相末年[1]，略不復省事，正封籙諾之。自歎曰：「人言我憒憒，後人當思此憒憒。」

注釋　1「丞相」句：王導輔佐晉元帝、明帝、成帝三世，為政寬和得眾，事從簡易，晚年更是如此。

譯文　王導到了晚年，幾乎不再處理政事，只是在文件上簽字同意。自己感歎說：「人家說我老糊塗，後人當會想念這種糊塗。」

3.16

陶公性檢厲[1]，勤於事。作荊州時，敕船官悉錄鋸木屑，不限多少。咸不解此意。後正會[2]，值積雪始晴，聽事前除雪後猶濕，於是悉用木屑覆之，都無所妨。官用竹，皆令錄厚頭[3]，積之如山。後桓宣武伐蜀[4]，裝船，悉以作釘。又云：嘗發所在竹篙，有一官長連根取之，仍當足[5]，乃超兩階用之[6]。

注釋　1 陶公：陶侃（二五九—三三四），字士行，廬江潯陽（今江西九江）人，以軍功歷任湘、廣、荊州刺史，晉成帝時，封長沙郡公，遷太尉，贈大司馬。2 正會：正月初一皇帝朝會群臣，接受朝賀的禮儀；封疆大臣也在這一日會見僚屬。3 厚頭：靠近根部的竹頭。4 伐蜀：西晉惠帝時（三〇四），李雄據蜀（今四川）建立割據政權，國號成，後改為漢，史稱成漢或後蜀。公元三四三年，傳位李勢。三四六年桓溫興兵伐蜀，到三四七年三月攻佔成都，李勢投降，成漢亡。5 當足：當做竹篙的鐵足。撐船用的竹篙，頭部包上鐵製的部件，就是鐵足。用竹根代替鐵足，既善於取材，又節省了鐵足。6 兩階：兩個等級。晉代把官階分為九個等級，叫做九品。

譯文

陶侃本性檢點、認真，工作勤懇。擔任荊州刺史時，吩咐負責建造船隻的官員把木屑全都收藏起來，多少不限，大家都不明白這是甚麼用意。後來到正月初一賀年時，正碰上連日下雪剛剛轉晴，正堂前的臺階雪後還是濕漉漉的，於是全用木屑鋪上，就一點也不妨礙出入了。官府用的竹子，都叫把竹頭收集起來，堆積如山。後來桓溫討伐後蜀，要組裝戰船，這些竹頭就都用來做了釘子。又聽說陶侃曾經徵調當地的竹篙，有一個主管官員把竹子連根砍下，就用根部當做鐵足，陶侃便把他連升兩級來任用。

3.18

王、劉與林公共看何驃騎[1]，驃騎看文書，不顧之。王謂何曰：「我今故與林

公來相看，望卿擺撥常務，應對玄言，那得方低頭看此邪？」何曰：「我不看此，卿等何以得存？」諸人以為佳。

注釋

1 王：王濛，字仲祖，小字阿奴，太原晉陽（今屬山西）人。晉哀帝靖皇后之父。劉：劉惔，字真長，沛國相（今屬安徽）人，少清遠有標格，雅善言理，累遷丹陽尹，為政清靜，門無雜賓。林：支道林。何驃騎：何充（二九二—三四六），字道次，東晉廬江灊（今屬安徽霍山東北）人。晉成帝時，與庾冰同參尚書事。康帝立，他避庾氏而出為驃騎將軍，領徐州刺史，故稱「何驃騎」。康帝死，入朝輔幼主穆帝。

譯文

王濛、劉惔和支遁一起去探望驃騎將軍何充，何充正在看文書，沒有搭理他們。王濛對何充說：「我現在特地與林公一起來探望，希望您能把日常事務放下，一起來談論玄理。您怎麼還能埋頭看這些東西呢？」何充說：「我不看這些文書，你們這些人怎麼能坐在這兒呢？」大家都認為此話甚妙。

3.23

謝公時[1]，兵厮逋亡，多近竄南塘下諸舫中。或欲求一時搜索，謝公不許，云：「若不容置此輩，何以為京都？」

注釋

1 謝公：即謝安。

譯文

謝安執政時，士兵與僕役逃亡後，大多數都就近藏在秦淮河南塘下的船隻中。有人想請求謝安同時將這些人搜查出來，謝安不允許，說：「如果不能容納安置這些人，怎麼能算是京都呢？」

文學第四

本篇導讀——

文學自曹丕在《典論・論文》稱之為「經國之大業，不朽之盛事」以後，地位驟升，高手湧現：潘岳文「爛若披錦」；陸機文若「排沙簡金」；曹植七步成詩刺相煎（第六十六則）；左思仰賴《三都賦》以垂名（第六十八則）；孫綽之賦擲地而有聲；袁宏倚馬而立成（第九十六則）。這一切都堪稱文學史上的「山陰道上」，令人應接不暇。

鄭玄與服虔共注《春秋傳》，鄭玄雅量，將自己所注，盡付服生。何晏之學術與官位崇隆，卻為弱冠天才王弼所折服，何晏的為人後世多有非議，而他尊重學術，愛惜人才，卻毋庸置疑。至於郭象剽竊向秀注莊的醜行，遂留至今，足為當今學人借鑒。

鄭玄在馬融門下[1]，三年不得相見，高足弟子傳授而已。嘗算渾天不合，諸弟子莫能解。或言玄能者，融召令算，一轉便決，眾咸駭服。及玄業成辭歸，既而融有「禮樂皆東」之歎[2]，恐玄擅名而心忌焉。玄亦疑有追，乃坐橋下，在水上據屐。融果轉式逐之[3]，告左右曰：「玄在土下水上而據木[4]，此必死矣。」遂罷追。玄竟以得免。

注釋

1 鄭玄（一二七—二〇〇）：字康成，東漢北海高密（今屬山東）人，曾從馬融習古文經。鄭玄遊學歸里後，聚徒講學，有弟子近千人；因黨錮事被禁，潛心著述，遍注群經，形成鄭學。馬融（七九—一六六）：字季長，扶風茂陵（今屬陝西）人，東漢古文經學家，曾任校書郎、議郎、南郡太守等職，遍注群經，乃一代古文經大師。2 禮樂皆東：儒家的學問都傳到東面去了。3 轉式：指轉動推算用的栻盤，這是古代一種占卜方法。式，即栻，一種古代占卜用具，形狀似羅盤，上圓下方，上盤可以轉動。4 玄在土下水上而據木：鄭玄坐在橋下（土下）在水之上，腳蹬木屐（據木）。「土、水、木」乃五行，此乃轉式推算所得之兆。

譯文

鄭玄在馬融門下求學，三年都見不到老師，僅由馬融的高足弟子傳授罷了。馬融曾用渾天儀測算日月星辰的位置，但是與實際情況不符合，眾多弟子也都無法解決。有人推薦鄭玄說他能行，馬融便讓他來推算，鄭玄把渾天儀一轉便立即解決了問題，大家全都驚訝佩服不已。及至鄭玄學業完成辭別回鄉，馬融就有了「禮樂都向東去了」的感歎，他怕鄭玄獨享盛名而心存忌憚。鄭玄也懷疑有人來追，便坐在橋底下，憑靠着木屐浮在水面上。馬融果然轉動栻盤推算鄭玄的去向來追他，告訴左右侍從說：「鄭玄在土下水上又靠着木頭，這是必死之兆了。」於是停止了追趕，鄭玄終於因此得以免禍。

4.2

鄭玄欲注《春秋傳》，尚未成[1]。時行，與服子慎遇[2]，宿客舍，先未相識。服在外車上，與人說己注《傳》意；玄聽之良久，多與己同。玄就車與語曰：「吾久欲注，尚未了；聽君向言，多與吾同，今當盡以所注與君。」遂為服氏注。

注釋

1《春秋傳》：《春秋左氏傳》，即《左傳》。2 服子慎：服虔，字子慎，河南滎陽人。靈帝末，任九江太守。信古文經學，作《春秋左氏傳解誼》。

譯文

鄭玄想要注釋《左傳》，還沒有完成。其時有事到外地去，和服子慎相遇，住在同一個客店裏，起初兩人並不認識。服子慎在店外的車子上，和別人談到自己注《左傳》的想法；鄭玄聽了很久，聽出服子慎的見解多數和自己相同。鄭玄就走到車前對服子慎說道：「我早就想要注《左傳》，還沒有完成，聽了您剛才的談論，大多和我相同，現在將我作的注全部送給您。」終於成了服氏注。

4·4

服虔既善《春秋》，將為注，欲參考同異。聞崔烈集門生講傳[1]，遂匿姓名，為烈門人賃作食。每當至講時，輒竊聽戶壁間。既知不能逾己，稍共諸生敘其短長。烈聞，不測何人。然素聞虔名，意疑之。明蚤往，及未寤，便呼：「子慎！子慎！[2]」虔不覺驚應，遂相與友善。

注釋

1 崔烈（？—一九四）：字威考，東漢涿郡（今屬河北）人。家世長於《春秋左傳》。歷仕郡守、九卿、司徒、太尉，封陽平亭侯。董卓為禍時，為亂兵所殺。2 子慎：服虔，字子慎。見《文學第四》第二則注2。

譯文

服虔擅長《左傳》之學，準備為它作注釋，想要參考比較各種觀點，聽說崔烈聚集門生講授《左傳》，便隱姓埋名，作為崔烈門人的傭工替他們做飯。每當到了崔烈講授時，他就在門外牆壁後偷聽。在知道崔烈不能超過自己後，就逐漸同門生們談論崔烈之說的優劣。崔烈聽說後，猜測不出是甚麼人，但他素來聽說過服虔的名聲，懷疑就是他。第二天一早崔烈就去服虔處，趁着他沒有睡醒，就喊道：「子慎！子慎！」服虔驚醒過來不自覺地答應了，兩人因此成了好朋友。

4.5

鍾會撰《四本論》始畢[1]，甚欲使嵇公一見[2]，置懷中，既定，畏其難，懷不敢出，於戶外遙擲，便回急走。

注釋　1《四本論》：文篇名。鍾會撰，主張人的才能與德性不相抵觸，可以兼蓄。文已不存。2 嵇公：嵇康。

譯文　鍾會撰著《四本論》剛剛完成，很想讓嵇康看一看。便揣在懷裏，揣好以後，又怕嵇康質疑問難，揣着不敢拿出，走到門外遠遠地扔進去後，便轉身急急忙忙地跑了。

4.6

何晏為吏部尚書[1]，有位望，時談客盈坐。王弼未弱冠，往見之[2]。晏聞弼名，

因條向者勝理，語弼曰：「此理僕以為極，可得復難不？」弼便作難，一坐人便以為屈。於是弼自為客主數番[3]，皆一坐所不及。

注釋

1 何晏：何晏好玄學，擅長清談，喜歡談名理，與王弼、郭象同為唯心主義玄學的代表。2 王弼（二二六—二四九）：字輔嗣，三國魏河內山陽（今河南焦作）人。少年即享高名，辯才無雙，思入精微，與何晏、夏侯玄等開創魏晉玄學清談之風，世稱「正始之音」。著有《老子注》、《周易注》、《論語釋疑》等書。曾任魏尚書郎。弱冠：古代男子到二十歲行冠禮，因為還沒有達到壯年，稱「弱冠」，也泛指男子二十歲左右。3 自為客主：自己既做提問的一方，也做答辯的一方，即自問自答。

譯文

何晏任吏部尚書時，很有地位聲望，當時清談的賓客常常滿座，王弼年齡不到二十歲時，去拜會他。何晏聽到過王弼的名聲，便分條列出以前那些精妙的玄理來告訴王弼說：「這些道理我認為是談得最透徹的了，還能再反駁嗎？」王弼便提出反駁，滿座的人都覺得何晏理屈。於是王弼反覆自問自答，所談的玄理是滿座的人所不及的。

4·7

何平叔注《老子》始成[1]，詣王輔嗣[2]；見王《注》精奇，乃神伏。曰：「若斯人，可與論天人之際矣[3]！」因以所注為《道》、《德》二論。

注釋

1 何平叔：何晏，字平叔。見前則注1。《老子》：《老子》一書相傳是春秋時代老聃所著，分為《道論》和《德論》兩篇，後世又稱為《道德經》（所以下文有「道、德二論」之名）。魏晉玄學注重《老子》、《莊子》等道家學說，用道家思想去解釋儒家經典，形成一種哲學思潮。2 王輔嗣：王弼，見前則注2。3 天人之際：指天和人的關係，是中國傳統哲學的核心。

譯文

何平叔注釋《老子》才完成，就去拜會王弼；看見王弼的《老子注》見解精微獨到，非常佩服。說：「像這個人，就可以和他討論天人關係的問題了！」於是把自己所注的改寫成《道論》、《德論》兩篇。

4·14

衛玠總角時[1]，問樂令夢[2]，樂云：「是想。」衛曰：「形神所不接而夢[3]，豈是想邪？」樂云：「因也。未嘗夢乘車入鼠穴，擣韲噉鐵杵，皆無想無因故也。」衛思「因」經日不得，遂成病。樂聞，故命駕為剖析之，衛即小差。樂歎曰：「此

兒胸中當必無膏肓之疾[4]。」

注釋

1 衛玠：見《言語第二》第三十二則注1。總角：古代未成年的人把頭髮紮成兩結，形狀如角，故稱，借指童年。2 樂令：樂廣。見《德行第一》第二十三則注2。3 形神不接：形體物象與精神不相聯接。4 膏肓之疾：中醫學稱心尖脂肪為「膏」，心臟與隔膜之間為「肓」，認為乃藥物無法達致之處。此指難以治癒之病。

譯文

衛玠童年時問樂廣人為甚麼會做夢。樂廣說：「夢是有所思才有的。」衛玠說：「形體與精神沒有接觸的東西也會入夢，難道是有所思造成的嗎？」樂廣說：「總是有因緣的。人從來不會夢見乘着車子進入蟻穴，把菜末搗碎卻吃下鐵棒，這些都是沒有所思沒有因緣的緣故。」衛玠因終日思考不得其解，於是得了病。樂廣聽說後，特意命人駕車去為他分析解釋這個問題，衛玠的病即刻稍有好轉，樂廣感歎說：「這孩子的病一定不會治不好的。」

4.17

初，注《莊子》者數十家[1]，莫能究其旨要。向秀於舊注外為解義[2]，妙析奇致，大暢玄風，唯《秋水》、《至樂》二篇未竟，而秀卒。秀子幼，義遂零落，然猶有別本。郭象者，為人薄行[3]，有俊才。見秀義不傳於世，遂竊以為己注，乃自注《秋水》、《至樂》二篇，又易《馬蹄》一篇，其餘眾篇，或定點文句而已。後秀義別本出，故今有向、郭二《莊》，其義一也。

注釋

1 注《莊子》：《莊子》一書是戰國時代的莊周以及他的後學所作。繼承並發展了《老子》的思想，是道家學派的重要著作。本則下文談的《秋水》、《至樂》、《馬蹄》，都是其中的篇名。計有司馬彪注，崔譔注，向秀注，郭象注，孟氏注等，但現存的只有郭注本。2 向秀：見《言語第二》第十八則注2。3 郭象：字子玄，西晉河南（郡治在今河南洛陽）人，是西晉時代重要的玄學家。歷官豫州長史、黃門侍郎。東海王司馬越專權，引為太傅主簿。薄行：操行輕薄。

譯文

起初，注《莊子》的有幾十家，可是沒有一家能探索到它的要領。向秀推開舊注，另求新解，精到的分析，美妙的意趣，使《莊子》玄奧的意旨大為暢達。其中只有《秋水》、《至樂》兩篇的注還沒有完成，向秀就死了。向秀的兒子還很小，不能完成父業。其所作的注釋便脱落了，可是還留有一個副本。郭象這個人，為人品行不好，卻是才智出眾。他看到向秀所釋新義在當時沒有流傳開，便剽竊來當做自己的注釋。於是他自己注釋了《秋水》、《至樂》兩篇，又改換了《馬蹄》一篇的注，其餘各篇的注，有的只是改正一下文句罷了。後來向秀釋義的副本被發現了，所以現在有向秀、郭象兩種《莊子注》，其中的內容是一樣的。

4.18

阮宣子有令聞[1]，太尉王夷甫見而問曰：「老、莊與聖教同異[2]？」對曰：「將無同[3]！」太尉善其言，辟之為掾。世謂「三語掾」[4]。衛玠嘲之曰：「一言可辟，何假於三！」宣子曰：「苟是天下人望，亦可無言而辟，復何假一！」遂相與為友。

注釋

1 阮宣子：阮修（約二七〇——三一二），字宣子，晉陳留尉氏（今屬河南）人，官至太子洗馬，喜歡《老子》、《周易》，能談玄理。《晉書．阮瞻傳》載，這一則所記之事出於阮瞻和司徒王戎。2 聖教：周公、孔子等聖人的教化即儒學。這一句是問老莊思想和儒家思想的異同。3 將無同：恐怕沒有甚麼兩樣吧。4「三語掾」：說了三個字就被調用為屬官。

譯文

阮宣子很有名望，太尉王夷甫見到他時問道：「老子、莊子和儒家有甚麼異同？」阮宣子回答說：「將無同。」太尉很讚賞他的回答，調他來做下屬。世人稱他為「三語掾」。衛玠嘲諷他說：「只說一個字就可以調用，何必要藉助三個字！」宣子說：

「如果是天下所仰望的人，也可以不說話就調用，又何必要借助一個字呢！」於是兩人就結為朋友。

4.22

殷中軍為庾公長史[1]，下都，王丞相為之集[2]，桓公、王長史、王藍田、謝鎮西並在[3]。丞相自起解帳帶麈尾，語殷曰：「身今日當與君共談析理[4]。」既共清言，遂達三更。丞相與殷共相往反，其餘諸賢略無所關。既彼我相盡，丞相乃歎曰：「向來語乃竟未知理源所歸，至於辭喻不相負。正始之音[5]，正當爾耳。」明旦，桓宣武語人曰：「昨夜聽殷、王清言，甚佳，仁祖亦不寂寞，我亦時復造心；顧看兩王掾，輒翣如生母狗馨。」

注釋

1 殷中軍：殷浩（？—三五六）：字淵源，東晉陳郡長平（今屬河南西華東北）人。善談玄。穆帝永和二年（三四六），任建武將軍、揚州刺史。執政的會稽王司馬昱畏懼桓溫勢力太盛，引殷浩參預朝政，對抗桓溫。永和八年（三五二），在許昌為前秦軍所敗。次年，進軍洛陽，又因前鋒姚襄倒戈，大敗於山桑（今安徽蒙城北）。遂為桓溫彈劾，廢為庶人，徙東陽信安。庾公：庾亮。2 王丞相：王導。3 桓公：桓溫。王長史：王濛。**王藍田**：王述（三〇三—三六八），字懷祖，太原晉陽（今屬山西）人，官揚州刺史、尚書令，襲爵藍田侯，故稱。**謝鎮西**：謝尚，字仁祖，陳郡陽夏（今屬河南）人，歷任歷陽太守、中郎將、尚書僕射、豫州刺史，進號鎮西將軍。4 **身**：晉人常用的第一人稱。5 **正始之音**：正始指魏齊王曹芳年號（二四〇—二四九），由王弼、何晏所開談玄風氣。

譯文

殷浩擔任庾亮的長史時，從荊州東下京城，丞相王導為他舉行集會，桓溫、長史王濛、藍田侯王述、鎮西將軍謝尚等都在座。王導親自起身解下掛在帳帶上的麈尾，對殷浩說：「我今天要與您一起辯析玄理。」他們便一起清談，一直到了半夜三更。王導與殷浩兩個人反覆辯難，其餘幾位名士毫無插嘴的餘地。他們彼此都把道理說盡後，王導歎息道：「一直以來所說的，竟然不知玄理的本源之所在，至於辭語之意與比喻的運用不相稱。正始之音，正應當是如此的吧。」第二天早晨，桓溫對人說：「昨夜聽殷、王清談，非常美妙。仁祖也不感到寂寞，我也常常心有所悟。回頭看兩位王姓屬官，光眨眼，就像那活母狗一樣。」

4.24

謝安年少時，請阮光祿道《白馬論》，為論以示謝[1]。於時謝不即解阮語，重

相咨盡。阮乃歎曰：「非但能言人不可得，正索解人亦不可得！」

注釋　1 阮光祿：阮裕。白馬論：戰國時公孫龍著《白馬論》，提出了白馬非馬這一著名命題，認為「馬」這一概念是指形體，「白」這一概念是指顏色，所以白馬非馬。

譯文　謝安年輕時候，請光祿大夫阮裕講解《白馬論》，阮裕寫了一篇論說文給謝安看。當時謝安不能馬上理解阮裕的話，就反覆請教以求全都理解。阮裕於是讚歎道：「不但是能夠解釋明白的人難得，就是尋求透徹了解的人也難得！」

4.25

褚季野語孫安國云[1]：「北人學問，淵綜廣博。」孫答曰：「南人學問，清通簡要。」支道林聞之，曰：「聖賢固所忘言，自中人以還，北人看書如顯處視月，南人學問如牖中窺日。」

注釋　1 褚季野：褚裒（三〇三—三四九），字季野，陽翟（今屬河南）人，其女為晉康帝皇后，官征北大將軍，鎮京口（今江蘇鎮江）。永和五年（三四九）進軍駐彭城（今江蘇徐州），兵敗於代陂，引咎自貶，慚恨而死。孫安國：孫盛，字安國。

譯文　褚季野對孫安國說：「北方人做學問，深厚綜合，廣闊博大。」孫安國答道：「南方人做學問，清通扼要。」支道林聽到後說：「聖賢之人本來就只須意會無須言詞。但從中等以下的人來看，北方人看書，好像在顯亮的地方看月亮，博而不精；南方人做學問，好像透過窗戶看太陽，精而不博。」

4.28

謝鎮西少時[1]，聞殷浩能清言[2]，故往造之。殷未過有所通，為謝標榜諸義，作數百語，既有佳致，兼辭條豐蔚，甚足以動心駭聽。謝注神傾意，不覺流汗交面。殷徐語左右：「取手巾與謝郎拭面。」

注釋　1 謝鎮西：謝尚，封鎮西將軍。2 殷浩：見《文學第四》第二十二則注1。

譯文　鎮西將軍謝尚年輕時聽說殷浩善於清談，便特地去拜訪他。殷浩沒有過多地闡發，只是為謝尚揭示各種義理，說了幾百言，既有美妙的情趣，又兼具文采，足以激動人心，震駭聽聞。謝尚全神貫注地傾聽，不知不覺汗流滿面。殷浩從容地對左右侍從說：「拿手巾來給謝郎擦臉。」

孫安國往殷中軍許共論[1]，往反精苦，客主無間。左右進食，冷而復暖者數四。彼我奮擲麈尾[2]，悉脱落滿餐飯中，賓主遂至莫忘食。殷乃語孫曰：「卿莫作強口馬[3]，我當穿卿鼻[3]！」孫曰：「卿不見決鼻牛，人當穿卿頰[4]！」

注釋

1 孫安國：孫盛，見《言語第二》第四十九則注 1。殷中軍：殷浩。2 麈尾：一種兼有拂塵與扇涼功用的器具，清談者必備，以示風雅。相習成俗，王公貴人亦多拿此物。3 強口馬：指嘴上不肯套上嚼子的倔馬。4 決鼻牛：指掙斷鼻環的強牛。孫盛把自己比作決鼻牛，而將殷浩比作強口馬，給他戴上嚼子。

譯文

孫安國到中軍將軍殷浩處共同談論義理，兩人竭盡全力反覆辯論，主客雙方論辯毫無間隙。左右侍從送上飯菜，冷了再熱，熱了再冷，反覆多次。雙方辯論時都奮力揮動麈尾，麈尾上的毛都脱落到了飯菜上，賓主雙方直到傍晚都忘了吃飯。殷浩就對孫安國説：「您不要做強口馬，我要穿你的鼻子了。」孫安國説：「您沒見過掙脱鼻環逃走的強牛嗎，人家要穿您的面頰給你戴上嚼子了。」

殷中軍浩嘗至劉尹所清言[1]。良久，殷理小屈，遊辭不已，劉亦不復答。殷去

後，乃云：「田舍兒，強學人作爾馨語！」。

注釋　1 殷中軍：殷浩。劉尹：劉惔。清言：清談。

譯文　中軍將軍殷浩曾到丹陽尹劉惔那裏去清談，談了很久，殷浩有點理虧，就不住地用些浮辭來應對，劉惔也不再答辯。殷浩走了以後，劉惔就說：「鄉巴佬，硬要學別人發這樣的議論！」

4.36

王逸少作會稽[1]，初至，支道林在焉。孫興公謂王曰[2]：「支道林拔新領異，胸懷所及，乃自佳，卿欲見不？」王本自有一往雋氣，殊自輕之。後孫與支共載往王許，王都領域[3]，不與交言。須臾支退。後正值王當行，車已在門，支語王曰：「君未可去，貧道與君小語。」因論《莊子．逍遙遊》。支作數千言，才藻新奇，花爛映發。王遂披襟解帶，留連不能已。

注釋　1 王逸少：王羲之，字逸少。2 孫興公：孫綽，字興公。3 都：總。領域：指自設領域，拒人於外。

譯文

王羲之任會稽內史，剛到任，支道林正在那裏。孫綽對王羲之說：「支道林標新理立異義，他的見解都很精妙，您想見他嗎？」王羲之原本就超凡脱俗，很輕視支道林。後來孫綽與支道林一起乘車到王羲之住處，王羲之總是保持距離，不跟支道林交談。一會兒支道林告退。當時正值王羲之準備外出，車已備好在門口，支道林對王羲之說：「請不要走，我要與您稍講幾句話。」於是就談論《莊子．逍遙遊》，支道林講了洋洋數千言，才思新鮮，文采奇特，如繁花爛漫，交相輝映。王羲之於是敞開衣襟，解開衣帶，戀戀不捨，不肯離去。

4.39

林道人詣謝公[1]，東陽時始總角[2]，新病起，體未堪勞，與林公講論，遂至相苦。母王夫人在壁後聽之，再遣信令還，而太傅留之。王夫人因自出，云：「新婦少遭家難[3]，一生所寄，唯在此兒。」因流涕抱兒以歸。謝公語同坐曰：「家嫂辭情慷慨，致可傳述，恨不使朝士見！」

注釋

1 林道人：支道林。謝公：謝安。下文太傅亦指謝安。2 東陽：謝朗，官至東陽太守，故稱。3 新婦：已婚婦女，乃自稱。

譯文

支遁去拜訪謝安，謝朗當時還在童年，病剛剛好，身體還經不起勞累。他與支遁談論玄理，以至於互相辯駁，毫不相讓。他母親王夫人在壁後聽到他們的辯論，兩次派人傳話讓他回去，但謝安卻留住他不放。王夫人於是親自出來說：「我年輕時家門就遭到不幸，一生希望都寄託在這個孩子身上了。」於是流着淚把兒子抱了回去。謝安對在座的人說：「家嫂言辭情意都很感人，最值得傳揚稱道，遺憾的是不能讓朝中人士見到！」

4.52

謝公因子弟集聚，問：「《毛詩》何句最佳[1]？」遏稱曰[2]：「昔我往矣，楊柳依依；今我來思，雨雪霏霏[3]。」公曰：「訏謨定命，遠猷辰告[4]。」謂此句偏有雅人深致。

注釋

1 毛詩：即《詩經》，是周代的一部詩歌總集，現在流傳下來的版本是由毛亨作傳的，又稱毛詩。2 遏：謝玄的小名，謝玄是謝安的侄兒。3「昔我」兩句：出自《詩經．小雅．采薇》，大意是：想起我離家出征的時光，楊柳輕輕擺盪；如今我回到家鄉啊，雪花漫天飄揚。4「訏謨」句：出自《詩經．大雅．抑》，大意是：國家大計一定要號召，重大方針政策就及時宣告。

譯文

謝安趁子侄們聚會在一起的時候，問道：「《詩經》裏面哪一句最好？」謝玄稱讚說：「最好的是『昔我往矣，楊柳依依；今我來思，雨雪霏霏。』」謝安說：「應該是『訏謨定命，遠猷辰告』最好。」他認為這一句特別有高雅之士的深遠意趣。

4·55

支道林、許、謝盛德，共集王家[1]，謝顧謂諸人：「今日可謂彥會。時既不可留，此集固亦難常，當共言詠，以寫其懷。」許便問主人：「有《莊子》不？」正得《漁父》一篇。謝看題，便各使四坐通。支道林先通，作七百許語，敘致精麗，才藻奇拔，眾咸稱善。於是四坐各言懷，畢，謝問曰：「卿等盡不？」皆曰：「今日之言，少不自竭。」謝後粗難，因自敘其意，作萬餘語，才峰秀逸，既自難干，加意氣擬託，蕭然自得，四坐莫不厭心。支謂謝曰：「君一往奔詣，故復自佳耳。」

注釋

1 許：許詢。謝：謝安。王家：王濛家。

譯文

支道林、許詢、謝安都有美德，他們在王濛家聚會。謝安環顧四座對大家說：「今天可說是群賢聚會。時光既不可留駐，這樣的雅會本來也難以常有，大家應當一起來清談吟詠，以抒發各自的懷抱。」許詢就問主人王濛：「有《莊子》嗎？」主人拿來《莊子》正好翻到《漁父》一篇。謝安看到題目，就請四座各自闡發見解發表高論。支道林首先闡述，講了七百多言，敘述情致精細優美，才情辭藻也是秀異特出，大家都同聲稱好。於是四座之人各抒己見完畢，謝安問道：「諸位談盡興了沒有？」諸人都說：「今天所說，無不言不盡意。」謝安隨後粗略地加以駁難，並闡發了自己的意見，講了萬餘言，文才俊秀奔放，既難以反駁，又加意氣風發，有所寄託，瀟灑逸放，令滿座名士都感到心服。支道林對謝安說：「您說的話直奔主題，達到了高深的境界，所以自然佳妙無比。」

4.66

文帝嘗令東阿王七步中作詩[1]，不成者行大法。應聲便為詩曰：「煮豆持作羹，漉菽以為汁。萁在釜下燃，豆在釜中泣：本自同根生，相煎何太急！」帝深有慚色。

注釋

1 文帝：魏文帝曹丕（一八七—二二六），字子桓，沛國譙（今屬安徽）人，曹操與卞夫人之子，曹魏開國之主。東阿王：曹植（一九二—二三二），字子建，曹丕同母弟，曾封為東阿王，故稱；因備受猜忌，鬱鬱而終；又封陳王，謚號思，世稱陳思王；雅好文學，善於辭賦，後人輯有《曹子建集》。

譯文

魏文帝曹丕曾經命令東阿王曹植在走七步的時間內作一首詩，如果作不出就要執行死刑。曹植應聲作詩一首：「煮豆持作羹，漉菽以為汁。萁在釜下燃，豆在釜中泣：本自同根生，相煎何太急！」魏文帝聽了感到非常慚愧。

賞析與點評

兄弟相煎，流傳千古，足引以為鑒。

4.67

魏朝封晉文王為公[1]，備禮九錫[2]，文王固讓不受。公卿將校當詣府敦喻，司空鄭沖馳遣信就阮籍求文[3]。籍時在袁孝尼家[4]，宿醉扶起，書札為之，無所點定，乃寫付使。時人以為神筆。

注釋

1 晉文王：司馬昭，見《德行第一》第十五則注1。為公：封為晉公。2 九錫：古代帝王尊禮大臣所給的九種器物，分別為車馬、衣服、樂則、朱戶、納陛、虎賁、弓矢、鈇鉞、秬鬯。3 鄭沖：字文和，滎陽開封（今屬河南）人，出身寒微，博究儒術，仕魏，官至司空、司徒、太保等，封壽光侯；入晉，拜太傅，進爵為公。阮籍：見《德行第一》第十五則注1。4 袁孝尼：袁準，陳郡陽夏（今屬河南）人，官至給事中。

譯文

魏朝封司馬昭為晉公，準備頒賜給他九錫之禮，司馬昭堅決辭謝不肯接受。朝中文武百官將要到他府中去勸進，司空鄭沖派信使快馬加鞭到阮籍處求他寫一篇勸進的文章。阮籍當時在袁準家，前晚酒醉仍未醒便被扶了起來，他在木札上書寫文稿，一字不改，就寫定交給來使。當時人都認為是神來之筆。

4.68

左太沖作《三都賦》初成[1]，時人互有譏訾，思意不愜。後示張公[2]，張曰：「此『二京』可三[3]，然君文未重於世，宜以經高名之士。」思乃詢求於皇甫謐[4]。謐見之嗟歎，遂為作敍。於是先相非貳者，莫不斂衽贊述焉。

注釋

1 左太沖：左思，字太沖，齊臨淄（今屬山東）人。家世儒學，妹左芬為晉武帝貴嬪。貌醜口訥，博學能文。官秘書郎。作《三都賦》，十年始成，競相傳寫，此為「洛陽紙貴」典故之來源。2 張公：張華（二三二—三〇〇），見《言語第二》第二三則注

4。3 二京：指張衡的《東京賦》與《西京賦》。4 皇甫謐：幼名靜，字士安，號玄晏先生，安定朝那（今屬寧夏）人，晉武帝屢下詔徵，均稱病不就，中年患風痹，乃鑽研醫學，著有《甲乙經》。

譯文

左思的《三都賦》剛完成時，當時人交相加以譏刺詆毀，左思心裏很不愉快。後來左思把賦拿給張華看，張華說：「此賦可與『二京賦』鼎足而三，但是現在您的文名尚未能為世人所重，應該讓享有盛名的人士加以推薦。」左思就去請教拜求皇甫謐，皇甫謐見了此賦後大為讚歎，就為賦作序。於是先前那些非議此賦的人，無不恭恭敬敬地讚美稱揚了。

4.87

桓公見謝安石作簡文謚議[1]，看竟，擲與坐上諸客曰：「此是安石碎金[2]。」

注釋

1 桓公：桓溫。謝安石：謝安。簡文謚議：晉帝司馬昱死後，商議給他稱號的奏表，建議謚為簡文。議是一種文體，呈上給皇帝議論事情的奏表。2 碎金：比喻文學的緒餘，優美的短文。

譯文

桓溫看見謝安石所作的給簡文帝加諡號的奏議，看完了，扔給座上的賓客說：「這是安石的碎金。」

4.88

袁虎少貧[1]，嘗為人傭載運租。謝鎮西經船行[2]，其夜清風朗月，聞江渚間估客船上有詠詩聲，甚有情致；所誦五言，又其所未嘗聞，歎美不能已。即遣委曲訊問，乃是袁自詠其所作《詠史詩》。因此相要，大相賞得。

注釋

1 袁虎：袁宏（三二八—三七六），字彥伯，小字虎，東晉陳郡陽夏（今河南太康）人。2 謝鎮西：謝尚（三〇八—三五七），字仁祖。謝鯤子。

譯文

袁宏年輕時很窮，曾經被人僱用運送租糧。鎮西將軍謝尚乘船經過，那天明月清風，聽到江中小洲邊的商船上有吟詩聲，很有情趣，所吟誦的五言詩，又是自己從來沒有聽到過的，便讚歎不止。謝尚立即派人詳細探詢情況，原來是袁氏在吟誦自己作的《詠史詩》。於是就邀請袁宏前來，大加賞識，惺惺相惜。

4.92

桓宣武命袁彥伯作《北征賦》，既成，公與時賢共看，咸嗟歎之[1]。時王珣在坐，

云：「恨少一句。得『寫』字足韻，當佳[2]。」袁即於坐攬筆益云：「感不絕於余心，泝流風而獨寫[3]。」公謂王曰：「當今不得不以此事推袁。」

注釋

1「桓宣武」句：桓溫曾於公元三六九年率師北伐鮮卑族慕容氏，後糧盡退兵，故作賦記其事。袁宏（字彥伯）任桓溫的記室參軍時，隨桓溫北伐。2 足韻：賦體是韻文，中間會換韻，往往是敘述完了一件事轉敘另一件事時換韻。如果感到某一韻中所敘之事未盡，就加幾句來補足，稱為足韻。3「感不」句：大意是，我心裏的感觸綿延不斷，追慕前人遺風而抒發自己的情懷。

譯文

桓溫叫袁彥伯作一篇《北征賦》，賦寫好以後，桓溫和在座的賢士一起閱讀，大家都讚歎寫得好。當時王珣也在座，說：「遺憾的是少了一句。如果用『寫』字足韻，就會更好。」袁彥伯立刻即席拿筆增加了一句：「感不絕於余心，泝流風而獨寫。」桓溫對王珣說：「當今文章，不能不推崇袁氏。」

4.96

桓宣武北征[1]，袁虎時從[2]，被責免官。會須露布文[3]，喚袁倚馬前令作[4]。手不輟筆，俄得七紙，殊可觀。東亭在側[5]，極歎其才。袁虎云：「當令齒舌間得利。」

注釋

1 桓宣武：桓溫。北征：晉廢帝太和四年（三六九），桓溫北征前燕。2 袁虎：袁宏。時為桓溫記室參軍。3 露布：古代指檄文、捷報等。4 倚馬：倚靠着馬，形容才思敏捷，成語「倚馬可待」即出於此。5 東亭：王珣。見《言語第二》第一零二則注 1。

譯文

桓溫北征時，袁宏也跟隨出征，因事被責罰免去官職。恰巧急需寫一篇佈告，就叫袁宏靠在馬前寫。袁宏手不停筆，很快就寫好了七張紙，文采極其出色。王珣在旁邊，極力讚歎他的文才。袁宏說：「也應當讓我得到一點口頭上的誇獎了。」

袁宏始作《東征賦》[1]，都不道陶公[2]。胡奴誘之狹室中[3]，臨以白刃，曰：「先公動業如是，君作《東征賦》，云何相忽略？」宏窘蹙無計，便答：「我大道公，何以云無？」因誦曰：「精金百鍊，在割能斷。功則治人，職思靖亂。長沙之勳，為史所讚！[4]」

注釋

1《東征賦》：袁宏所作，盛讚江東英傑，世所推重。文存《全晉文》中。2 陶公：陶侃，封長沙郡公，故下文以長沙稱之。3 胡奴：陶侃的兒子陶範的小名，歷官烏程令、光祿勳。4「精金」句：大意是，精金經過千錘百鍊，用來切割任何東西都能切斷。論到他的事業，就是使人安居樂業；說到他的職責，就是想平定禍亂。長沙郡公的功勳，是史家所讚美的。

譯文

袁宏起初寫《東征賦》的時候，沒有一句話說到陶侃。陶侃的兒子陶範就把他騙到一個密室裏，拔出刀來指着他，問道：「先父的勳業這樣大，您寫《東征賦》，為甚麼忽略了他？」袁宏很窘急，無計可施，便回答說：「我大大地稱道陶公一番，怎麼說沒有寫呢？」於是就朗誦道：「精金百鍊，在割能斷。功則治人、職思靖亂。長沙之勳，為史所讚。」

4·98

或問顧長康[1]：「君《箏賦》何如嵇康《琴賦》？」顧曰：「不賞者，作後出相遺，深識者，亦以高奇見貴。」

注釋

1 顧長康：顧愷之。

譯文

有人問顧長康：「您的《箏賦》和嵇康的《琴賦》相比，哪一篇更好？」顧長康回答說：「不會鑒賞的人認為我的後出就遺棄它，鑒賞力強的人也會因為高妙新奇而推許我。」

王孝伯在京[1]，行散，至其弟王睹戶前[2]，問：「古詩中何句為最？」睹思未答。孝伯詠：「『所遇無故物[3]，焉得不速老！』此句為佳。」

注釋

1 王孝伯：王恭，見《德行第一》第四十四則注1。2 行散：服五石散後漫步以散發藥性。王睹：王爽，字季明，小字睹，是王恭的四弟，官至侍中。3「所遇」二句：出自《古詩十九首》。大意是：「遇到的沒有自己熟悉的東西，怎麼會不很快就變老呢？」這句詩描寫的是舉目無親、心中淒涼的心境。

譯文

王恭在京都，服藥行散到他的弟弟王爽家門前，問道：「古詩中哪句最好？」王爽正在思考還沒來得及回答。王恭即吟「所遇無故物，焉得不速老！」說：「這句最好。」

方正第五

本篇導讀——

陳仲弓及兒子在德行、政事及方正中，均名列第一，他的風範及地位，可見一斑。

陳泰堅持必殺賈充，諸葛靚為父仇而拒交司馬炎（第十則），王濟力勸晉武帝珍愛親人（第十一則），嵇紹不在其位而拒操絲竹，陸機對盧志之無禮厲言以反擊（第十八則），王導不顧君臣之禮力阻晉元帝廢長立幼，周嵩的嫉惡如仇，何充、溫嶠、周顗等人不為王敦所屈（第三十二、三十三則），鍾雅於蘇峻之亂中義不捨帝而去，都是大是大非，堪稱方正。

然而，魏文帝受禪，陳泰之父陳群面有慼容，皇帝問原因，竟是因曾「服膺先朝，今雖欣聖化，猶義形於色」，這是真的心中悲傷？還是禮教的規範上要求他有此表情？禮教並沒叫人虛偽，一切皆源於人心。陳群的虛偽，可見一斑。郭淮遣婦赴京又追回，亦是故作姿態。王修齡拒收陶範的米（第五十二則），劉惔拒食平民百姓所贈的食物（第五十一則），都可見其時門閥觀念之深。令人遺憾的是，劉氏忘了自己也是出身寒賤。而不久之後，卻出現了一位為後世所推崇歌頌的高風亮節的靖節先生陶潛，正是陶侃的後代。世間冷暖，人情逆轉，莫過於此。

以上數則，所謂的「方正」，實則為虛偽勢利。弔詭的是，此等人物亦推崇安貧樂道之孔子與顏回。儒學真諦，在魏、晉之際，備受考驗。

5.1

陳太丘與友期行，期日中[1]，過中不至，太丘舍去，去後乃至。元方時年七歲[2]，門外戲。客問元方：「尊君在不？」答曰：「待君久不至，已去。」友人便怒曰：「非人哉！與人期行，相委而去。」元方曰：「君與家君期日中。日中不至，則是無信；對子罵父，則是無禮。」友人慚，下車引之，元方入門不顧。

注釋　1 陳太丘：陳寔。日中：中午。2 元方：陳紀。

譯文　陳太丘與友人約定時間一起出行，時間定在正午。結果過了正午友人還不來，陳太丘於是不等他先走了，走了之後友人才到。當時陳太丘的長子陳元方七歲，正在門外玩耍。客人問陳紀：「令尊在家嗎？」陳元方回答道：「等了您好久也不來，他已經走了。」友人於是大怒道：「真不是人啊！與別人約定一起出行，卻丟下別人自己走了。」陳元方說：「您與我父親約定的時間是正午，到了正午不來，就是沒有信用；當着別人兒子的面罵他的父親，就是無禮。」友人感到慚愧，就下車來拉他，陳元方頭也不回地走進門裏去了。

5.6

夏侯玄既被桎梏[1]，時鍾毓為廷尉[2]，鍾會先不與玄相知，因便狎之。玄曰：「雖復刑餘之人，未敢聞命[3]。」考掠，初無一言，臨刑東市[4]，顏色不異。

注釋

1 夏侯玄（二〇九—二五四）：字太初，三國魏譙國（今安徽亳縣）人。累遷散騎常侍、中護軍，主武官之選。後為征西將軍、假節都督雍涼州諸軍事。魏齊王曹芳時任太常。當時，司馬師以大將軍輔政，後中書令李豐因司馬師專權，密謀以夏侯玄代替他，事泄，被殺。2 廷尉：官名，九卿之一，掌管訴訟刑獄之事。3 聞命：聽從命令。這裏說未敢聞命，意即不願與之交往。4 東市：行刑的地方；法場。漢代在長安東面的市場行刑，故後代通稱法場為東市。

譯文

夏侯玄被逮捕了，當時鍾毓任廷尉，他弟弟鍾會先前和夏侯玄不相交好，這時趁機對夏侯玄表示狎昵。夏侯玄說：「我雖然是罪人，也還不敢遵命。」經受刑訊拷打，始終不出一聲，臨到解赴法場行刑，也依然面不改色。

諸葛靚後入晉[1]，除大司馬[2]，召不起。以與晉室有仇[3]，常背洛水而坐。與武帝有舊，帝欲見之而無由，乃請諸葛妃呼靚[4]。既來，帝就太妃間相見。禮畢，酒酣，帝曰：「卿故復憶竹馬之好不？」靚曰：「臣不能吞炭漆身[5]，今日復睹聖顏。」因涕泗百行。帝於是慚悔而出。

注釋

1 諸葛靚：字仲思，他父親諸葛誕反司馬氏，被司馬昭殺害。他入吳國，任右將軍、大司馬。吳亡，隱居不出。2 大司馬：官名。上公之一，位在三公之上。3 與晉室有仇：諸葛靚之父諸葛誕被司馬昭所殺，故與晉有殺父之仇。4 諸葛妃：司馬懿的兒子琅邪王司馬伷的王妃是諸葛靚的姐姐，晉武帝司馬炎的叔母。後文之「太妃」亦指諸葛妃。5 吞炭漆身：戰國時韓、魏、趙合力殺智伯，趙襄子尤恨智伯，取其頭骨漆為飲器。智伯的門客豫讓為替其報仇，漆身為癩，吞炭為啞，改變容貌聲音，想刺殺趙襄子，事敗而死。此處借以喻忍垢含辱，矢志復仇。

譯文

諸葛靚後入晉朝，官拜大司馬，他卻不肯應召。因為他與晉朝王室有殺父之仇，所以常常背對洛水而坐。他與晉武帝有交情，武帝想見他又找不到甚麼藉口，就請諸葛妃把諸葛靚叫來。諸葛靚來後，武帝就到太妃這裏來和他相見。見過禮後，大家暢快地飲酒，武帝說：「你還記得我們小時候的情誼嗎？」諸葛靚說：「我不能像豫讓那樣吞炭漆身為父報仇，所以今天得以再見到聖上的容顏。」說着涕淚滿面。武帝於是慚愧、悔恨地走了。

5.11

武帝語和嶠曰[1]：「我欲先痛罵王武子[2]，然後爵之。」嶠曰：「武子俊爽，恐不可屈。」帝遂召武子苦責之，因曰：「知愧不？」武子曰：「尺布斗粟之謠[3]，常為陛下恥之。它人能令疏親，臣不能使親疏，以此愧陛下！」

注釋

1 武帝：晉武帝司馬炎。和嶠：（？—二九二），字長輿，西晉汝南西平（今屬河南）人。初為太子舍人，累遷中書令，參預滅吳之謀。惠帝時，官太子少傅。家富資財而性吝嗇，杜預說他有「錢癖」。2 王武子：王濟。3 尺布斗粟之謠：漢朝淮南厲王劉長被文帝以謀反罪流放，途中絕食而死。民謠諷之曰：「一尺布，尚可縫；一斗粟，尚可春。兄弟二人，不能相容。」

譯文

武帝對和嶠說：「我要先痛罵王濟，然後再給他封爵位。」和嶠道：「王濟這人俊邁豪爽，恐怕不能使他屈服。」武帝就召見王濟，狠狠地責罵他一通，於是問他說：「知道羞愧嗎？」王濟道：「漢代有『尺布斗粟』之謠，我常常替陛下感到恥辱！別人能叫疏遠的人親近，我卻不能使親近的人疏遠，為此我愧對陛下。」

5.18

盧志於眾坐問陸士衡[1]：「陸遜、陸抗是君何物[2]？」答曰：「如卿於盧毓、盧珽[3]。」士龍失色[4]。既出戶，謂兄曰：「何至如此！彼容不相知也。」士衡正色曰：「我父、祖名播海內，寧有不知？鬼子敢爾[5]！」議者疑二陸優劣，謝公以此定之[6]。

注釋

1 **盧志**（？—三一二）：字子道。父親是魏朝衛尉卿盧珽，祖父是魏朝司空盧毓，歷任成都王左長史、中書監，晉懷帝永嘉末，轉尚書。洛陽失陷時出奔，為劉粲所殺。**陸士衡**：陸機。陸機的父親是吳國大司馬陸抗，祖父是丞相陸遜。魏晉人重視避諱，直指祖父、父親名字，最為無禮。2 **陸遜**（一八三—二四五）：字伯玄，陸機、陸雲之祖父。陸抗：字幼節，陸機與陸雲之父。3 盧毓：字子家。盧志祖父。盧珽：字子笏，盧毓子，盧志父。4 士龍：陸雲，字士龍，陸機的弟弟，歷任官太子舍人、尚郎侍、御史、清河內史等。「八王之亂」中，與其兄陸機同被讒殺。5 鬼子：對人的憎稱。據《孔氏志怪》所記載，盧志的遠祖盧充曾因打獵而入鬼府，與崔少府的亡女結婚而生子。陸機因此罵盧志是鬼的子孫。6「謝公」句：謝安認為陸機較陸雲為優秀。

譯文

盧志在大庭廣眾中問陸士衡道：「陸遜、陸抗是您的甚麼人？」陸士衡回答說：「正像你和盧毓、盧珽的關係一樣。」陸士龍聽了大驚失色。出門以後，士龍就對哥哥說：「哪至於弄到這種地步呢！他可能真是不了解底細呀。」士衡很嚴厲地說：「我父親、祖父海內知名，豈有不知道的？鬼子竟敢這樣無禮！」輿論界對陸家兄弟的優劣一向難於確定，謝安就拿這件事來判定兩人的優劣。

5.31

王大將軍當下[1]，時咸謂無緣爾。伯仁曰[2]：「今主非堯、舜，何能無過！且人臣安得稱兵以向朝廷！處仲狼抗剛愎[3]，王平子何在[4]？」

注釋

1 王大將軍：王敦，字處仲，晉琅邪臨沂（今屬山東）人。晉室東遷，與堂兄弟王導一起輔佐晉元帝，任大將軍、荊州刺史，鎮守武昌。當時丹陽尹劉隗當權，與尚書令刁協欲排抑豪強，因為王敦威權太盛，想限制王敦，引起王敦的不滿。永昌元年（三二二）正月，王敦在武昌起兵反，上奏疏歷數劉隗罪狀；三月東下攻入石頭城，殺周顗、劉隗等，刁協出逃。後元帝任王敦為丞相，他偽辭不受，始返武昌。2 伯仁：周顗。3 處仲：王敦，字處仲。4 王平子：王澄（二六七—三一二），字平子，西晉琅邪（今山東臨沂北）人，王衍之弟，曾為成都王司馬穎從事中郎。後任荊州刺史，日夜縱酒，投壺博戲，不理政事；又殘殺巴蜀流民，激起杜弢等流民起義。名望超過王敦，為王敦所忌憚；後徵為軍咨祭酒，途中為王敦所殺。

譯文

大將軍王敦就要率兵東下，當時人們都以為他沒有藉口呢。周伯仁說：「現在的君主不是堯、舜，怎麼能沒有過失！再說臣下怎麼能興兵來指向朝廷！處仲他狂妄自大，剛愎自用，試看王平子到哪兒去了？」

5.32

王敦既下，住船石頭，欲有廢明帝意[1]。賓客盈坐，敦知帝聰明，欲以不孝廢之。每言帝不孝之狀，而皆云：「溫太真所說[2]。溫嘗為東宮率[3]。後為吾司馬，甚悉之。」須臾，溫來，敦便奮其威容，問溫曰：「皇太子作人何似？」溫曰：「小人無以測君子。」敦聲色並厲，欲以威力使從己，乃重問溫：「太子何以稱佳？」溫曰：「鉤深致遠，蓋非淺識所測；然以禮侍親，可稱為孝。」

注釋

1「王敦」「句：據《資治通鑒・晉紀》載，王敦在公元三二二年四月攻入石頭城，擁兵不朝，又因皇太子有勇略，為朝野所向，就想廢太子，於是大會百官。四月退兵還武昌。閏十一月晉元帝死，皇太子司馬紹繼位，就是晉明帝。不過下文說及溫太真任王敦司馬，此事卻在明帝即位以後。2 溫太真：溫嶠，字太真。3 率：衛率，官名，是太子屬官，主管門衛。

譯文

王敦從武昌東下以後，把船停泊在石頭城，有廢黜明帝之意。有一次賓客滿座，王敦知道明帝聰敏明慧，就想藉不孝的罪名廢掉他。每次說到明帝不孝的情況，都說：「這是溫太真說的。溫太真曾經做過東宮的衛率，後來在我手下擔任司馬，非常熟悉太子的情況。」一會兒，溫太真來了，王敦便擺出他的威嚴的神色，問太真：「皇太子為人怎麼樣？」溫太真回答說：「小人沒法兒估量君子。」王敦聲色俱厲，想靠威力來迫使對方順從自己，便重新問道：「根據甚麼稱頌太子好？」溫太真說：「太子才識的廣博精深，似乎不是我這種認識膚淺的人所能估量的；可是能按照禮法來侍奉雙親，這可以稱為孝。」

5.33

王大將軍既反[1]，至石頭，周伯仁往見之[2]。謂周曰：「卿何以相負[3]？」對曰：「公戎車犯正，下官忝率六軍，而王師不振，以此負公。」

注釋

1 王大將軍：王敦。反：造反。2 周伯仁：周顗。時任尚書左僕射，率軍抗王敦，大敗，奉詔去見王敦。3 相負：辜負我。晉愍帝建興元年（三一三），周顗曾為起事之流民所困而投王敦，王敦以為有恩於他，故有此說。

譯文

大將軍王敦反叛以後，到了石頭城，周伯仁去見他。王敦問周伯仁：「你為甚麼辜負我？」周伯仁回答說：「您舉兵謀反，下官愧率六軍出戰，可是軍隊不能奮勇殺敵，打了敗仗，因此才辜負了您。」

5.34

蘇峻既至石頭[1]，百僚奔散，唯侍中鍾雅獨在帝側。或謂鍾曰：「見可而進，知難而退，古之道也。君性亮直，必不容於寇讎，何不用隨時之宜，而坐待其弊邪？」鍾曰：「國亂不能匡，君危不能濟，而各遜遁以求免，吾懼董狐將執簡而進矣[2]。」

注釋

1 蘇峻既至石頭：指蘇峻叛亂攻入京城。蘇峻（?—三二八），字子高，長廣掖縣（今屬山東）人，元帝時為鷹揚將軍，以平王敦之功進冠軍將軍，後與祖約以討庾亮為名，起兵攻入京城，專擅朝政，不久，為溫嶠、陶侃等所擊敗，被殺。2 董狐：春秋時晉國的史官。晉卿趙盾因避靈公殺害而出走，未出境，其族人趙穿殺靈公。董狐認為責任在趙盾，故在史書上寫：「趙盾弒其君」，後為古代良史的代稱。

譯文

蘇峻的叛軍到了石頭城後，朝中百官都逃散了，只有侍中鍾雅一個人隨侍在成帝身旁。有人對鍾雅說：「要見可而進，知難而退，這是自古以來的道理。您生性誠實正直，必定不能為仇敵寬容，何不隨機應變，坐等叛軍的敗亡呢？」鍾雅說：「國家混亂不能匡扶，君主危急不能救助，卻各自退避以求免禍，我怕董狐就要拿竹簡前來記載了！」

5.51

劉真長、王仲祖共行[1]，日旰未食。有相識小人貽其餐，肴案甚盛，真長辭焉。仲祖曰：「聊以充虛，何苦辭？」真長曰：「小人都不可與作緣[2]。」

注釋

1 劉真長：劉惔。王仲祖：王濛。2 小人：指晉代門第，士族階層把府中吏役、老百姓等地位低下的人都視之為「小人」。

譯文

劉真長、王仲祖一同出行，天晚了還沒有吃飯。有個認識的吏役送給他們飯食，菜肴很豐盛，劉真長推辭不吃。王仲祖說：「暫且用來充飢，何必推辭！」劉真長說：「不可以與地位低下的人打交道。」

5.52

王修齡嘗在東山，甚貧乏[1]。陶胡奴為烏程令，送一船米遺之[2]，卻不肯取。直答語：「王修齡若飢，自當就謝仁祖索食，不須陶胡奴米[3]。」

注釋

1 王修齡：王胡之（？—約三四九），字修齡，晉琅邪臨沂（今屬山東人），王廙子，曾任吳興太守，後召為司州刺史，未到任就病死了。2 陶胡奴：陶範，陶侃之子。烏程：縣名，即今浙江省吳興縣。3「王修齡」句：王修齡拒絕贈米，乃出於門第之見。王、謝是士族，陶氏本出身寒門，雖有大功也不易晉身於士族之列。謝仁祖：謝尚。

譯文

王修齡曾在東山隱居過一段時間，那時很貧困。陶範當時任烏程縣令，就運一船米去送給他。王修齡推辭了，不肯收下，只是回話說：「王修齡如果捱餓，自然會到謝仁祖那裏要吃的，不需要陶範的米。」

王文度為桓公長史時[1]，桓為兒求王女，王許咨藍田[2]。既還，藍田愛念文度，雖長大，猶抱著膝上。文度因言桓求己女婚。藍田大怒，排文度下膝，曰：「惡見文度已復癡，畏桓溫面！兵[3]，那可嫁女與之！」文度還報云：「下官家中先得婚處。」桓公曰：「吾知矣，此尊府君不肯耳[4]。」後桓女遂嫁文度兒。

注釋

1 **王文度**：即王坦之（三三〇—三七五），字文度，太原晉陽（今屬山西）人，王述子。弱冠即與郗超齊名，有「江東獨步」之稱。簡文帝即位，領左衞將軍。簡文帝病危，詔桓溫攝政，他毀詔阻止。尚刑名之學，以為莊子之學害多利少，著《廢莊論》。2 **藍田**：王述，王坦之之父，封藍田侯。3 **兵**：指桓溫。桓溫身為武將，家世又非名門，王述自恃太原王氏為高門而輕視之。4 **尊府君**：指令尊，府君在此是尊稱。桓溫雖名位很高，但不是士族名門，所以王述不肯把孫女嫁給他家，而寒族之女卻可嫁到名門，所以桓女可嫁文度兒。

譯文

王文度在桓溫手下任長史時，桓溫為兒子求娶文度的女兒，文度答應回去和父親藍田侯王述商量。回家後，王述因為憐愛文度，雖然長大了，也還是抱在膝上。文度便說到桓溫求娶自己女兒的事。王述非常生氣，把文度從膝上推下去，說道：「我不喜歡看見文度又犯傻了，是害怕桓溫那副面孔！當兵的，怎麼可以嫁女兒給他家！」文度就回覆桓溫說：「下官家裏已經給女兒找了婆家。」桓溫說：「我知道了，這是令尊大人不答應呢。」後來桓溫的女兒便嫁給文度的兒子。

5.59

王子敬數歲時[1]，嘗看諸門生樗蒲[2]，見有勝負，因曰：「南風不競[3]。」門生輩輕其小兒，乃曰：「此郎亦管中窺豹，時見一斑。」子敬瞋目曰：「遠慚荀奉倩[4]，近愧劉真長。」遂拂衣而去。

注釋

1 王子敬：王獻之，字子敬，王羲之第七子，官至中書令，工書法，兼擅諸體，尤精行草，與父齊名，並稱「二王」。2 門生：指依附於世家大族門下的寒士。樗蒲：古代的一種賭博遊戲。3 南風不競：語出《左傳・襄公十八年》，謂師曠能從樂聲中測出楚師士氣不振，沒有戰鬥力，喻指競賽的一方氣勢已敗。4 荀奉倩：荀粲，字奉倩，豫州潁川（今屬河南）人，三國魏人，善言玄理，有名於時。劉真長：劉惔。

譯文

王子敬才幾歲時，曾看門人們玩樗蒲賭博，見到有勝有負，就說：「南風不競。」門人們輕視他是個小孩子，便說：「這位小郎也只是以管窺豹，有時看到一點斑紋罷了。」王獻之瞪大眼睛說：「遠一點的人我只比不上荀奉倩，近一點的人我只比不上劉真長！」說完就一甩袖子走了。

5.62

太極殿始成[1]，王子敬時為謝公長史[2]，謝送版使王題之。王有不平色，語信云：「可擲著門外。」謝後見王，曰：「題之上殿何若？昔魏朝韋誕諸人，亦自為也[3]。」王曰：「魏祚所以不長。」謝以為名言。

注釋

1 太極殿：晉孝武帝修築的新宮室，名叫太極殿。2 王子敬：王獻之，大書法家，善草隸。參見前則注1。謝公：謝安。3「昔魏朝」句：據傳魏明帝築陵雲殿，誤先釘匾，忘了題字，於是高高弔起一張凳子，讓擅長楷書的侍中韋誕坐在上面懸空題匾，題完後，鬚髮全白了。韋誕回家告誡子弟，不要再學這種書法。

譯文

太極殿剛建成，王子敬當時任丞相謝安的長史，謝安派人將作匾額用的木板送去叫王子敬題匾。子敬露出不滿的神色，告訴來人說：「把它扔在門外吧。」謝安後來看見王子敬，就說：「登到殿上題匾，怎麼樣？從前魏朝韋誕等人也是寫過的呀。」王子敬說：「這就是魏朝帝位不能長久的原因。」謝安認為這是名言。

雅量第六

本篇導讀——

《雅量》第一則為嵇康臨刑而撫琴，他歎惜的並非自己的生命，而是《廣陵散》從此失傳。《廣陵散》之絕，亦是嵇康一人所撐拄的風骨之告終，可謂千古痛史。至於夏侯玄的不為雷擊所動，衣服皆焦，仍然書寫如故（第三則），也稱得上一時的人物。

王羲之的「坦腹東牀」，坦腹者自信而自在，而觀察者郗鑒更具雅量與識力。一段千古佳話，由此發生。

然而，此章實是以謝安為主角，為我們提供了謝安在各種情境下之表現：泛海出遊，風起浪湧，眾人失色，惟獨他「吟嘯不言」、「貌閒意説」（第二十八則）；面對梟雄桓溫的專權干政，謝安談笑風生（第二十七則）；既知甲兵在伏，吟唱如故（第二十九則）；為了國事，甘於忍讓（第三十則）；及至淝水大捷，仍神色如常（第三十五則）。由此可見，謝安確是膽識過人，才具過人，雅量過人。這些都是為政者必具備的條件，而非空喊自己是「政治家」的口號，至於連口號都不會喊而憑祖蔭的，就更等而下之了。

6.2

嵇中散臨刑東市[1]，神氣不變，索琴彈之，奏《廣陵散》[2]。曲終，曰：「袁孝尼嘗請學此散[3]，吾靳固不與，《廣陵散》於今絕矣！」太學生三千人上書，請以為師，不許。文王亦尋悔焉[4]。

注釋

1 嵇中散：嵇康。曾官中散大夫，故稱。東市：漢代長安行刑之場所，後即專指刑場。2《廣陵散》：琴曲名，嵇康以善彈此曲著稱。3 袁孝尼：袁準，見《文學第四》第六十七則注 4。4 文王：司馬昭。

譯文

嵇康將在東市被執行死刑，神色不變。他要來琴，彈了一曲《廣陵散》。彈完後說：「袁孝尼曾經請求跟我學奏此曲，當時我堅持拒絕了，《廣陵散》從此成為絕響了！」太學生三千人向朝廷上書，請求拜嵇康為師，不被准許。嵇康死後，司馬昭也感到後悔了。

6.3

夏侯太初嘗倚柱作書[1]，時大雨，霹靂破所倚柱，衣服焦然，神色無變，書亦如故。賓客左右，皆跌蕩不得住。

注釋

1 夏侯太初：夏侯玄，見《方正第五》第六則注1。

譯文

夏侯太初有一次靠着柱子寫信，當時下着大雨，雷電擊壞了他靠着的柱子，衣服燒焦了，他神色不變，照樣寫字。賓客和隨從都跌跌撞撞，站立不穩。

6.4

王戎七歲[1]，嘗與諸小兒遊。看道邊李樹，多子折枝，諸兒競走取之，唯戎不動。人問之，答曰：「樹在道邊而多子，此必苦李。」取之信然。

注釋

1 王戎：見《德行第一》第十六則注1。

譯文

王戎七歲的時候，曾經與很多小孩子遊玩。他們看到路邊的李樹上長滿了李子，把樹枝都要壓彎了。孩子們都搶着跑過去摘李子，只有王戎一個人站着不動。有人問他，他答道：「李樹在路邊卻有這麼多李子，說明這必定是苦李。」摘下李子來嘗，果然如此。

6.5

魏明帝於宣武場上斷虎爪牙[1]，縱百姓觀之。王戎七歲，亦往看。虎承間攀欄而吼，其聲震地，觀者無不辟易顛仆；戎湛然不動，了無恐色。

注釋

1 魏明帝：曹叡（二〇五—二三九），字元仲，文帝曹丕子，黃初七年（二二六）文帝死，即位，是為明帝。宣武場：場地名，在洛陽城北。

譯文

魏明帝在宣武場上把老虎關在籠子裏，拔去其爪牙，任憑百姓觀看。王戎當時七歲，也去看。老虎乘隙攀住柵欄大吼，吼聲震天動地，圍觀的人全都嚇得退避不迭，跌倒在地。王戎卻平平靜靜，安然不動，一點也不害怕。

6.8

王夷甫嘗屬族人事[1]，經時未行。遇於一處飲燕，因語之曰：「近屬尊事，那得不行？」族人大怒，便舉樏擲其面。夷甫都無言，盥洗畢，牽王丞相臂，與共載去。在車中照鏡，語丞相曰：「汝看我眼光，乃出牛背上[2]。」

注釋

1 王夷甫：王衍，見《言語第二》第二十三則注2。2 王丞相：王導。出牛背上：牛背為着鞭處，眼光出於牛背，意指不計較捱打受辱這類小事。

譯文

王夷甫曾經囑託族人辦事，過了好久也沒有辦。後來在一處宴會上喝酒時相遇，就對那位族人說：「前些日子託付您辦事，怎麼沒有辦啊？」族人聽了大怒，便拿起食盒來扔到他的臉上。王夷甫一言不發，盥洗乾淨後，拉着丞相王導的手臂，和他一起坐車離去。在車子裏王夷甫照着鏡子對王導說：「你看我的眼光，竟超出牛背之上。」

6.13

有往來者云：「庾公有東下意[1]。」或謂王公[2]：「可潛稍嚴，以備不虞。」王公曰：「我與元規雖俱王臣[3]，本懷布衣之好；若其欲來，吾角巾徑還烏衣[4]，何所稍嚴！」

注釋

1 庾公：庾亮，見《德行第一》第三十一則注1。東下意：晉成帝登位（三二五）後，王導為司徒，錄尚書事，和庾亮等參輔朝政。後來庾亮進號征西將軍，都督六州諸軍事，鎮守武昌，有人勸他起兵東下入首都，罷免王導，因郗鑒不同意，才放棄。2 王公：王導。3 元規：庾亮，字元規。4 烏衣：建康城內的烏衣巷。東晉時王導、謝安這些貴族都住在這裏。這句話指棄官家居。

譯文

有往來首都的人說：「庾公有起兵東下的意圖。」有人對王導說：「應該暗中略作戒備，以防備不測事件。」王導說：「我和元規雖然都是國家大臣，但是本來就懷有布衣之交的情誼。如果他想來朝廷，我就徑直回家當老百姓，略作戒備做甚麼！」

6.19

郗太傅在京口[1]，遣門生與王丞相書，求女婿。丞相語郗信[2]：「君往東廂，任意選之。」門生歸，白郗曰：「王家諸郎亦皆可嘉，聞來覓婿，咸自矜持。唯有一郎在東牀上袒腹臥，如不聞。」郗公云：「正此好！」訪之，乃是逸少[3]，因嫁女與焉。

注釋

1 郗太傅：郗鑒。京口：古城名，故址在今江蘇鎮江。2 王丞相：王導。3 逸少：王羲之，字逸少。乃王導之堂侄。

譯文

太傅郗鑒在京口時，派門生送信給丞相王導，想在王家子侄中找一位女婿。王導對郗鑒的信使說：「你到東廂房去，任意挑選一位。」這位門生回去向郗鑒報告說：「王家諸位郎君都值得稱道，他們聽說來挑女婿，都顯得很莊重拘謹。只有一位郎君，在東面的坐榻上袒胸露腹地躺着，好像甚麼都沒聽見。」郗鑒說：「恰恰是這一位好！」再去打聽，原來是王逸少，於是郗鑒就把女兒嫁給他了。

賞析與點評

為人處世，自然就好。

周仲智飲酒醉[1]，瞋目還面，謂伯仁曰[2]：「君才不如弟，而橫得重名！」須臾，舉蠟燭火擲伯仁，伯仁笑曰：「阿奴火攻，固出下策耳！」

注釋

1 周仲智：周嵩。2 伯仁：周顗，周嵩之兄。

譯文

周仲智喝酒喝醉了，瞪着眼扭着頭對他哥哥伯仁說：「您才能比不上我，卻意外地獲得大名聲！」接着，舉起點着的蠟燭扔到伯仁身上，伯仁笑着說：「阿奴用火攻，原來是用的拙劣的方法啊！」

‖6.22

顧和始為揚州從事，月旦當朝[1]，未入頃，停車州門外。周侯詣丞相，歷和車邊，和覓虱，夷然不動。周既過，反還，指顧心曰：「此中何所有？」顧搏虱如故，徐應曰：「此中最是難測地。」周侯既入，語丞相曰：「卿州吏中有一令僕才。」

注釋 1 月旦：農曆每月初一。

譯文 顧和當初任揚州州府從事的時候，到初一該進見長官了，他還沒有進府，暫時在州府門外停下車。這時武城侯周顗也到丞相王導那裏去，從顧和的車子旁邊經過，顧和正在抓虱子，安閒自在，沒有理他。周侯已經過去了，又折回來，指着顧和的胸口問道：「這裏面裝些甚麼？」顧和照樣掐虱子，慢吞吞地回答說：「這裏面是最難捉摸的地方。」周侯進府後，告訴王導說：「你的下屬裏有一個可做尚書令或僕射的人才。」

‖6.23

庾太尉與蘇峻戰[1]，敗，率左右十餘人乘小船西奔，亂兵相剝掠，射，誤中舵工，應弦而倒，舉船上咸失色分散。亮不動容，徐曰：「此手那可使著賊！」眾乃安。

注釋

1 庾太尉：庾亮，見《德行第一》第三十一則注1。蘇峻：見《方正第五》第三十四則注1。

譯文

太尉庾亮率軍和蘇峻作戰，打敗了，帶着十幾個隨從坐小船往西邊逃去。這時叛亂的士兵正搶劫百姓，小船上的人用箭射賊兵，失手射中舵工，舵工隨即倒下了，全船的人都嚇得臉色發白想逃散。庾亮神色自若，慢慢說道：「這樣的手怎麼可以用來殺賊！」大家這才安定下來。

6.27

桓宣武與郗超議芟夷朝臣，條牒既定，其夜同宿[1]。明晨起，呼謝安、王坦之入，擲疏示之[2]，郗猶在帳內。謝都無言，王直擲還，云：「多。」宣武取筆欲除，郗不覺竊從帳中與宣武言。謝含笑曰：「郗生可謂入幕賓也[3]。」

注釋

1 桓宣武：桓溫。郗超（三三六—三七七）：字嘉賓，東晉高平金鄉（今屬山東）人，郗愔子，任桓溫大司馬參軍，深獲寵信。2 疏：給皇帝的奏議。謝安時任丞相，王坦之共同輔政。3 入幕賓：古代將帥辦公的地方稱幕府，幕府中的屬官是幕僚或幕賓。幕有帳幕，郗超正在帳中，所以謝安這樣嘲諷他。

譯文

桓溫和郗超商議撤換朝廷大臣的事，上報名單擬定後，當晚兩人同一處安歇。第二天桓溫一早起來，就傳呼謝安和王坦之進來，把擬好的奏疏扔給他們看。當時郗超還在帳子裏沒起牀。謝安看了奏疏，一句話也沒説，王坦之徑直扔回給桓溫，説：「太多了！」桓溫拿起筆想刪去一些，這時郗超不自覺地偷偷從帳子裏和桓溫説話。謝安含笑説：「郗生可以説是入幕之賓呀。」

6.28

謝太傅盤桓東山時[1]，與孫興公諸人泛海戲。風起浪湧，孫、王諸人色並遽[2]，便唱使還。太傅神情方王，吟嘯不言[3]。舟人以公貌閒意説，猶去不止。既風轉急，浪猛，諸人皆喧動不坐。公徐曰：「如此，將無歸？」眾人即承響而回。於是審其量，足以鎮安朝野。

注釋

1 謝太傅：謝安。東山：在今浙江上虞西南的一座山，謝安在做了一任著作郎後就隱居東山，不肯出任。2 孫興公：孫綽。孫、王：孫綽、王羲之。3 嘯：撮口發出長而清越的聲音，乃魏晉士大夫之習慣，以示風度。

譯文

謝安隱居在東山時，與孫綽等人乘船到海上遊玩。海面上風起浪湧，孫綽、王羲之等人的神色全都驚懼不已，就高呼讓船開回去。謝安卻興致正高，吟詩長嘯，不予回答。船夫因為謝安面色閒靜，意態愉悅，就仍然向前行駛。轉瞬間風勢更急，浪頭更猛，船上人都大喊大叫坐不住了。謝安平靜地說：「這樣的話，是不是就回去呢？」大家即刻應聲安定下來回去了。從這件事可知謝安的氣量，足以震懾安定朝野上下。

6.29

桓公伏甲設饌，廣延朝士，因此欲誅謝安、王坦之[1]。王甚遽，問謝曰：「當作何計？」謝神意不變，謂文度曰：「晉祚存亡，在此一行。」相與俱前。王之恐狀，轉見於色；謝之寬容，愈表於貌；望階趨席，方作洛生詠，諷「浩浩洪流[2]。」桓憚其曠遠，乃趣解兵。王、謝舊齊名，於此始判優劣。

注釋

1 桓公：桓溫。王坦之：字文度。2 洛生詠：用洛陽書生讀書的語音來吟詩。浩浩洪流：這是嵇康《贈秀才入軍》詩中的句子，意謂大河浩浩蕩蕩。

譯文

桓溫埋伏好甲士，設宴遍請朝中百官，想趁此機會殺害謝安和王坦之。王坦之非常驚恐，問謝安：「應該採取甚麼辦法？」謝安神色不變，對王坦之說：「晉朝的存亡，決定於我們這一次去的結果。」兩人一起前去赴宴，王坦之驚恐的狀態，越來越明顯地表現在臉色上；謝安的寬宏大量，也在神態上表現得更加清楚。他到臺階上就快步入座，模仿洛陽書生讀書的聲音，朗誦起「浩浩洪流」的詩篇。桓溫害怕他那種曠達的氣量，便趕快撤走了埋伏的甲士。原先王坦之和謝安名望相等，通過這件事才分出了高低。

6.35

謝公與人圍棋，俄而謝玄淮上信至[1]，看書竟，默然無言，徐向局。客問淮上利害，答曰：「小兒輩大破賊[2]。」意色舉止，不異於常。

注釋

1 謝公：謝安。謝玄：見《言語第二》第七十八則注2。淮上：淮河上。淝水是淮河上游的支流，在今安徽西北部。2 小兒輩：謝安被任為征討大都督，他派遣弟謝石、侄謝玄、子謝琰率軍北上拒敵，諸謝多為其子侄。

譯文

謝安和人下圍棋，不一會兒謝玄從淮河前線派來的信使到了。謝安看完來信後，默默地不說話，緩緩地轉向棋局。客人問他淮上勝負消息，謝安答道：「孩子們大破賊軍。」說話時的神態舉動，與平常時候沒有一點不同。

賞析與點評

自信的人，不大驚小怪。

6.36

王子猷、子敬曾俱坐一室[1]，上忽發火。子猷遽走避，不惶取屐；子敬神色恬然，徐喚左右扶憑而出，不異平常。世以此定二王神宇。

注釋

1 王子猷：王徽之（？—三八八），字子猷。王羲之子，凝之弟，獻之兄。歷任大司馬桓溫參軍、車騎桓沖騎兵參軍、黃門侍郎。後棄官家居，以病終。子敬：王獻之。

譯文

王子猷和子敬曾經同坐在一個房間裏，前面忽然起火了。子猷急忙逃避，連木板鞋也來不及穿；子敬卻神色安祥，慢悠悠地叫來隨從，攙扶着再走出去，就跟平時一樣。世人從這件事上判定二王神情氣度的高下。

6.37

苻堅遊魂近境[1]，謝太傅謂子敬曰[2]：「可將當軸，了其此處。」

注釋　1 遊魂：遊蕩不定的鬼魄，此為對敵人的蔑稱。2 謝太傅：謝安。子敬：王獻之。

譯文　苻堅大軍像幽靈一樣逼近邊境，太傅謝安對王子敬說：「可擒其統帥，把他們就地消滅。」

6.38

王僧彌、謝車騎共王小奴許集[1]，僧彌舉酒勸謝云：「奉使君一觴[2]。」謝曰：「可爾。」僧彌勃然起，作色曰：「汝故是吳興溪中釣碣耳[3]，何敢譸張！」謝徐撫掌而笑曰：「衛軍，僧彌殊不肅省，乃侵陵上國也[4]。」

注釋　1 王僧彌：王珉，小名僧彌。見《政事第三》第二十四則注 3。謝車騎：謝玄，小名羯。死後贈車騎將軍。王小奴：王薈，字敬文，小名小奴，又稱「衛軍」。王導的兒子，王珉的叔父。督浙江東五郡左將軍，會稽內史，進號鎮軍將軍，死後追贈衛將軍。2 使君：漢晉時稱呼刺史為使君，此處指謝玄。3 汝：你。用於同輩或後輩。此處含不敬意。吳興：郡名，今浙江湖州，地有苕溪、霅溪。謝玄平生好釣魚。王珉稱謝玄小字，詆為釣魚羯奴，意在侮辱。4 上國：古代中原諸侯國稱上國，與邊遠之國相對而言。後亦稱地位高於自己、實力強的諸侯國。謝玄借以自喻，回應上文「使君」，以示尊貴，含調侃王珉意。

譯文

王僧彌和車騎將軍謝玄一起到王薈家聚會，僧彌舉起酒杯向謝玄勸酒說：「奉獻使君一杯。」謝玄說：「行啊。」僧彌生氣地站起來，滿臉怒色地說：「你原先不過是吳興山溪裏垂釣的碣奴罷了，怎麼敢這樣胡言亂語！」謝玄慢慢拍着手笑道：「衞軍，你看僧彌太不莊重，太不懂事了，竟敢侵犯欺凌上國的人呀。」

6.39

王東亭為桓宣武主簿[1]，既承藉[2]，有美譽，公甚敬其人地，為一府之望。初見謝失儀，而神色自若，坐上賓客即相貶笑，公曰：「不然。觀其情貌，必自不凡，吾當試之。」後因月朝閣下伏[3]，公於內走馬直出突之，左右皆宕仆，而王不動。名價於是大重，咸云「是公輔器也」[4]。

注釋

1 王東亭：王珣，王導的孫子。桓宣武：桓溫。2 承藉：繼承前輩事業並以為憑藉。王珣是名門望族之後，故稱。3 月朝：指下屬每月初一按例朝見長官。4 公輔：三公、丞相。

譯文

東亭侯王珣擔任桓溫的主簿，他憑藉祖上的名位，已經擁有很好的名聲，桓溫對他的才學與門第非常敬重，他也成為整個大司馬府上眾望所歸的人物。王珣初見桓溫時有失答謝之禮儀，但他神色坦然自如。座上的賓客隨即貶抑嘲笑他。桓溫說：「並非如此。看他的神態面貌，必定不是尋常之人。我要試試他。」後來趁着初一屬吏朝見拜伏在官署閣下之時，桓溫從官署內騎馬直衝出來，左右其他人都驚慌失措跌倒在地，而王珣則不為所動。於是他的名聲得到很大的提高，人們都說：「他是三公、丞相的人才。」

‖6.40

太元末，長星見，孝武心甚惡之[1]。夜，華林園中飲酒，舉杯屬星云：「長星，勸爾一杯酒，自古何時有萬歲天子！」

注釋

1「太元」句：太元（三七六—三九六）是晉孝武帝的年號，據記載，太元二十年（三九五）九月出現蓬星（即這裏說的長星，是彗星的一種）。古人的迷信說法，蓬星出現是不吉利的，多預示兵災。這裏以為是預示帝王死，所以說沒有萬歲天子。孝武：東晉孝武帝司馬曜。

譯文

太元末年，長星出現，晉孝武帝心裏非常厭惡。入夜，他在華林園裏飲酒，舉杯向長星說：「長星，勸你一杯酒。從古到今，甚麼時候有過萬歲天子！」

識鑒第七

本篇導讀——

所謂「識鑒」，指的是人事的識別評鑒。這一章第一、二則涉及三國的曹操與劉備，分別出自喬玄與裴潛之口。仔細咀嚼，兩者當有分別。喬玄品評曹操為「亂世之英雄，治世之奸賊」（第一則），早已流傳千古。兩種稱呼，指歸如一，剪除群雄，問鼎中原者，唯使君而已。最重要的是，喬公以子孫相託。至於劉備所得到裴潛的品評：「使居中國，能亂人，不能為治；若剩邊守險，足為一方之主」（第二則），又稍遜曹操一籌。喬、裴二人當真有如此神鑒？還是後人建構的神話，以鞏固曹魏政權的地位？

其他如夏侯玄、何晏、鄧颺、王敦、衛玠、周顗、周嵩、戴逵、謝玄以及殷仲堪，他們的命運，一如所料。難得的是，周嵩對自家兄弟三人竟有如此深刻的認識，但對兄長周顗之評價，實失公允（第十四則）。

值得一提的是，山濤力阻晉武帝不宜偃武修文，後來八王之亂起，世人都佩服他的識見深遠（第四則）。山濤雖曾為竹林之遊，而志在官場。事實上，山濤此人確是能幹，任賢選能，時譽為「山公啟事」。山濤不僅善於明哲保身，更是思慮周全，可謂人才難得。

更震古爍今的人才，是令李白也歎服的謝安，「東山蓄妓」（第二十一則）之餘，甚至公然携妓入都，這都是一種蓄勢待發的高蹈姿態。

曹公少時見喬玄[1]，玄謂曰：「天下方亂，群雄虎爭，撥而理之，非君乎？然君實是亂世之英雄，治世之奸賊。恨吾老矣，不見君富貴，當以子孫相累。」

注釋

1 曹公：曹操。喬玄（一〇八——一八三）：字公祖，東漢梁國睢陽（今屬河南）人，官至太尉。

譯文

曹操年輕時去見喬玄，喬玄對他說：「天下正在動盪不安，各路英雄如虎相爭，整頓治理天下，不就是您嗎？但是您實在是亂世的英雄、治世的奸賊。遺憾的是我已老了，看不到您富貴發達了，只有把子孫交託給您了。」

7.2

曹公問裴潛曰[1]：「卿昔與劉備共在荊州[2]，卿以備才如何？」潛曰：「使居中國[3]，能亂人，不能為治；若乘邊守險，足為一方之主。」

注釋

1 曹公：曹操。裴潛（？—二四四）：字文行，河東聞喜（今屬山西）人，曹操定荊州時，以裴潛參丞相軍事，此後歷任兗州刺史、散騎常侍、荊州刺史、尚書令。2 劉備（一六一—二二三）：字玄德，涿郡涿縣（今屬河北）人，三國時蜀漢的建立者。3 中國：指中原地區。

譯文

曹操問裴潛道：「您當初與劉備都在荊州，劉備的才能怎麼樣？」裴潛說：「如果讓他佔有中原地區，會把人心攪亂，不能治理天下；如果讓他駐守邊境扼守險要，那麼他就能成為一方的霸主。」

7.3

何晏、鄧颺、夏侯玄並求傅嘏交[1]，而嘏終不許。諸人乃因荀粲說合之[2]，謂嘏曰：「夏侯太初一時之傑士，虛心於子，而卿意懷不可交。合則好成，不合則致隙。二賢若穆，則國之休。此藺相如所以下廉頗也[3]。」傅曰：「夏侯太初志大心勞，能合虛譽，誠所謂利口覆國之人。何晏、鄧颺有為而躁，博而寡要，外好利而內無關籥，貴同惡異，多言而妒前，多言多釁，妒前無親。以吾觀之，此三賢者皆敗德之人爾，遠之猶恐罹禍，況可親之邪？」後皆如其言。

注釋

1 何晏：見《言語第二》第十四則注1。鄧颺（？—二二六）：字玄茂，南陽宛（今屬河南）人，明帝時官潁川太守、侍中、尚書，為人浮華貪賄，後因黨曹爽而被誅。夏侯玄：字太初。見《方正第五》第六則注1。傅嘏（二〇九—二五五）：字蘭碩，北地泥陽（今屬陝西）人，歷官尚書郎、黃門侍郎、河南尹、尚書。後又以平毌丘儉、文欽功封陽鄉侯。2 荀粲：見《方正第五》第五十九則注4。3 藺相如下廉頗：藺相如，戰國趙人，出使秦國，完璧歸趙，以功封上卿，位在大將廉頗之上。廉頗氣憤不平，聲言欲辱相如。相如顧全大局，一再忍讓。廉頗感悟，與相如和好。見《史記·廉頗藺相如列傳》。此借喻傅嘏當與夏侯玄相交好。

譯文

何晏、鄧颺、夏侯玄都希望與傅嘏結交，而傅嘏始終不答應。幾個人就通過荀粲來撮合，荀粲對傅嘏說：「夏侯太初是當代傑出之士，他對您一心嚮往，而您心中卻不願意和他交往。互相交好能成大事，不能交好就會造成隔閡，兩位賢者如能和睦相處，就是國家之福。這也就是藺相如為甚麼避讓廉頗的原因。」傅嘏說：「夏侯太初志向遠大費盡心思，能夠聚集虛名於一身，真是古人說的能言巧辯足以導致國家敗亡的人。何晏、鄧颺有作為卻很浮躁，學識雖廣博卻不得要領，對外愛好錢財而內心卻毫不檢點，看重意見相同的人而厭惡意見不同者，喜歡虛談而妒忌超過自己的人。言多必失，招來嫌隙，妒忌超過自己的人必定無人親近。照我看來，這三位所謂的賢者都是敗壞道德的人。即便疏遠他們還怕會遭到連累，何況去親近他們呢？」後來他們三人的結局都與傅嘏說的一樣。

7·4

晉武帝講武於宣武場[1]。帝欲偃武修文，親自臨幸，悉召群臣。山公謂不宜爾[2]。因與諸尚書言孫、吳用兵本意[3]，遂究論，舉坐無不咨嗟，皆曰：「山少傅乃天下名言。」後諸王驕汰，輕遘禍難[4]，於是寇盜處處蟻合，郡國多以無備[5]，不能制服，遂漸熾盛。皆如公言。時人以謂山濤不學孫、吳，而暗與之理會。王夷甫亦歎云[6]：「公暗與道合。」

注釋

1 晉武帝：司馬炎（二三六——二九〇），字安世，司馬昭之子，西晉的建立者。晚年荒淫，立癡呆的司馬衷為太子，導致後來賈后之禍及「八王之亂」。宣武場：操練場，在洛陽宣武觀北。2 山公：山濤，又稱山少傅。3 孫、吳：指的是古代兵法家孫武與吳起。4輕遘禍難：晉武帝偃武修文的初衷雖好，但他即位後大封宗室為王，諸王各有封地，各擅重兵，在他死後即開始爭權奪利，釀成連年的戰亂，史稱「八王之亂」。5郡國：秦之郡縣，至漢分為郡與國，郡直屬朝廷，國分封於諸侯、晉因循之。此泛指地方政府。6王夷甫：王衍。

譯文

晉武帝在宣武場上講論武事。他想停息武備，振興文教，故親自蒞臨，把群臣全都召集起來。山濤認為不適宜這麼做，便與各位尚書談論孫武、吳起用兵的本意，於是加以推究論述，滿座的人聽後沒有不讚歎的，說：「山少傅所說是天下的至理名言」。後來分封到各地的諸侯過於驕縱，輕易地釀成禍亂災難，於是盜賊四處蜂起，各地郡縣封國多數因為沒有武備，不能予以制服，叛亂勢力於是逐漸強大起來。一切都像山濤所說的那樣。當時人認為山濤雖然不學孫子、吳起的兵法，但他的見解卻與孫、吳兵法相吻合。王衍也感歎道：「山公之見與道暗合。」

7.6

潘陽仲見王敦小時[1]，謂曰：「君蜂目已露，但豺聲未振耳。必能食人，亦當為人所食。」

注釋　1 潘陽仲：潘滔（？—三一一），字陽仲，西晉滎陽（今河南）人，初為東海王司馬越太傅長史，永嘉末為河南尹，石勒之亂遇害。

譯文　潘陽仲看見王敦少年時候的樣子，就對他說：「您已經露出了胡蜂一樣的眼神，只是還沒有發出豺狼般的聲音罷了。你一定能吃人，也會給別人吃掉。」

7·7

石勒不知書[1]。使人讀《漢書》[2]。聞酈食其勸立六國後，刻印將授之[3]，大驚曰：「此法當失，云何得遂有天下！」至留侯諫[4]，乃曰：「賴有此耳！」

注釋　1 石勒（二七四—三三三）：字世龍，上黨武鄉（今山西榆社北）人，羯族，東晉時代後趙的君主，起兵反晉室，公元三一九年自稱趙王；後來攻佔了晉朝淮水以北大片土地；三三〇年又自稱大趙天王，行皇帝事。旋稱帝，年號建平。2《漢書》：東漢班固所著，記述西漢之史書。3 酈食其：是漢高祖劉邦的謀士。楚漢之爭，項羽把劉邦困在滎陽，酈食其獻計大封戰國時代六國的後代，想以此壯大自己的勢力，阻撓項羽的擴張。劉邦馬上下令刻印章，準備加封。4 留侯：張良（？—前一八六），字子房，城父（今安徽亳州市）人，戰國時韓國的貴族。韓為秦所滅後，散盡家財以求刺秦始皇，不遂。後來成為劉邦之重要謀士，以功封留侯。

譯文

石勒不識字，叫別人讀《漢書》給他聽。他聽到酈食其勸劉邦把六國的後代立為王侯，劉邦馬上刻印，將要授予爵位，就大驚道：「這種做法會失去天下，怎能最終得到天下呢！」當聽到留侯張良勸阻劉邦時，便說：「幸虧有這個人呀！」

7.10

張季鷹辟齊王東曹掾[1]，在洛，見秋風起，因思吳中菰菜羹、鱸魚膾[2]，曰：「人生貴得適意爾，何能羈宦數千里以要名爵？」遂命駕便歸。俄而齊王敗，時人皆謂為見機。

注釋

1 張季鷹：張翰，字季鷹，吳郡（今屬江蘇）人，齊王冏時為大司馬東曹掾，為人放達不拘，時號「江東步兵」（步兵，指阮籍），博學善為文，存詩六首，集已佚。**齊王**：司馬冏。**東曹掾**：東曹的屬官。2 **吳中**：吳地，蘇州。**菰菜**：茭白，生長於江南的低窪地，可作蔬菜食用。**鱸魚膾**：鱸魚切片或切碎做的菜。

譯文

張翰被任命為齊王的東曹掾，在洛陽，看到秋風吹起，因而思念家鄉吳地的茭白羹和鱸魚膾，說：「人生可貴的是使自己可以隨心所欲，怎能為了求得名位而在數千里外做官呢？」於是他就命人駕車回鄉。不久齊王兵敗被殺，當時人都說他有先見之明。

賞析與點評

遠離名利，也可以避免是非。

7.12

王平子素不知眉子[1]，曰：「志大其量，終當死塢壁間[2]。」

注釋

1 王平子：王澄。眉子：王玄（？——三一三），字眉子，王衍之子，王澄之侄，少有俊才，然性簡曠粗豪；任陳留太守時，大行威罰，為所誅梁國部曲將耿奴餘黨所殺。

2 塢壁：構築在村落外圍的小型城堡，防寇盜用的建築物。這句指志大其量，就很難有成就，終將在爭奪天下的戰亂中死於一隅。

譯文

王平子向來對王眉子沒有好感，他評論王眉子說：「志向大過他的氣量，終究會死在小城堡裏。」

7.14

周伯仁母[1]，冬至舉酒賜三子曰：「吾本謂度江託足無所，爾家有相，爾等並羅列吾前，復何憂？」周嵩起，長跪而泣曰[2]：「不如阿母言。伯仁為人，志大而才短，名重而識闇，好乘人之弊，此非自全之道。嵩性狼抗，亦不容於世。唯阿奴碌碌[3]，當在阿母目下耳。」

注釋 1 周伯仁：周顗，字伯仁。2 周嵩：周顗弟。長跪：古人坐時臀部放在腳後跟上，跪時伸直腰和大腿，挺直上身跪着，叫長跪，表示尊敬。3 阿奴：指周謨。

譯文 周伯仁的母親在冬至那天的家宴上賜酒給三個兒子，對他們說：「我本來以為避難過江以後沒有個立腳的地方，好在你們家有福氣，你們幾個都在我眼前，我還擔心甚麼呢！」這時周嵩離座，恭敬地跪在母親面前，流着淚說：「並不像母親說的那樣。伯仁的為人志向很大而才能不足，名氣很大而見識膚淺，喜歡利用別人的毛病來達到自己的目的，這不是保全自己的做法。我本性乖戾，也不會受到世人的寬容。只有小弟弟平平常常，將會在母親的眼前吧。」

7.15

王大將軍既亡[1]，王應欲投世儒[2]，世儒為江州；王含欲投王舒[3]，舒為荊州。

含語應曰：「大將軍平素與江州云何，而汝欲歸之？」應曰：「此乃所以宜往也。江州當人強盛時，能抗同異，此非常人所行。及睹衰厄，必興愍惻。荊州守文，豈能作意表行事！」含不從，遂共投舒，舒果沉含父子於江。彬聞應當來，密具船以待之，竟不得來，深以為恨。

注釋

1 王大將軍：王敦。2 王應（？—三二四）：字安期，王敦兄王含之子，因敦無子養為嗣子，以其為武衞將軍，後被誅。世儒：王彬（二七五—三三三），王敦的堂弟，渡江，以從征華軼功封都亭侯，歷建安太守、侍中等。後為豫章太守、江州刺史。王敦死後，遷度支尚書、尚書右僕射，卒官。3 王含：字處弘，王敦之兄，官至光祿勳。王舒（約二六六—三三三）：字處明，王敦堂弟，後討蘇峻有功，封彭澤侯。

譯文

大將軍王敦病死之後，王應想投奔王世儒，王世儒當時擔任江州刺史。王含想投奔王舒，王舒當時是荊州刺史。王含對王應說：「大將軍一向與江州刺史關係不好，而你卻想歸附於他？」王應說：「這正是應當去的原因。江州刺史正當人家強盛的時候，能直言不諱地提出不同意見，這不是一般常人所能做到的。等看見人家衰敗困厄時，必定生出惻隱之心。荊州刺史遵守成法，怎麼能做出意料之外的事情呢？」王含不聽他的話，於是一起投奔王舒，王舒果然把王含父子沉於長江。

王世儒聽說王應要來，就秘密地準備船隻等待他們，最後卻沒能來，他為此深感遺憾。

7.17

戴安道年十餘歲[1]，在瓦官寺畫。王長史見之[2]，曰：「此童非徒能畫，亦終當致名。恨吾老，不見其盛時耳！」

注釋

1 戴安道：戴逵，戴逵（三二六——三九六），字安道，居會稽郡剡縣，不肯出仕，有清名，擅長琴棋書畫。2 王長史：王濛。

譯文

戴安道十幾歲時，在京都瓦官寺畫畫。司徒左長史王濛看見他，說：「這孩子不僅僅是畫得好畫，將來也會很有名望。遺憾的是我年紀大了，見不到他享盛名的時候了！」

7.18

王仲祖、謝仁祖、劉真長俱至丹陽墓所省殷揚州[1]，殊有確然之志。既反，王、謝相謂曰：「淵源不起，當如蒼生何！」深為憂歎。劉曰：「卿諸人真憂淵源不

起邪？」

注釋

1 王仲祖：王濛。謝仁祖：謝尚。劉真長：劉惔。丹陽：郡名，故城在今江蘇南京江寧縣東。殷揚州：殷浩，字淵源。

譯文

王仲祖、謝仁祖、劉真長三人一起到丹陽郡殷氏墓地去探望殷浩，談話中知道他退隱的志向堅定不移。回來以後，王、謝互相議論說：「淵源不出仕，老百姓該怎麼辦呢！」非常憂慮、歎惜。劉真長說：「你們這些人真的擔心淵源不出仕嗎？」

7.20

桓公將伐蜀[1]，在事諸賢，咸以李勢在蜀既久[2]，承藉累葉[3]，且形據上流，三峽未易可克。唯劉尹云[4]：「伊必能克蜀。觀其蒲博[5]，不必得則不為。」

注釋

1 桓公：桓溫。蜀：指成漢，十六國之一，氐族人李雄所創立。2 李勢（？—三六一）：字子仁，成漢的國君。3 累葉：累世。自李雄之父李特起兵至李勢前後共六世。4 劉尹：劉惔。5 蒲博：即樗蒲，古代的一種賭博遊戲。

譯文

桓溫準備攻打成漢，朝廷的大臣們都認為李勢在蜀地經營很久了，憑藉祖宗幾代的基業，而且地形上佔據着長江上游，三峽地區不能輕易攻克。只有劉惔說：「他必定能攻克蜀地。看他賭博就知道，沒有必勝的把握，他是不會幹的。」

7.21

謝公在東山畜妓[1]，簡文曰[2]：「安石必出。既與人同樂，亦不得不與人同憂。」

注釋　1 謝公：謝安。妓：古代貴族豪門家中所蓄養以從事歌舞及音樂表演之侍女。2 簡文：晉簡文帝司馬昱。

譯文　謝安隱居於東山，還蓄養歌妓，簡文帝說：「安石一定會出山為官的。他既然與人同樂，也不得不與人同憂。」

7.22

郗超與謝玄不善。苻堅將問晉鼎，既已狼噬梁、岐，又虎視淮陰矣。於時朝議遣玄北討，人間頗有異同之論。唯超曰：「是必濟事。吾昔嘗與共在桓宣武府，見使才皆盡，雖履屐之間，亦得其任。以此推之，容必能立勳。」元功既舉[1]，時人咸歎超之先覺，又重其不以愛憎匿善。

注釋　1 元功：大功。此指謝玄在淝水之戰中的戰功。

譯文　郗超與謝玄關係不好。苻堅準備攻打東晉，他已經像狼似的吞併了梁、岐一帶，又虎視眈眈地想攫取淮陰地區。這時朝廷決定派遣謝玄領軍北伐，人們對此頗有不同看法，只有郗超說：「他必定能成功。我過去曾經與他一起在桓溫的幕府共事，看他用人時都能人盡其才，即使遇到極細小的事，也都能處理得當。由此推斷，他必定能建立功勳。」大功告成後，當時人都讚歎郗超的先見之明，又敬重他不以自己的好惡來掩蓋他人的長處。

7.23

韓康伯與謝玄亦無深好。玄北征後[1]，巷議疑其不振。康伯曰：「此人好名，必能戰。」玄聞之甚忿，常於眾中厲色曰：「丈夫提千兵入死地，以事君親故發[2]，不得復云為名。」

注釋　1 北征：指謝玄率師北上抗擊前秦的軍隊。3 君親：君主和長輩，這裏指出兵是為了盡忠盡孝。

譯文　韓康伯和謝玄也沒有深交。謝玄北伐苻堅後，街談巷議都擔憂他不能奮力作戰。

韓康伯說：「這個人好名，一定能作戰。」謝玄聽到這話非常生氣，曾經在大庭廣眾中聲色俱厲地說：「大丈夫率領千軍出生入死，是為了報效君主和長輩才出征，決不能再說是為了一己之名聲。」

7.28

王忱死，西鎮未定[1]，朝貴人人有望。時殷仲堪在門下，雖居機要，資名輕小，人情未以方嶽相許[2]。晉孝武欲拔親近腹心[3]，遂以殷為荊州。事定，詔未出。王珣問殷曰：「陝西何故未有處分[4]？」殷曰：「已有人。」王歷問公卿，咸云：「非。」王自計才地，必應在己。復問：「非我邪？」殷曰：「亦似非。」其夜，詔出用殷。王語所親曰：「豈有黃門郎而受如此任！仲堪此舉，乃是國之亡徵。」

注釋

1 王忱：字元達，小字佛大，晉平北將軍王坦之子，官至荊州刺史、建武將軍。西鎮：指荊州。荊州為西部重鎮，故稱。2 殷仲堪：（？——三九九），晉陳郡長平（今河南西華東北）人。孝武帝時授都督荊、益、寧三州軍事，振威將軍，荊州刺史，鎮江陵。晉安帝時，王恭起兵誅王國寶，他起兵響應。王恭被殺後，他與桓玄相攻伐，兵敗被殺。門下：門下省。方嶽：專任一方的重臣。3 晉孝武：晉孝武帝司馬曜。

4 王珣：出身琅邪王氏，時任尚書左僕射。陝西：東晉時荊州治所在江陵，在建康西，也稱西州或陝西。

譯文

王忱死後，荊州刺史的人選尚未確定，朝中大臣人人都有染指的想法。當時殷仲堪在門下省任職，雖然位居機密要務，但是他資歷淺名望低，人們都不認為他能擔任一方大員的要職。晉孝武帝想提拔自己的心腹，便用殷仲堪擔任荊州刺史。事情確定後，詔書尚未發出。王珣問殷仲堪：「荊州的事為甚麼沒有處置？」殷仲堪說：「已經有人選了。」王珣一個個地舉出公卿的名字來問，殷仲堪都說「不是」。王珣自己估計無論才能與門第，必定應當是自己。便再問：「莫非是我嗎？」殷仲堪說：「也不是。」這天晚上，詔書發出任用的是殷仲堪。王珣告訴親信說：「哪有黃門侍郎能得到如此重任？任命殷仲堪的舉動，是亡國的徵兆。」

賞譽第八

本篇導讀——

賞譽源於漢代的舉察制度，這就是曹操之所以厚金哀求以至於威脅以言拔士的許劭的原因，因為一經品評，如躍龍門，從此名播四海，名爵利祿之途，就此展開。及至魏文帝時代，陳群定下「九品中正制」將品評制度化，急於被品評的人奇招迭出，品評的風氣更見熾盛，千姿百態，極盡語言之能事。王戎評山濤為「璞玉渾金」（第十則），評王衍為「瑤林瓊樹」（第十六則）；王衍評郭象之語言為「如懸河寫水」（第三十二則）。評者與被評者都是相互的關係，名不經傳者期望大名士的稱譽，同樣地，大名士更以執有品評的權力而領袖群倫。

在這一章中，被評者與評人者，出現得最多的，莫過於王戎。王戎早年已從阮籍作竹林之遊，年紀最小，而機心極重，阮籍察覺而譏諷他為「俗物」。而這位俗物，卻由竹林遊而知名於世，在此終獲鍾會品評為「簡要」（第五則），且預言必能當上吏部尚書。王戎從而一步步邁向權力的中心，最終位至三公。而作為王戎品評人的鍾會，竟也曾投嵇康《四本論》，以求品評。由此可見，當時賞譽的風氣。然而，深懂「賞譽」的妙處的，非謝安莫屬。謝安的延譽策略極之高調，曠古絕今，以至於大名士劉惔對王羲之說：「若安石東山志立，當與天下共推之」（第七十七則）。

有才的人，未必為世所知。才華與延譽，相得益彰。儒家觀念之謙虛卑己，在此蕩然無存。而在大倡儒學的當下，卻連排隊也不懂，目睹路有傷者而不救，足為國人反省。

8.2

世目李元禮[1]：「謖謖如勁松下風。」[2]

注釋

1 李元禮：李膺。目：品評。常以某一方式指出人或物的獨特之處。

譯文

世人評論李元禮說：「像挺拔的松樹下呼嘯而過的疾風。」

8.5

鍾士季目王安豐：「阿戎了了解人意[1]。」謂「裴公之談，經日不竭[2]。」吏部郎闕，文帝問其人於鍾會，會曰：「裴楷清通，王戎簡要，皆其選也[3]。」於是

用裴。

注釋　1 鍾士季：鍾會，字士季。王安豐：即安豐侯王戎。了了：聰明伶俐。2 裴公：指裴頠。3 文帝：司馬昭。裴楷：字叔則，西晉河東聞喜（今屬山西）人。少與王戎齊名，通《老子》、《周易》，魏末被司馬昭辟為相國掾，遷尚書郎，參與修《晉律》。入晉，任中書令，加侍中，與張華、王戎並掌機要，時稱「裴令公」。

譯文　鍾士季評論安豐侯王戎說：「阿戎聰明伶俐，懂得別人的心意。」又評論說：「裴公善談，一整天也談不完。」吏部郎這個職位空出來了，晉文帝司馬昭問鍾會誰是適當的人選，鍾會回答說：「裴楷清廉通達，王戎能掌握要領而處事簡約，都是適當的人選。」於是委任裴楷。

8.8

裴令公目夏侯太初[1]：「肅肅如入廊廟中，不修敬而人自敬[2]。」一曰：「如入宗廟，琅琅但見禮樂器。」「見鍾士季，如觀武庫，森森但睹矛戟在前[3]。見傅蘭碩，汪翔靡所不有[4]。見山巨源，如登山臨下，幽然深遠[5]。」

注釋

1 裴令公：裴楷。夏侯太初：夏侯玄。2「肅肅」句：《禮記・檀弓下》：「社稷宗廟之中，未施敬於民而民敬」。意指並未強求人民表示敬意而人民自己就肅然起敬。3 鍾士季：鍾會。4 傅蘭碩：傅嘏。5 山巨源：山濤。

譯文

中書令裴楷評論夏侯太初說：「好像進入朝廷一樣恭恭敬敬的，人們無心加強敬意，卻自然會肅然起敬。」另一種說法是：「好像進入宗廟之中，只看見禮器和樂器琳瑯滿目。」又評論說：「看見鍾士季，好像參觀武器庫，矛戟森森，全是兵器。看見傅蘭碩，像是一片汪洋，浩浩蕩蕩，無所不有。看見山巨源，好像登上山頂往下看，幽深得很。」

8.10

王戎目山巨源[1]：「如璞玉渾金，人皆欽其寶，莫知名其器[2]。」

注釋

1 山巨源：山濤。2 璞玉渾金：未經雕琢的玉和未經提煉的金，比喻本質真純質樸。

譯文

王戎評論山巨源說：「他像沒有雕琢的玉與沒有冶煉過的金，人人都看重它是寶物，可是沒有誰知道該給它取個怎樣的名稱合適。」

8.16

王戎云：「太尉神姿高徹，如瑤林瓊樹，自然是風塵外物[1]。」

注釋 1 太尉：指王衍。瑤林瓊樹：瑤、瓊都是美玉，泛指精美的東西。

譯文 王戎說：「太尉的風度儀態高雅清澈，好像晶瑩的玉樹，自然是塵世之外的人物。」

8.17

王汝南既除所生服[1]，遂停墓所。兄子濟每來拜墓[2]，略不過叔，叔亦不候。濟脫時過，止寒溫而已。後聊試問近事，答對甚有音辭，出濟意外，濟極惋愕。仍與語，轉造精微。濟先略無子侄之敬，既聞其言，不覺懍然，心形俱肅。遂留共語，彌日累夜。濟雖俊爽，自視缺然，乃喟然歎曰：「家有名士，三十年而不知！」濟去，叔送至門。濟從騎有一馬，絕難乘，少能騎者。濟聊問叔：「好騎乘不？」曰：「亦好爾。」濟又使騎難乘馬。叔姿形既妙，回策如縈，名騎無以過之。濟益歎其難測，非復一事。既還，渾問濟：「何以暫行累日？」濟曰：「始得一叔。」渾問其故，濟具歎述如此。渾曰：「何如我？」濟曰：「濟以上人。」武帝每見濟，輒以湛調之[3]，曰：「卿家癡叔死未？」濟常無以答。既而得叔後，武帝又問如前。濟曰：「臣叔不癡。」稱其實美。帝曰：「誰比？」濟曰：「山濤以下，魏舒以上[4]。」於是顯名，年二十八始宦。

注釋

1 王汝南：王湛（二四九—二九五），字處沖，太原晉陽（今屬山西）人，王昶子，王渾弟，歷官尚書郎、太子中庶子，出為汝南內史，故稱。除所生服：脱去為父母守喪期間所穿的孝服。2 濟：王濟。3 渾：王渾（二二三—二九七），字玄沖，王濟之父，王湛之兄，伐吳有功，進爵為公，拜尚書左僕射，遷司徒。4 魏舒（二〇九—二九〇）：字陽元，任城樊（今屬山東）人，年輕時遲鈍質樸，不為鄉里所重，年四十餘始自課學業，對策高第，後屢遷，封劇陽子，晉武帝時官至司徒。

譯文

王汝南脱去喪服後，就留住在墓旁。他兄長的兒子王濟每次來墓地祭拜，都不來探望叔叔，叔叔也不去問候他。王濟偶爾來探望一次，也只是寒暄幾句而已。後來王濟姑且試問近來發生的事，王汝南答對的言辭很有意味，出乎王濟意料之外，王濟極為驚訝。接着繼續談論，逐漸進入精細微妙之境。王濟先前完全沒有子侄對長輩的敬意，聽了王汝南的談論後，不覺肅然起敬，從內心到外表都嚴肅起來。於是便留下來同王汝南一起談論，夜以繼日。王濟雖然才高俊邁性格爽朗，但比起王汝南來也自覺有所欠缺，便喟然長歎道：「我們家裏就有名士，卻三十年來都不知道！」王濟告辭離去時，叔叔送他到門口。王濟隨從中有一匹馬，極難駕馭，很少有人能騎牠。王濟姑且問叔叔：「喜歡騎馬嗎？」王汝南說：「也喜歡騎的。」王濟便讓他騎這匹難騎的馬。叔叔不僅騎馬的姿態絕妙，揮起馬鞭來盤旋縈回，就是著名的騎手也不能超過他。王濟更加感歎他高深莫測，不只一件事情如此。王濟回家後，王渾問他：「怎麼一下子出去了好幾天？」王濟說：「我剛才發現了一位叔叔。」王渾問其中的原因，王濟便原原本本講了情況。王渾說：「與我比怎麼樣？」王濟說：「是在我以上的人。」過去晉武帝每次見到王濟，總拿王汝南來取笑他說：「你家的呆叔叔死了沒有？」王濟常常無言答對。了解叔叔以後，武帝又像以前那樣問他，王濟說：「臣下的叔叔不呆。」他稱讚叔叔確實很優秀。武帝說：「可以與誰比較？」王濟說：「在山濤以下，魏舒以上。」王汝南從此名聲遠揚，二十八歲時開始出山做官。

8.19

張華見褚陶，語陸平原曰[1]：「君兄弟龍躍雲津，顧彥先鳳鳴朝陽，謂東南之寶已盡，不意復見褚生[2]。」陸曰：「公未覩不鳴不躍者耳！」

注釋

1 褚陶：字季雅，西晉吳郡錢塘（今浙江杭州）人，仕至九真太守、中尉。陸平原：

陸機。2 顧彥先：顧榮。吳亡後，顧榮與陸機兄弟同到洛陽，當時人士稱他們為「三俊」。鳳鳴朝陽：語出《詩・大雅・卷阿》：「鳳凰鳴矣，於彼高崗。梧桐生矣，於彼朝陽。」在此比喻賢才遇時而起。

譯文

張華見到褚陶以後，告訴平原內史陸機說：「您兄弟兩人像在天河上騰躍的飛龍，顧彥先像迎着朝陽鳴叫的鳳凰，我以為東南的人才已經全在這裏了，想不到又見到褚生。」陸機說：「這是因為您沒有看見過不鳴不躍的人才罷了！」

賞析與點評

山外有山，人外有人。

8.21

人問王夷甫[1]：「山巨源義理何如？是誰輩？」王曰：「此人初不肯以談自居，然不讀《老》、《莊》，時聞其詠，往往與其旨合。」

注釋

1 王夷甫：王衍。山巨源：山濤。

譯文　有人問王夷甫：「山巨源談義理談得怎麼樣？是和誰相當的？」王夷甫說：「這個人從來不肯以清談家自居，可是，他雖然不讀《老子》、《莊子》，但常常聽到他的談論，卻又處處和老莊的旨趣相合。」

8.23

衛伯玉為尚書令[1]，見樂廣與中朝名士談議[2]，奇之，曰：「自昔諸人沒已來，常恐微言將絕，今乃復聞斯言於君矣！」命子弟造之，曰：「此人，人之水鏡也，見之若披雲霧睹青天[3]。」

注釋　1 衛伯玉：衛瓘，字伯玉，西晉初河東安邑（今山西運城東北）人，衛玠之祖父，乃三國魏侍中、廷尉卿，以鎮西軍司隨監鄧艾、鍾會攻蜀，及後又平艾、會之反。入晉，武帝咸寧初拜尚書令加侍中，太康中再加司空，為楊駿所毀，以太保遜位。惠帝誅駿，復以瓘錄尚書事，與汝南王司馬亮輔政。後為賈后所殺。善草書。2 中朝：晉朝南渡之後，稱西晉為中朝。3 水鏡：指鏡子，比喻能明察秋毫。這裏指對道理能了解得很清楚。

譯文　衛伯玉任尚書令時，看見樂廣和西晉的名士清談，認為他不尋常，說道：「自從當年那些名士逝世到現在，常常怕清談快要絕跡，今天竟然從您這裏聽到這種清談了！」便叫自己的子侄去拜訪樂廣，對子侄說：「這個人是人們的鏡子，看到他就像撥開雲霧見青天一樣。」

8.27

王平子目太尉[1]：「阿兄形似道，而神鋒太俊[2]。」太尉答曰：「誠不如卿落落穆穆。」

注釋　1 王平子：王澄。太尉：王衍。2 阿兄：王衍乃王澄之兄長。

譯文　王平子評論太尉王衍說：「哥哥的外貌好像很正直，可是鋒芒太露了。」王衍回答說：「確實比不上你那樣豁達大度、儀表溫和。」

8.32

王太尉云[1]：「郭子玄語議如懸河寫水，注而不竭[2]。」

注釋　1 王太尉：王衍。2 郭子玄：郭象。

譯文　太尉王衍說：「郭子玄的談論好像瀑布傾瀉下來，滔滔不絕。」

8.37

王公目太尉[1]：「巖巖清峙，壁立於千仞[2]。」

注釋　1 王公：王導。太尉：王衍。2 仞：古代的長度計量單位。七尺或八尺為一仞。

譯文　王導評論太尉王衍：「陡峭而肅靜地聳立在那裏，像千仞石壁一樣屹立着。」

8.39

蔡司徒在洛[1]，見陸機兄弟住參佐廨中[2]，三間瓦屋，士龍住東頭，士衡住西頭。士龍為人，文弱可愛；士衡長七尺餘，聲作鐘聲，言多慷慨。

注釋　1 蔡司徒：蔡謨。參佐：屬官。廨：官署。2 陸機兄弟：陸機、陸雲。

譯文　司徒蔡謨在洛陽的時候，看見陸機、陸雲兄弟住在僚屬辦公處裏，有三間瓦屋，陸雲住在東頭，陸機住在西頭。陸雲為人，文雅纖弱得可愛；陸機身高七尺多，聲音像鐘聲般洪亮，說話大多慷慨激昂。

8.51

王敦為大將軍，鎮豫章，衞玠避亂[1]，從洛投敦。相見欣然，談話彌日。於時謝鯤為長史[2]，敦謂鯤曰：「不意永嘉之中，復聞正始之音。阿平若在[3]，當復絕倒。」

注釋

1 衞玠：見《言語第二》第三十二則注1。2 謝鯤：見《言語第二》第四十六則注2。3 永嘉：西晉懷帝年號（三〇七—三一三）。正始之音：三國魏齊王年號（二四〇—二四九）。正始年間清談之風盛行。見《文學第四》第二十二則注5。阿平：王澄，字平子。

譯文

王敦擔任大將軍時，鎮守在豫章。衞玠為躲避戰亂，從洛陽投奔王敦。兩人見面後很高興，談了一整天的話。這時謝鯤在王敦幕府任長史，王敦對謝鯤說：「想不到在永嘉年間，又能聽到玄言清談的正始之音。阿平如果在座，必定又要為之傾倒了。」

8.55

大將軍語右軍[1]：「汝是我佳子弟，當不減阮主簿[2]。」

注釋　1 大將軍：王敦。右軍：王羲之，字逸少，曾任右軍將軍，是王敦的堂侄。2 阮主簿：阮裕。

譯文　大將軍王敦對右軍將軍王羲之說：「你是我家的優秀子弟，想必不會次於主簿阮裕。」

‖8.56

世目周侯[1]：「嶷如斷山。」

注釋　1 周侯：周顗。

譯文　世人評論周顗：「像懸崖絕壁一樣高聳特出。」

‖8.62

王藍田為人晚成[1]，時人乃謂之癡。王丞相以其東海子[2]，辟為掾。常集聚，王公每發言，眾人競贊之。述於末坐曰：「主非堯、舜，何得事事皆是？」丞相甚相歎賞。

注釋　1 王藍田：王述，襲藍田縣侯。2 東海：王述父王承曾任東海太守，故稱。

譯文　藍田侯王述為人大器晚成，當時人甚至認為他是呆子。丞相王導因為他是東海太守的兒子，徵召他為屬官。大家曾經聚集在一起，王導每次發言，大家都競相讚美他。坐在末座的王述說：「主公不是堯、舜，怎麼可能事事都是對的呢？」王導對他的話非常讚賞。

8.72

庾公云[1]：「逸少國舉[2]。」故庾倪為碑文云[3]：「拔萃國舉。」

注釋　1 庾公：庾亮。2 逸少：王羲之，字逸少。3 庾倪：庾倩，字少彥，小字倪，庾冰之子，仕至太宰長史，後為桓溫指使新蔡王司馬晃誣與謀反而殺之。

譯文　庾亮說：「逸少是全國所推崇的人。」所以庾倪給王羲之寫碑文時就寫：「拔萃國舉」。

8.76

謝太傅未冠[1]，始出西[2]，詣王長史[3]，清言良久。去後，苟子問曰[4]：「向客何如尊？」長史曰：「向客亹亹，為來逼人。」

注釋

1 謝太傅：謝安。未冠：還沒有成年。古代男子二十歲行冠禮，表示到了成年。2 出西：指到首都建康。謝安在出來做官以前，住在東部的會稽郡，從會稽往西去建康，就叫出西。3 王長史：王濛。4 苟子：王修，字敬仁，小名苟子，乃王濛（即王長史）的兒子。

譯文

太傅謝安還沒有成年時，初到京都，到長史王濛家去拜訪，清談了很久。走了以後，王修問他父親：「剛才那位客人和父親相比怎麼樣？」王濛說：「剛才那位客人娓娓不倦，談起來咄咄逼人。」

8.77

王右軍語劉尹：「故當共推安石[1]。」劉尹曰：「若安石東山志立[2]，當與天下共推之。」

注釋

1 王右軍：王羲之。劉尹：劉惔。安石：謝安，字安石。2 東山志：指隱居的心願。謝安曾於東山隱居。

譯文

右軍將軍王羲之對丹陽尹劉惔說：「我們當然要一起推薦安石。」劉惔說：「如果安石志在隱居，我們應該和天下人一起推薦他。」

8.79

桓溫行經王敦墓邊過，望之云：「可兒！可兒！」

譯文　桓溫出行，經過王敦墓邊，望着說：「可意的人！可意的人！」

8.80

殷中軍道王右軍云[1]：「逸少清貴人[2]，吾於之甚至，一時無所後。」

注釋　1 殷中軍：殷浩。王右軍：王羲之。2 逸少：王羲之，字逸少。清貴：清高尊貴。

譯文　中軍將軍殷浩評論右軍將軍王羲之說：「逸少是個清高尊貴的人，我對他喜歡到了極點，一時沒有人能比得上他的。」

8.97

謝公道豫章[1]：「若遇七賢，必自把臂入林[2]。」

注釋　1 謝公：謝安。豫章：指謝鯤，字幼輿，曾任豫章太守，故稱。2 七賢：指阮籍、嵇康等竹林七賢。

譯文　謝安稱道豫章太守謝鯤說：「我如果遇到竹林七賢，一定會手拉手地進入竹林。」

8.105

桓大司馬病，謝公往省病[1]，從東門入。桓公遙望，歎曰：「吾門中久不見如此人！」

注釋　1 桓大司馬：桓溫在晉哀帝隆和初年，加侍中、大司馬職。謝公：謝安。

譯文　大司馬桓溫病了，謝安前往探病，從東門進去。桓溫遠遠望見，歎息說：「我家裏很久不見這樣的人了！」

8.117

桓公語嘉賓[1]：「阿源有德有言，向使作令僕[2]，足以儀刑百揆。朝廷用違其才耳[3]！」

注釋　1 桓公：桓溫。嘉賓：郗超，小字嘉賓。2 阿源：指殷浩，字淵源。令僕：尚書令，尚書僕射。3 違其才：殷淵源好道學，善清談，本非將才。可是朝廷想平定中原，竟任他為中軍將軍、都督五州軍事，舉兵北征，結果大敗。

譯文

桓溫對郗嘉賓說：「阿源德行高潔，善於清談，當初如果讓他做輔弼大臣，足以成為百官的榜樣。然而朝廷用他的地方並非他所長啊！」

8.146

謝車騎問謝公[1]：「真長性至峭[2]，何足乃重？」答曰：「是不見耳！阿見子敬[5]，尚使人不能已。」

注釋

1 謝車騎：車騎將軍謝玄。謝公：謝安。2 真長：劉惔。

譯文

車騎將軍謝玄問謝安道：「劉真長稟性至為嚴厲，哪裏值得如此敬重他？」謝安回答說：「你是沒見過他罷了。我看見王子敬，還使人情不自禁呢。」

8.147

謝公領中書監[1]，王東亭有事[2]，應同上省。王後至，坐促，王、謝雖不通[3]，太傅猶斂膝容之。王神意閒暢，謝公傾目。還，謂劉夫人曰[4]：「向見阿瓜[5]，故自未易有；雖不相關，正自使人不能已已。」

注釋

1 謝公：謝安。領：兼任。中書監：中書省長官，掌機要。2 王東亭：王珣，王導之孫，封東亭侯。3 不通：指不交往、不通問。王珣、王珉兄弟均為謝氏婿，因猜嫌致隙，兩家絕婚，遂成仇敵。4 劉夫人：謝安夫人劉氏，劉惔之妹。5 阿瓜：王珣的小名。

譯文

謝安兼任中書監，王東亭有事，照例應當與謝安一同去中書省。王東亭後到，座位窄小擁擠，王、謝兩家雖然互不通問，謝安還是收攏雙膝容納王珣同坐。王珣神態閒適舒暢，謝安注目看他。回到家謝安對劉夫人說：「剛才見到阿瓜，確實是難得的人才，我們之間雖然沒有姻親關係了，卻還真是讓人不能割捨啊。」

品藻第九

本篇導讀——

品藻這一章，出自《漢書・揚雄傳》的「稱述品藻」，透過人物的比較而作品評或延譽。此中人物，最為可愛者，莫過於兩位梟雄兼老粗，即王敦與桓溫。殷浩問王大將軍四友中哪一位在他視為最劣的王澄（阿平）之上，王敦不肯直說，只是說：「自有人」（第十五則）。言下之意，當是他自己。桓溫與殷浩自小一起長大，互有競爭之心。兩人互不相讓，桓溫甚至抖出童年回憶以加強他比殷氏要強的說服力。梟雄亦有其焦慮，此焦慮乃源於競攀高譽的魏晉，大老粗而欲兼清譽，既痛苦，亦有幾分可愛。如此痛苦，一直延續至桓溫之子桓玄身上，既攀王獻之，復比謝安石（第八十七則）。這不止是一種對虛名的追求，亦是對自身的素養才華有強烈要求的慾望，更是門閥觀念底下一種複雜情結的表現。若是名門子弟，自有人為之延譽或建構神話，祖宗頭上之光環，歷代不衰；否則即如桓玄的英武，也焦慮終生。

王氏子孫出身名門，他們高貴的血統中流淌着自信而傲慢的基因，因此賞高潔，仿高人慢世（第八十則）；或妙語如珠，或安之若素，高低之別，也只是王氏子弟中的高低而已（第七十四則）。至於王獻之與謝安有關其書法與其父王羲之的高低之對談中（第七十五則），不着一字，盡藏機鋒，亦可見他對於自己書法造詣之自信。

‖9.1

汝南陳仲舉，潁川李元禮[1]，士人共論其功德，不能定先後。蔡伯喈評之曰[2]：「陳仲舉強於犯上，李元禮嚴於攝下；犯上難，攝下易。仲舉遂在三君之下[3]，元禮居八俊之上[4]。」

注釋

1 陳仲舉：陳蕃。李元禮：李膺。2 蔡伯喈：蔡邕（一三二——一九二），字伯喈，東漢陳留圉（今河南杞縣南）人，博學多才，精音律，工書法，後以依附董卓而被下獄致死。3 三君：即竇武、劉淑、陳蕃三個為當時所崇敬的士人中的俊才。4 八俊：即李膺、王暢、荀昱、杜楷、劉祐、魏朗、趙典、朱寓等八個才能出眾的時代楷模。

譯文

汝南郡陳仲舉、潁川郡李元禮兩人，人們一起談論他們的成就和德行，決定不了誰先誰後。蔡伯喈評論他們說：「陳仲舉敢於冒犯上司，李元禮嚴於約束下屬。冒犯上司難，約束下屬容易。於是陳仲舉的名次就排在三君中的末尾，李元禮排在八俊中的最前。」

9.2

龐士元至吳[1]，吳人並友之，見陸績、顧劭、全琮[2]，而為之目曰：「陸子所謂駑馬有逸足之用，顧子所謂駑牛可以負重致遠。」或問：「如所目，陸為勝邪？」曰：「駑馬雖精速，能致一人耳。駑牛一日行百里，所致豈一人哉？」吳人無以難。「全子好聲名，似汝南樊子昭[3]。」

注釋

1 龐士元：龐統。2 陸績（一八七——二一九）：字公紀，三國之吳國吳郡（今屬江蘇蘇州）人，博學多識，孫權辟為奏曹掾，後出為鬱林太守，加偏將軍。顧劭：字孝則，三國之吳國吳郡人，為豫章太守，舉善教民，風化大行。全琮（？——二四九）：字子璜，三國之吳國吳郡錢塘（今浙江杭州）人。仕吳為奮威校尉。曾上疏陳討關羽之計，及擒羽，封陽華亭侯。又與陸遜擊破曹休於石亭，領東安太守。遷衞將軍、左護軍、徐州牧，尚公主。官至右大司馬左軍師。3 樊子昭：東漢末汝南人，出身貧賤，為許劭所賞識。

譯文　龐統到了吳地，吳地人都來和他結交。他看到陸績、顧劭、全琮，就對他們加以評論說：「陸子是所謂的劣馬可以疾行快跑，顧子是所謂的笨牛可以負重遠行。」有人問：「如你所評論的，陸績更勝一籌嗎？」他說：「劣馬比起笨牛來雖然速度很快，但只能承載一人而已。笨牛一天能行百里，但所承載的又豈止一個人呢？」吳人無話可以反駁。龐統接着又說：「全子看重名聲，好像汝南的樊子昭。」

9·4

諸葛瑾、弟亮及從弟誕[1]，並有盛名，各在一國。於時以為蜀得其龍，吳得其虎，魏得其狗。誕在魏，與夏侯玄齊名。瑾在吳，吳朝服其弘量。

注釋

1 諸葛瑾（一七四—二四一）：字子瑜，諸葛亮之兄，琅邪陽都（今屬山東）人。孫權稱帝後，諸葛瑾官至大將軍，領豫州牧。亮：諸葛亮（一八一—二三四），字孔明，三國蜀琅邪陽都（今山東沂南南）人，蜀漢丞相。劉備死後，他受遺詔輔佐後主劉禪，封武鄉侯，領益州牧。建興十二年（二三四），與魏將司馬懿在渭南相拒，病死於五丈原軍中，葬於定軍山（今陝西勉縣西南）。誕：諸葛誕（？—二五八），字公休，諸葛瑾的族弟，在魏擔任鎮東將軍、司空，後被司馬氏所殺。

譯文　諸葛瑾與弟弟諸葛亮以及族弟諸葛誕，都享有盛名，各自在一國任職。當時人認為蜀國得到其中的龍，吳國得到其中的虎，魏國得到其中的狗。諸葛誕在魏國，與夏侯玄齊名；諸葛瑾在吳國，吳國滿朝都佩服他宏大的器量。

9.12

王大將軍在西朝時[1]，見周侯[2]，輒扇面不得住。後度江左，不能復爾。王歎曰：「不知我進，伯仁退？」

注釋　1 王大將軍：王敦。西朝：西晉。自東晉首都建康而言，洛陽在西，故稱。2 周侯：周顗，字伯仁。

譯文　大將軍王敦在西晉時期，每次見到武城侯周伯仁，總是不停地用扇子扇臉。後來到了江南，就不再這樣了。王敦歎道：「不知是我有了長進，還是伯仁退步了？」

9.14

明帝問周伯仁[1]：「卿自謂何如郗鑒？」周曰：「鑒方臣，如有功夫。」復問郗，郗曰：「周顗比臣，有國士門風[2]。」

注釋　1 明帝：東晉明帝司馬紹。周伯仁：周顗。2 國士：國中有才德聲望的人。

譯文　晉明帝問周伯仁：「你自己認為和郗鑒比怎麼樣？」周說：「郗鑒和我比，好像更有修養。」明帝再問郗鑒，郗鑒說：「周顗和我相比，更有國士風度。」

9.15

王大將軍下[1]，庾公問[2]：「聞卿有四友，何者是？」答曰：「君家中郎、我家太尉、阿平、胡毋彥國[3]。阿平故當最劣。」庾曰：「似未肯劣。」庾又問：「何者居其右[4]？」王曰：「自有人。」又問：「何者是？」王曰：「噫！其自有公論。」王左右躡庾公，公乃止[5]。

注釋　1 王大將軍：王敦。2 庾公：庾亮。3「君家」句：中郎等四人即庾敳、王衍、王澄、胡毋輔之四人。阿平：指王澄，字平子。4 其右：其上。古人以右邊為尊位。5「左右」句：王敦不肯說出誰居右，因為他以為自己居右。庾亮似乎沒有領會王敦的意思，而且也瞧不起王敦，手下的人便踩他的腳，示意他不要再問。

譯文　大將軍王敦從武昌東下建康後，庾亮問他：「聽說你有四位好友，是哪幾位？」王敦答道：「您家的中郎、我家的太尉、阿平和胡毋彥國。阿平當然是最差的。」庾亮說：「好像他還不同意最差。」庾亮又問：「哪一位最出眾？」王敦說：「自然有人。」又追問：「是哪一位？」王敦說：「哎！或許自有公論吧。」手下的人踩了一下庾亮的腳，庾亮才沒有再問下去。

9.17

明帝問謝鯤[1]：「君自謂何如庾亮？」答曰：「端委廟堂，使百僚準則，臣不如亮；一丘一壑，自謂過之。」

注釋 1 明帝：東晉明帝司馬紹（二九九—三二五），元帝長子，宮人荀氏所生。

譯文 晉明帝問謝鯤：「您自己認為和庾亮相比，誰強些？」謝鯤回答說：「用禮制整飭朝廷，使百官引為表率，臣不如庾亮；至於寄情於山水的志趣，自以為超過他。」

9.20

王丞相云[1]：「洛下論，以我比安期、千里[2]，我亦不推此二人；唯共推太尉，此君特秀[3]。」

注釋

1 王丞相：王導。2 洛下：指洛陽。安期：王承（二七五—三二〇），字安期，太原晉陽（今屬山西）人，曾任西晉東海內史。渡江後，曾被晉元帝引為從事中郎。為人沖淡寡慾，為政清靜。千里：阮瞻，字千里。3 太尉：指王夷甫。

譯文

丞相王導說：「洛陽的輿論把我和安期、千里相提並論，我也不推崇這兩個人。希望大家共同推崇太尉王夷甫，因為這個人才能出眾。」

9.21

宋褘曾為王大將軍妾[1]，後屬謝鎮西[2]。鎮西問褘：「我何如王？」答曰：「王比使君，田舍、貴人耳。」鎮西妖冶故也[3]。

注釋

1 宋褘：晉藝妓。據《太平御覽》，宋美容貌，善笛。先後屬晉明帝、阮孚、王敦、謝尚等。死後葬於金城南山。王大將軍：王敦。2 謝鎮西：謝尚，曾任鎮西將軍，故稱。3 妖冶：俊美動人。謝尚喜歡打扮自己。

譯文

宋褘曾經是大將軍王敦的侍妾，後來又歸屬鎮西將軍謝尚。謝尚問宋褘：「我和王敦相比怎麼樣？」宋褘回答說：「王氏和使君您相比，只是農家兒比貴人罷了。」這是謝尚容貌俊美的緣故。

9.23

王丞相辟王藍田為掾[1]，庾公問丞相[2]：「藍田何似？」王曰：「真獨簡貴，不減父祖[3]，然曠澹處，故當不如爾。」

注釋

1 王丞相：王導。王藍田：王述。2 庾公：庾亮。3 父祖：指王述父王承，王述祖父王湛。

譯文

丞相王導聘請藍田侯王述做屬官，庾亮問王導：「藍田侯這個人怎麼樣？」王導說：「這個人真率突出，簡約尊貴，這點不亞於他的父親、祖父，可是曠達、淡泊這方面自然還是有所不及呀。」

9.24

卞望之云[1]：「郗公體中有三反[2]：方於事上，好下佞己，一反；治身清貞，大修計校，二反；自好讀書，憎人學問，三反。」

注釋

1 卞望之：卞壼，字望之，晉濟陰冤句（今山東菏澤西南）人。明帝時為尚書令。成帝立，與庾亮同輔助，戰死於蘇峻之亂中。2 郗公：郗鑒。

譯文

卞望之說：「郗公身上有三種矛盾現象：侍奉君主很正直，卻喜歡下級奉承自己，這是第一個矛盾；很注意加強清廉節操方面的修養，卻非常喜歡計較財物得失，這是第二個矛盾；自己喜歡讀書，卻討厭別人做學問，這是第三個矛盾。」

9.28

王右軍少時[1]，丞相云：「逸少何緣復減萬安邪[2]！」

注釋

1 王右軍：王羲之，字逸少。2 丞相：王導。萬安：劉綏，字萬安，晉高平（今山東鉅野南）人，歷仕至驃騎長史。

譯文

右軍將軍王羲之年輕時，丞相王導說：「逸少憑甚麼還要次於萬安呢！」

9.31

簡文云[1]：「何平叔巧累於理，嵇叔夜儁傷其道[2]。」

注釋

1 簡文：晉簡文帝司馬昱。2 何平叔：何晏。嵇叔夜：嵇康。

譯文

晉簡文帝說：「何平叔花言巧語，有損說理；嵇叔夜傑出而太過，妨礙了主張之實現。」

9·45

桓公問孔西陽[1]：「安石何如仲文[2]？」孔思未對，反問公曰：「何如？」答曰：「安石居然不可陵踐；其處，故勝也。」

注釋　1 桓公：桓溫。孔西陽：孔嚴，字彭祖，歷任丹陽尹、尚書，封西陽侯。2 安石：謝安，字安石。仲文：指桓溫之婿殷仲文。

譯文　桓溫問西陽侯孔嚴：「安石和仲文相比，誰強些？」孔嚴考慮着沒有回答，反問桓溫：「您以為怎麼樣？」桓溫回答說：「安石顯然使人不能壓制他的決斷，自然就是勝一籌了。」

9·47

王修齡問王長史[1]：「我家臨川，何如卿家宛陵[2]？」長史未答。修齡曰：「臨川譽貴。」長史曰：「宛陵未為不貴。」

注釋　1 王修齡：王胡之。2 臨川：王羲之，曾任臨川太守，故稱。王羲之與王胡之乃琅邪王代之堂兄弟，故說「我家」。宛陵：王述，曾任宛陵縣令，故稱。王濛與王述乃太原王氏之同族叔侄，故王胡之說「卿家」。

譯文　王修齡問長史王濛說：「我家的臨川和你家的宛陵相比，誰強些？」王濛還沒有回答；王修齡又說：「臨川名聲好，而且尊貴。」王濛說：「宛陵也不見得不尊貴。」

9.49

謝萬壽春敗後[1]，簡文問郗超[2]：「萬自可敗，那得乃爾失士卒情？」超曰：「伊以率任之性，欲區別智勇[3]。」

注釋　1 謝萬（約三二八—三六九）：字萬石，晉陳郡陽夏（今河南太康）人。謝安弟。累官豫州刺史，領淮南太守，監司豫冀并四州軍事。晉穆帝升平三年（三五九）以西中郎將北伐，矜豪傲物、不撫士卒，未遇敵而兵潰，狼狽而歸，大片土地淪喪，被免為庶人。後復為散騎常侍。壽春敗後：壽春，縣名。晉屬揚州淮南郡，乃當時軍事重鎮。2 簡文：簡文帝司馬昱，其時尚未即位。3 區別智勇：即自視智謀，以驅策勇士，卻未能體恤軍士，造成智與勇不同心，以致潰敗。

譯文　謝萬在壽春縣失敗後，簡文帝問郗超：「謝萬自然有打敗仗的可能，可是怎麼竟會如此失掉士兵們的愛戴之情？」郗超說：「他憑着率真放任的性格，想把智謀和勇敢區分開。」

9.55

王右軍問許玄度[1]：「卿自言何如安、萬[2]？」許未答。王因曰：「安石故相與雄，阿萬當裂眼爭邪！」

注釋

1 王右軍：王羲之。許玄度：許詢。2 安、萬：指謝安、謝萬。

譯文

右軍將軍王羲之問許玄度：「你自己說說你和安石、萬石相比，誰強些？」許玄度還沒有回答，王羲之便說：「安石自然會推崇你，阿萬可要和你怒目相爭吧！」

9.62

郗嘉賓道謝公[1]：「造膝雖不深徹，而纏綿綸至[2]。」有曰：「右軍詣[3]。」嘉賓聞之云：「不得稱詣，政得謂之朋耳。」謝公以嘉賓言為得。

注釋

1 郗嘉賓：郗超，字嘉賓。謝公：謝安。2 造膝：指促膝交談。引伸為談論、議論。深徹：深刻透徹。纏綿：指周詳明確。綸至：整理絲繩。引伸為理清思路。3 詣：指造詣高深。這一則是講王羲之和謝安對名理的造詣。

譯文

郗嘉賓評論謝安說：「他的議論雖然不很深透，卻也周詳明確，思路清晰。」有人說：「王右軍造詣高深。」嘉賓聽到後說：「不能說造詣很深，只能說兩人不相上下罷了。」謝安認為郗嘉賓言之有理。

9.67

郗嘉賓問謝太傅曰[1]：「林公談何如嵇公[2]？」謝云：「嵇公勤著腳[3]，裁可得去耳。」又問：「殷何如支[4]？」謝曰：「正爾有超拔，支乃過殷；然亹亹論辯，恐殷欲制支。」

注釋

1 郗嘉賓：郗超。謝太傅：謝安。2 林公：支道林。下文又只稱支。嵇公：嵇康。3「嵇公」句：《高僧傳》作「嵇努力裁得去耳」，指嵇康要努力前進，才能趕上支道林。「勤著腳」正是「努力」的意思。4 殷：殷浩。

譯文

郗嘉賓問太傅謝安：「支道林的清談比嵇公怎麼樣？」謝安說：「嵇公要馬不停蹄地走，才能趕上支道林。」嘉賓又問：「殷浩比支道林怎麼樣？」謝安說：「只是那超脱塵俗的風采，支道林才超過殷浩；可是在娓娓不倦的辯論方面，恐怕殷浩的口才會制服支道林的。」

9·74

王黃門兄弟三人俱詣謝公[1]，子猷、子重多說俗事，子敬寒溫而已[2]。既出，坐客問謝公：「向三賢孰愈？」謝公曰：「小者最勝[3]。」客曰：「何以知之？」謝公曰：「吉人之辭寡，躁人之辭多[4]。推此知之。」

注釋

1 王黃門：王徽之，字子猷，王羲之第五子，性傲誕，官至黃門侍郎，故稱。兄弟三人：指王徽之、王操之、王獻之兄弟三人。謝公：謝安。2 子重：王操之，王羲之第六子，歷任秘書監、侍中、尚書及豫章太守等職。子敬：王獻之，王羲之第七子。3 小者：指王獻之，乃兄弟中最小的一位。4「吉人」句：語出《易・繫辭下》。

譯文

黃門侍郎王徽之兄弟三人一起去拜訪謝安，王子猷、王子重多說世俗的事，王子敬只是寒暄幾句而已。他們辭別出去後，在座的賓客問謝安：「剛才離去的三位賢人中哪一位最好？」謝安說：「小的那位最好。」賓客說：「怎麼知道他最好？」謝安說：「美善之人的言辭少而精，浮躁之人的言辭多而雜。由此推斷而知。」

9·75

謝公問王子敬[1]：「君書何如君家尊[2]？」答曰：「固當不同。」公曰：「外人論殊不爾。」王曰：「外人那得知！」

注釋

1 謝公：謝安。王子敬：王獻之。2「君書」句：王子敬擅長草書、隸書，當時有人認為他的書法比較秀媚，骨力比不上他父親王羲之，亦有相反的觀點。謝安很推崇王羲之的書法，才有此問。

譯文

謝安問王子敬：「您的書法比起令尊怎麼樣？」子敬回答說：「當然有所不同。」謝安說：「外面的議論絕不是這樣。」王子敬說：「外人哪裏會懂得！」

賞析與點評

青出於藍，有何不可的呢？

9.80

王子猷、子敬兄弟共賞《高士傳》人及贊[1]。子敬賞「井丹高潔」[2]，子猷云：「未若『長卿慢世』[3]。」

注釋

1 王子猷：王徽之。子敬：王獻之。《高士傳》有兩種：一為三國魏嵇康撰，已佚。一為晉皇甫謐撰。此處之《高士傳》據劉孝標注，乃指嵇康所撰。贊：一種文體，放在人物傳記的結尾部分，等於一個總評，內容主要是褒貶人物的。2 **井丹高潔**：《高士傳》中的讚語。**井丹**：字大春，東漢扶風郿（今屬陝西）人，受業於太學，博學而高潔，不事權貴。3 **長卿慢世**：也是《高士傳》中的讚語。長卿是司馬相如的字。慢世，怠慢世人世事，玩世不恭。子敬讚賞高潔，子猷讚賞慢世，都是符合各自的性格的。

譯文

王子猷、子敬兄弟一起欣賞《高士傳》一書所記的人和所寫的「贊」，子敬欣賞「井丹高潔」，子猷說：「不如『長卿慢世』。」

9.83

王珣疾，臨困，問王武岡曰[1]：「世論以我家領軍比誰[2]？」武岡曰：「世以比王北中郎[3]。」東亭轉臥向壁，歎曰：「人固不可以無年[4]！」

注釋

1 **王武岡**：王謐，字雅遠，王導的孫子，王劭子。襲爵武岡侯，少有美譽，與桓胤、王綏齊名，歷官黃門侍郎、侍中，領揚州刺史，錄尚書事。2 **領軍**：指王洽，是王導的兒子、王珣的父親，名聲很好，曾任吳郡內史，調任領軍，不久又加中書令，死於三十六歲。3 **王北中郎**：王坦之。4 **東亭**：即東亭侯王珣。王珣認為他父親的人品才德超過王坦之，只是因為死得早，所以聲望不大，世人才拿他比王坦之。

譯文　王珣病重，臨死的時候，問武岡侯王謐說：「輿論界把我家領軍和誰並列？」武岡侯說：「世人把他和北中郎王坦之並列。」王珣翻身面向牆壁，歎氣說：「人確是不能沒有壽數呀！」

9.85

王孝伯問謝公[1]：「林公何如右軍[2]？」謝曰：「右軍勝林公。林公在司州前[3]，亦貴徹。」

注釋　1 王孝伯：王恭。謝公：謝安。2 林公：支道林。右軍：王羲之。3 司州：指王胡之，曾任司州刺史。這裏說明右軍將軍王羲之勝過支道林，支道林勝過王胡之。

譯文　王孝伯問謝安：「林公和右軍相比，誰強？」謝安說：「右軍勝過林公。可是林公在司州刺史王胡之之上，名聲也更尊貴而通達。」

9.86

桓玄為太傅[1]，大會，朝臣畢集。坐裁竟，問王楨之曰[2]：「我何如卿第七叔[3]？」於時賓客為之咽氣。王徐徐答曰：「亡叔是一時之標，公是千載之英。」

一坐歡然。

注釋

1 為太傅：當為「太尉」之誤。指的是元興元年（四〇二）桓玄攻入建康，殺司馬道子父子及不少朝臣之際，其時桓氏自署太尉、領平西將軍、豫州刺史，加袞冕之服，佩劍上朝。2 王楨之：字公幹，王徽之之子，歷官大司馬長史侍中。3 第七叔：指王獻之。

譯文

桓玄擔任太尉時，大會賓客，朝中大臣都前來赴會。剛剛坐定，桓玄問王楨之說：「我和你七叔比怎麼樣？」這時賓客們都為王楨之緊張得屏住了氣。王楨之從容不迫地回答道：「亡叔是一時之楷模，而明公則是千載難遇的英豪。」滿座賓客為之歡悦。

9.87

桓玄問劉太常曰[1]：「我何如謝太傅？」劉答曰：「公高，太傅深。」又曰：「何如賢舅子敬？」答曰：「楂梨橘柚，各有其美[2]。」

注釋

1 劉太常：劉瑾，字仲璋，歷任尚書、太常卿。他母親是王羲之的女兒、王子敬（王獻之）的姐妹。2「楂梨」句：指幾種水果味道不同，卻都很可口，借指兩人各有各的長處。

譯文

桓玄問太常劉瑾說：「我和謝太傅相比，怎麼樣？」劉瑾回答說：「公高明，太傅深厚。」桓玄又問：「比起賢舅子敬來怎麼樣？」劉瑾回答說：「楂、梨、橘、柚，各有各的美味。」

規箴第十

本篇導讀——

規箴，指的是以好言規勸以改過。此中最令人印象深刻的，莫過於桓玄的兩個例子。桓道恭將紅色棉繩縛於腰中，以此規勸虐待下人的桓玄「好縛人者必被縛」。出乎意料的是，正在興頭上的桓玄竟沒有不高興，甚至因此而改過（第二十五則）。而更甚者，在於桓玄竟想將謝安之宅改為營房，這就不是無意的舉措，而是對世家大族的刻意挑釁，而竟又在謝混之規勸下頓生愧意而作罷（第二十七則）。然而，由此兩則故事可見，桓玄之胸襟並不足以成就帝業。

更為精彩的，莫過於以王衍之拔萃超然，竟娶貪瀆的妻子，一連三則（第八、九、十則），垂臭千古；或是洞燭世情，戲演人生？王衍千載而下，始終令人難以捉摸，確為高手。

最為可歎的莫過於一直以慧童、孝子形象出場的陳元方在守喪期間，「哭泣哀慟，軀體骨立」（第三則），他的母親趁他睡着時，偷偷地以錦被為他覆蓋身上。殊不料此時卻來了道德衞士郭林宗（郭泰），以孔子居喪期間不應衣錦食稻之論斥責他，還拂袖而去。去也就罷了，郭氏四處播散陳元方之不孝，自此一百多天也再沒有弔喪的了。如此嚴重的傷害，實非規箴，而在直斥其非時亦沒聽對方有何申辯，就此毀了一代德高望眾的陳寔的喪禮，亦損了陳元方的名聲。類似郭泰的僵化與魯莽，足引以為鑒。

不受規勸而鑄成數百年動盪的，莫如晉武帝終不悟太子（後來的惠帝）的愚笨，不理衞瓘之喻（第七則），鑄成大錯。這是魏、晉時代，錯中之最錯，應列第一。

10.3

陳元方遭父喪[1]，哭泣哀慟，軀體骨立。其母愍之，竊以錦被蒙上。郭林宗弔而見之[2]，謂曰：「卿海內之儁才，四方是則，如何當喪，錦被蒙上？孔子曰：『衣夫錦也，食夫稻也，於汝安乎[3]？』吾不取也。」奮衣而去。自後賓客絕百所日。

注釋

1 陳元方：陳紀，字元方，陳寔長子。其父陳寔（一〇四—一八七），字仲弓，東漢潁川許縣（今河南許昌東）人。曾任太丘長，故稱「陳太丘」。黨錮之禍，被牽連，不逃亡而自請囚禁。黨禁解，辭徵辟。卒後，赴弔者三萬餘人。2 郭林宗：郭泰（一二七—一六九），字林宗，東漢太原介休（今山西介休）人。東漢末太學生領袖。

家貧，然其博學而為李膺所賞識。知人善論，獎拔士人，反對宦官，不受徵召。閉門授學，弟子上千。據《後漢書》，郭泰比陳寔早死近二十年，故此壞陳紀名聲及其父之喪者，非其所為。3「衣夫」句：出自《論語·陽貨》，原文作「食夫稻，衣夫錦，於女安乎？」孔子的弟子宰我認為，為父母守孝三年，時間太長，孔子以為不到三年期滿，吃大米飯，穿綢緞，心裏不安。

譯文

陳元方遭遇到喪父的不幸，哭泣悲慟，身體骨瘦如柴。他母親心疼他，在他睡覺的時候，偷偷地用條錦緞被子給他蓋上。郭林宗去弔喪，看見他蓋着錦緞被子，就對他說：「你是傑出人物，人所景仰，以為法則，怎麼能在服喪期間蓋錦緞被子？孔子說：『穿着那花緞子衣服，吃着大米白飯，你心裏踏實嗎？』我不認為這種做法是可取的。」說完就拂袖而去。自此以後有百來天賓客都不來弔唁了。

10.7

晉武帝既不悟太子之愚[1]，必有傳後意[2]，諸名臣亦多獻直言。帝嘗在陵雲臺上坐[3]，衞瓘在側[4]，欲申其懷[5]，因如醉，跪帝前，以手撫牀曰：「此坐可惜！」帝雖悟，因笑曰：「公醉邪？」

注釋

1 晉武帝：司馬炎。太子之愚：指司馬衷乃癡呆者，即後來的晉惠帝。2 傳後意：指武帝準備死後將帝位傳給太子的心意。3 陵雲臺：臺名，故址在今河南洛陽東。4 衞瓘：衞玠的祖父，字伯玉，河東安邑（今屬山西）人，官至尚書令、太保。晉惠帝時，為賈后和楚王瑋所陷，被殺。5 懷：想法，心意，指規勸武帝廢太子之意。

譯文

晉武帝對太子的愚癡沒有醒悟，有一定要將帝位傳給他的意思，諸位名臣也多直言進諫。武帝曾坐在陵雲臺上，衞瓘陪在旁邊，想要申說自己的心意，便裝作喝醉跪在武帝前，用手撫摸武帝的坐榻說：「這個座位多麼可惜啊！」武帝雖然明白他的意思，卻笑着說：「你喝醉了嗎？」

10.8

王夷甫婦[1]，郭泰寧女[2]，才拙而性剛，聚斂無厭，干豫人事。夷甫患之，而不能禁。時其鄉人幽州刺史李陽[3]，京都大俠，猶漢之樓護[4]，郭氏憚之。夷甫驟諫之，乃曰：「非但我言卿不可，李陽亦謂卿不可。」郭氏為之小損。

注釋

1 王夷甫：王衍。2 郭泰寧：郭豫，字泰寧，西晉太原（今屬山西）人，仕至相國參軍。早卒。王衍的妻子和晉惠帝皇后賈氏是表姐妹，她倚仗賈后的權勢，所以王衍不能禁。3 李陽：字景祖，西晉高平（今山東鉅野南）人，晉武帝時為幽州刺史，崇尚俠義，為世所重。4 樓護：字君卿，漢代遊俠，西漢末為京北尹、天水太守。

譯文

王夷甫的妻子是郭泰寧的女兒，才智笨拙而又性情倔強，貪得無厭，喜歡干涉別人的事。王夷甫對她很傷腦筋卻又制止不了。當時他的同鄉、幽州刺史李陽，是京都的一個大俠，如同漢代的樓護，郭氏很怕他。王夷甫常常勸戒他妻子，就跟她說：「不只我說你不能這樣做，李陽也認為你不能這樣做。」郭氏因此才稍為收斂了一點。

10.9

王夷甫雅尚玄遠[1]，常嫉其婦貪濁，口未嘗言「錢」字。婦欲試之，令婢以錢繞牀，不得行。夷甫晨起，見錢閡行，謂婢曰：「舉卻阿堵物[2]！」

注釋

1 王夷甫：王衍。玄遠：玄妙高遠，指超凡脫俗的境界。2 阿堵：這個，六朝人口語。

譯文

王夷甫向來崇尚玄妙超脫，常常厭惡他妻子的貪婪聚斂，口中從來不說「錢」字。妻子想試探他，便命婢女用錢圍繞在牀邊，讓他無法下牀行走。王衍早晨起牀，看見錢阻礙他走路，就叫來婢女說：「拿開這些東西！」

王平子年十四五[1]，見王夷甫妻郭氏貪欲，令婢路上儋糞。平子諫之，並言諸不可。郭大怒，謂平子曰：「昔夫人臨終，以小郎囑新婦[2]，不以新婦囑小郎。」急捉衣裾，將與杖。平子饒力，爭得脫，踰窗而走。

注釋　1 王平子：王澄，字平子，王衍之弟。2 小郎：稱丈夫的弟弟為小郎，即小叔子。新婦：已婚婦女的自稱。

譯文　王平子十四五歲時，看見王夷甫的妻子郭氏很貪心，竟叫婢女到路上挑糞。平子勸阻她，並且說明這樣不行。郭氏大怒，對平子說：「以前婆婆臨終的時候，把你託付給我，並沒有把我託付給你。」說完就一把抓住平子的衣服，要拿棍子打他。平子力氣大，掙扎開，才得以脫身，跳窗而逃了。

謝鯤為豫章太守[1]，從大將軍下，至石頭[2]。敦謂鯤曰：「余不得復為盛德之事矣！」鯤曰：「何為其然？但使自今已後，日亡日去耳[3]。」敦又稱疾不朝，鯤諭敦曰：「近者明公之舉，雖欲大存社稷，然四海之內，實懷未達。若能朝天子，使群臣釋然，萬物之心於是乃服。仗民望以從眾懷，盡沖退以奉主上，如斯則勳侔一匡[4]，名垂千載。」時人以為名言。

注釋

1謝鯤：見《言語第二》第四十六則注2。2大將軍下，至石頭：指晉元帝永昌元年（三二二）王敦以誅劉隗為名，起兵反，攻陷石頭，殺戮大臣，自為丞相，謝鯤被逼同行。石頭：即石頭城，在建康西，是當時的軍事重鎮。3日亡日去：指時間一天又一天過去，漸漸忘記君臣之間不愉快之事。4勳侔一匡：意謂功同管仲。侔：等同。一匡：指輔佐王室，匡扶天下。《論語・憲問》：「管仲相桓公，霸諸侯，一匡天下。」此處用「一匡」代指管仲。

譯文

謝鯤擔任豫章太守，隨從大將軍王敦沿江東下到石頭城。王敦對謝鯤說：「我不可能再為皇上效命了！」謝鯤說：「為甚麼會這樣呢？只要從今以後，漸漸忘掉過去就可以了。」王敦又稱病不去上朝，謝鯤勸王敦說：「近來您的舉動，雖然想用力保存國家社稷，但在四海之內，你的真實心意並未表達出來。如果你能去朝見天子，讓群臣的疑慮消除，萬眾之心就會敬服你。倚靠百姓的願望順從眾人的心意，竭盡謙和退讓的態度來奉侍主上，這樣你的功勳就與一匡天下的管仲相等，名垂千古了。」當時人都認為這是至理名言。

10.21

謝中郎在壽春敗[1]，臨奔走，猶求玉帖鐙。太傅在軍[2]，前後初無損益之言。爾日猶云：「當今豈復煩此！」

注釋　1 謝中郎：謝萬。2 太傅在軍：太傅，指謝安。當時謝萬的哥哥謝安還沒有出任官職，只以平民隨軍，幫助謝萬對各將領做了很多工作。

譯文　西中郎將謝萬在壽春潰敗了，臨逃跑時，還要講究用貴重的玉帖鐙。太傅謝安跟隨他在軍中，始終也沒有提過甚麼意見。這時仍然只說：「現在還需要勞煩尋找這東西嗎？」

10.25

桓南郡好獵[1]，每田狩，車騎甚盛，五六十里中，旌旗蔽隰，騁良馬，馳擊若飛，雙甄所指[2]，不避陵壑。或行陳不整，麏兔騰逸，參佐無不被繫束。桓道恭[3]，玄之族也，時為賊曹參軍[4]，頗敢直言。常自帶絳綿繩著腰中，玄問：「用此何為？」答曰：「公獵，好縛人士；會當被縛，手不能堪芒也。」玄自此小差。

注釋　1 桓南郡：桓玄，襲爵為南郡公。2 雙甄：左翼右翼，合稱雙甄。甄，軍隊的兩翼。

3 桓道恭：字祖猷，桓彝從弟，官淮南太守。桓玄簒位時，官江夏相。4 賊曹參軍：軍府中掌管盜賊事務的屬官。

譯文

南郡公桓玄喜歡狩獵，每次出去打獵，隨從的車馬非常多，綿延五六十里，旌旗遍野，良馬馳騁，奔走如飛，左右兩翼所向之處，不避山陵溝壑。有時行列隊形不整齊，或獐子、兔子逃跑了，僚屬就都要被捆綁起來。桓道恭是桓玄的族人，當時擔任賊曹參軍，很敢直言。他常常自帶深紅色的綿繩繫在腰間，桓玄問他：「你帶這個幹甚麼？」桓道恭答道：「您打獵時喜歡捆綁人；輪到我被捆綁時，我的手可不能忍受綁繩上的芒刺啊。」桓玄的脾氣從此以後略有好轉。

10.27

桓玄欲以謝太傅宅為營[1]，謝混曰[2]：「召伯之仁，猶惠及甘棠[3]；文靖之德，更不保五畝之宅[4]！」玄慚而止。

注釋

1「桓玄」句：桓玄得勢時，謝安已死，他想把謝安舊宅奪過來，遭到謝安孫子謝混的反抗。2 謝混（？—四一二）：字叔源，謝安孫，謝琰子。尚晉陵公主，歷官中書令、中領軍、尚左僕射。後以黨附劉毅，為太尉劉裕所誅。3「召伯」句：召伯，即召公，周文王的兒子，封於召地，和周公一樣成為一方的首領，所以又叫召伯。召伯巡視南國，住在甘棠樹下一所房子裏處理政事。他走後，百姓想念他的恩德，就不忍損傷那棵樹。

4 文靖：謝安的謚號。

譯文

桓玄想把太傅謝安的住宅要來修府第，謝混對他說：「召伯的仁愛，尚且能給甘棠樹帶來好處；文靖的恩德，難道再也保不住五畝大小的住宅嗎？」桓玄聽了很慚愧，就不再提了。

捷悟第十一

本篇導讀——

捷悟，亦即速悟，當然指的是智慧超凡而反應敏捷。此中佼佼者，楊修堪稱第一。他一人已佔了三則（第一、二、三則），超過了這章的一半。然而，楊修的捷悟，大多在文字上，他所不悟的是，他的所作所為，已暗中激怒了嫉賢妒能的曹操，為自己日後之死種下了禍根。第六則記郗超見父親致桓溫之信，憑他對桓溫性格的揣測，當機立斷，擅自更改，一信而關乎家族命運，堪稱捷悟。

至於第七則記王珣之獨騎在前，故而免去當桓氏子弟隨從的尷尬，這也是王氏家族之倨傲所致，談不上捷悟。

II.1

楊德祖為魏武主簿[1]，時作相國門，始構榱桷，魏武自出看，使人題門作「活」字，便去。楊見，即令壞之。既竟，曰：「『門』中『活』，『闊』字，王正嫌門大也[2]。」

注釋

1 楊德祖：楊修（一七五—二一九），字德祖，東漢末弘農華陰（今屬陝西）人。漢獻帝建安中舉孝廉，轉郎中，曹操為丞相時，辟為主簿。修為曹植策劃，欲得世子之位。後植失寵於操，操慮修之謀，兼其乃袁術之外甥，借故除之。2 王：曹操，因被封爵為魏王，故稱。

譯文

楊修擔任曹操的主簿，當時正在建造相國府的大門，剛剛搭建屋椽，曹操親自出來察看，讓人在門上題了一個「活」字，就離開了。楊修看到後，立即命人把門拆了。拆掉後，說：「『門』中加『活』字，就是『闊』字，魏王正是嫌門太大啊。」

II.2

人餉魏武一杯酪[1]，魏武噉少許，蓋頭上題「合」字以示眾，眾莫能解。次至楊修，修便噉，曰：「公教人噉一口也[2]，復何疑！」

注釋

1 魏武：曹操。酪：用牛、羊或馬的乳汁製成的半凝固食品。2 教人噉一口：「合」字拆開，就是人、一、口三字，意為一人吃一口。

譯文

有人送給曹操一杯奶酪，曹操吃了一點，就在蓋頭上寫了一個「合」字給大家看，沒有誰能看懂是甚麼意思。輪到楊修去看，他便吃了一口，說：「曹公教每人吃一口呀，還猶豫甚麼！」

‖11.3

魏武嘗過曹娥碑下[1]，楊修從。碑背上見題作「黃絹幼婦，外孫虀臼」八字，魏武謂修曰：「解不？」答曰：「解。」魏武曰：「卿未可言，待我思之。」行三十里，魏武乃曰：「吾已得。」令修別記所知。修曰：「黃絹，色絲也，於字為『絕』；幼婦，少女也，於字為『妙』；外孫，女子也，於字為『好』；虀臼，受辛也，於字為『辭』[2]：所謂『絕妙好辭』也。」魏武亦記之，與修同，乃歎曰：「我才不及卿，乃覺三十里。」

注釋

1 曹娥碑：曹娥，東漢上虞（今屬浙江）人。其父曹盱被水淹死，十四歲的曹娥為尋父屍，沿江號哭十七天，投江而死。縣令悲憐孝女，命邯鄲淳撰文，為之立碑。

2 辭：異體字作「辤」。

譯文

曹操曾經經過曹娥碑下，楊修跟隨着他。見到碑的背面題了「黃絹幼婦，外孫韲臼」八個字，曹操對楊修說：「你理解嗎？」楊修回答說：「理解。」曹操說：「你先不要說出來，等我想想。」走了三十里，曹操才說：「我已經解出來了。」他就叫楊修另外記下自己所理解的意思。楊修說：「黃絹，意謂有顏色的絲，合起來就是一個『絕』字；幼婦，少女之意，合起來就是一個『妙』字；外孫，就是女兒之子，合起來就是一個『好』字；韲臼，意謂受辛，合起來就是一個『辤』（辭）字：四個字就是『絕妙好辭』之意。」曹操也記下自己所解，與楊修完全相同，於是感歎道：「我的才思比不上你，竟相差了三十里。」

11.6

郗司空在北府[1]，桓宣武惡其居兵權[2]。郗於事機素暗，遣箋詣桓：「方欲共獎王室，修復園陵[3]。」世子嘉賓出行[4]，於道上聞信至，急取箋，視竟，寸寸毀裂，便回還更作箋：自陳老病不堪人間，欲乞閒地自養。宣武得箋大喜，即詔轉公督五郡、會稽太守。

注釋

1 郗司空：郗愔（三一三—三八四），字方回，是司空郗鑒的兒子，純樸沉靜，歷任會稽內史，徐兗二州刺史、都督徐兗青幽及揚州之晉陵軍事。後從其子郗超之勸，釋兵權予桓溫，還為會稽內史。卒贈侍中、司空。北府：指軍府所在地京口。2 桓宣武：桓溫。其時，郗愔為平北將軍，都督徐、兗、青、幽四州軍事，領徐州刺史，握有兵權。3 園陵：帝王墓所。晉王室墓地在中原，「修復園陵」，意謂北伐，收復失地。4 世子：諸侯的嫡長子。郗愔襲爵南昌郡公，故其長子稱世子。嘉賓：郗超，小字嘉賓。

譯文

郗愔在京口時，桓溫忌憚他掌握兵權。郗愔對於事勢機巧等一向糊塗，他派人送信給桓溫說：「正要與你共同輔助王室，興兵北伐，修復先帝的陵園。」他的長子郗超出門在外，在路上聽說信使來了，便急忙拿過信，看完後，把信一寸一寸地撕毀，立刻回家。他重新代其父寫了一封信，陳述自己年老多病難以承受世事，只想求一塊清閒之地來養老。桓溫看到這封信後非常高興，立即以皇帝名義代擬詔書，調郗愔擔任都督五郡軍事兼會稽太守的職務。

王東亭作宣武主簿[1]，嘗春月與石頭兄弟乘馬出郊[2]。時彥同遊者連鑣俱進，

唯東亭一人常在前後，覺數十步，諸人莫之解。石頭等既疲倦，俄而乘輿回。諸人皆似從官，唯東亭奕奕在前。其悟捷如此。

注釋

1 王東亭：王珣。宣武：桓溫。2 石頭：桓熙的小名，桓溫的長子。初為世子，以才弱由叔父桓沖統其眾。及桓溫病，熙謀殺沖，事泄，徙長沙，仕至征虜將軍、豫州刺史。

譯文

東亭侯王珣任桓溫的主簿時，曾經在春天和桓熙兄弟騎馬到郊外遊樂。當時同遊的名流都一起並馬前進；只有王珣一個人總是走在後面，和他們距離幾十步遠，大家都不理解其中的緣故。桓熙等人已經玩得很疲倦了，不久就坐車回去。結果其他人都像侍從官一樣跟在後面，只有王珣精神抖擻地走在前面。他就是這樣的有悟性而且機敏。

夙慧第十二

本篇導讀——

夙慧，即早慧，說的都是慧童的逸事。晉孝武帝十三四歲在穿衣服一事上，沒有甚麼早慧可言。陳太丘之子元方與季方偷聽父輩談話，重述一遍，亦稱不上慧，至於懂得做飯（第一則），也談不上早慧。何晏的畫地為廬（第二則），桓玄聞父親的故舊而哭（第七則），算是較有靈性。

最為奇特的是司馬家族自司馬懿、司馬師、司馬昭之後，屢生白癡，而晉明帝司馬紹竟有此神異。明帝之早慧卻非小時了了，亦非帝王形象之建構，日後其對抗王敦之造反，益見其英武，可謂司馬氏家族之異數。

賓客詣陳太丘宿[1]，太丘使元方、季方炊[2]。客與太丘論議，二人進火，俱委而竊聽，炊忘箸箄，飯落釜中。太丘問：「炊何不餾[3]？」元方、季方長跪曰：「大人與客語，乃俱竊聽，炊忘箸箄，飯今成糜。」太丘曰：「爾頗有所識不？」對曰：「仿佛志之。」二子俱說，更相易奪，言無遺失。太丘曰：「如此，但糜自可，何必飯也！」

注釋　1 陳太丘：陳寔。2 元方：陳紀。季方：陳諶，字季方，陳寔少子。3 餾：指先將米下水煮，再撈出來蒸熟。

譯文　有賓客造訪陳太丘後留宿，陳太丘讓陳元方和陳季方去做飯。客人與陳太丘交談議論，兩個兒子燒了火以後就去偷聽，忘了放置蒸飯用的箄子，飯都漏到了鍋裏。陳太丘問：「為甚麼不放在箄上蒸？」陳元方和陳季方長跪着說：「大人和客人談話，我們就一起偷聽，忘了放蒸架，所以現在熬成了粥。」陳太丘問：「你們都記下了些甚麼？」回答說：「似乎都記得。」兩個兒子一起敍述，互相更正補充，把聽到的話都復述了一遍。陳太丘說：「能夠這樣，那麼熬成粥也可以，何必一定要飯呢？」

12.2

何晏七歲[1]，明惠若神，魏武奇愛之[2]。因晏在宮內[3]，欲以為子。晏乃畫地令方，自處其中。人問其故，答曰：「何氏之廬也[4]。」魏武知之，即遣還。

注釋　1 何晏：見《言語第二》第十四則注1。2 魏武：曹操。3 因晏在宮內：何晏父死後，曹操娶何晏母尹氏為夫人，故何晏長於宮中。4 何氏之廬：何晏自稱「何氏」，很明確地表示自己意識到與曹氏並非同一血統。

譯文　何晏七歲時就已經聰慧異常，曹操非常喜歡他。因為何晏長在宮中，曹操就準備收他為兒子。何晏在地上畫了個方形，自己呆在裏面。別人問他這是怎麼回事，他回答說：「這是何家的房子。」曹操知道後，就把他送回家去了。

12.3

晉明帝數歲[1]，坐元帝膝上[2]。有人從長安來，元帝問洛下消息[3]，潸然流涕。明帝問何以致泣，具以東渡意告之[4]。因問明帝：「汝意謂長安何如日遠？」答曰：「日遠。不聞人從日邊來，居然可知。」元帝異之。明日，集群臣宴會，告以此意，更重問之。乃答曰：「日近。」元帝失色曰：「爾何故異昨日之言邪？」答曰：「舉目見日，不見長安。」

注釋

1 晉明帝：司馬紹，元帝司馬睿長子。2 元帝：晉元帝司馬睿（二七六——三二三），字景文，原為琅邪王、安東將軍。在西晉末年的戰亂中，國都失守，晉愍帝被俘。他先過江鎮守建康（南京），幾年後又在此登位稱帝。建康原是東吳之地，江東士族的勢力很大，所以有寄人國土之感。3 洛下：指洛陽，西晉京城。4 東渡：西晉滅亡，司馬睿東渡，在建康（今江蘇南京）重建政權，史稱東晉。

譯文

晉明帝幾歲大的時候，坐在元帝的膝上。有人從長安來，元帝詢問洛陽的情況，潸然落淚。明帝問為甚麼要哭泣，元帝就把晉王室東渡到江南的事告訴他，並順便問明帝：「你覺得長安和太陽哪個更遠？」答道：「太陽遠。沒聽聞有人從太陽那邊過來，顯然可以知道太陽遠。」元帝覺得他的回答不同尋常。第二天，元帝召集大臣們宴會，把明帝說的意思告訴大家，又重新問明帝。明帝竟回答：「太陽近。」元帝驚異地問：「你怎麼和昨天說的不一樣？」明帝回答：「抬頭就可以看到太陽，但看不到長安。」

賞析與點評

不可思議的聰慧。

桓宣武薨[1]，桓南郡年五歲[2]，服始除，桓車騎與送故文武別[3]，因指語南郡：「此皆汝家故吏佐。」玄應聲慟哭，酸感傍人。車騎每自目己坐曰：「靈寶成人，當以此坐還之。」鞠愛過於所生。

注釋

1 桓宣武：桓溫。薨：指高級官員之死。2 桓南郡：桓玄，字靈寶，桓溫幼子。3 桓車騎：桓沖（三二八—三八四），字幼子，桓溫弟，官至車騎將軍。送故：州郡長官離任、升遷或死亡，僚屬多送資財或隨遷轉，或送喪歸里，稱為送故。

譯文

桓溫死的時候，桓玄才五歲，孝服剛剛除掉，車騎將軍桓沖與送喪的文武百官話別，就指着他們對桓玄說：「這些都是你家原來的部屬。」桓玄應聲而哭，悲痛之情令人感動。桓沖經常看着自己的座位說：「等靈寶長大成人，一定要把這個位置還給他。」桓沖對桓玄愛護有加，超過了對自己的親生孩子。

豪爽第十三

本篇導讀——

豪爽這一章，終於由王敦與桓溫及兩人之子弟為主角。王敦外表粗豪，因帶楚地口音，故而有「田舍名」（鄉巴佬）之稱。晉武帝及眾人大談藝事，獨他不屑，但又不甘落後，於是乎擊鼓表演，顧盼自豪，而得「雄爽」的美譽（第一則）。粗中有細，王敦雖沒法玄談，卻獨好《左傳》（第三則），想必是深明歷史興衰，早有不臣之心。從他吟詠曹操「老驥伏櫪，志在千里；烈士暮年，壯心不已」（第四則），可見心志之高。早年耽於色慾，一聽規勸，竟然立即釋放婢妾（第二則）。後來，王敦果然揮兵入京，廢帝專權，大開殺戒。所謂的「王與馬，共天下」，實際上是王先於馬，王氏家族主導了當時的政治與軍事，司馬氏的政權形同傀儡。

如此人物，就有如此行止。繼王敦之後，又有不可一世的桓溫。當桓溫路過王敦墓時也不得不歎曰「可兒、可兒」。桓溫乃繼王敦之後的一代梟雄，平蜀之日，大宴群臣，暢論成敗興亡，豪氣干雲（第八則）。如此人物，自然不屑於陵仲子的迂腐，而他在周顗眼中，卻仍是在王敦之下的第二等人物。至於他的子弟輩如桓石虔於數萬敵軍中救出桓沖（第十則），桓玄的高詠「簫管有遺音，梁王安在哉」以入京（第十三則），桓氏家族之野心與實力，足以問鼎之輕重，終由桓溫之遺孤桓玄滅晉而自立，而又立即傾覆。歷史興衰，有如巨浪排空，其勢非僅人力可以改變。

13.1

王大將軍年少時，舊有田舍名[1]，語音亦楚[2]。武帝喚時賢共言伎藝事[3]，人皆多有所知，唯王都無所關，意色殊惡。自言知打鼓吹[4]，帝令取鼓與之。於坐振袖而起，揚槌奮擊，音節諧捷，神氣豪上，傍若無人，舉坐歎其雄爽。

注釋

1 王大將軍：王敦。田舍：鄉巴佬，指土裏土氣。2 楚：王敦是臨沂琅邪人，屬東海郡，故其語音有齊、魯（今山東）間東楚鄉音。洛陽士大夫鄙視外郡，稱操方音者為「楚」。3 武帝：西晉武帝司馬炎。4 鼓吹：樂名。主要樂器有鼓、鉦、簫、笳等敲擊樂器和管樂器，為軍樂。

譯文

大將軍王敦年輕時，向來有鄉巴佬之稱，說話口音也很重。晉武帝召集當時的名流談論才藝，別人都知道得很多，只有他一點都不感興趣，神情很難看。他說自己懂得擊鼓，晉武帝就叫人拿鼓給他。他於是從座位上揮袖而起，拿起鼓槌奮力擊打，音節和諧勁捷，神氣豪邁，旁若無人，滿座人都讚歎他雄壯豪爽的氣度。

13.2

王處仲[1]，世許高尚之目。嘗荒恣於色，體為之弊。左右諫之，處仲曰：「吾乃不覺爾，如此者甚易耳！」乃開後閤，驅諸婢妾數十人出路，任其所之，時人歎焉。

注釋

1 王處仲：王敦，字處仲。

譯文

王處仲，當時人給予他高尚的評價。他曾經縱情聲色，身體為此疲乏困頓。左右人勸諫他，王處仲說：「我沒有覺察到，如果是這樣的話很容易解決！」於是就打開後閤小樓，把幾十個婢妾趕到路上，任憑她們各奔東西，當時人都歎服他的做法。

13.3

王大將軍自目[1]「高朗疏率，學通《左氏》[2]。」

注釋　1 王大將軍：王敦。自目：自己品評自己。2《左氏》：指《春秋左氏傳》。

譯文　大將軍王敦評論自己：「高尚開朗，通達直爽，學有專長，精通《左傳》。」

13.4

王處仲每酒後[1]，輒詠「老驥伏櫪，志在千里；烈士暮年，壯心不已[2]。」以如意打唾壺，壺口盡缺[3]。

注釋　1 王處仲：王敦。2「老驥」兩句：引自曹操的《龜雖壽》詩，大意是：老了的千里馬躺在馬棚裏，牠的志向卻在於馳騁千里；壯士雖然到了晚年，雄心還是不減。3 如意：用玉製成之器物，頭作靈芝或雲葉狀，柄微曲，供玩賞之用。

譯文　王處仲每逢酒後，就吟詠「老驥伏櫪，志在千里；烈士暮年，壯心不已。」還拿如意敲着唾壺打拍子，壺口全給敲缺了。

榜樣可以使人奮發，同樣也可以使人焦慮。

13.8

桓宣武平蜀，集參僚置酒於李勢殿[1]，巴、蜀縉紳莫不來萃。桓既素有雄情爽氣，加爾日音調英發，敍古今成敗由人，存亡繫才，奇拔磊落，一坐讚賞不暇。坐既散，諸人追味餘言。於時尋陽周馥曰[2]：「恨卿輩不見王大將軍[3]。」馥曾作敦掾。

注釋

1 桓宣武：桓溫。蜀：指成漢，十六國之一。李勢：見《識鑒第七》第二十則注2。

2 周馥：字湛隱，潯陽（今屬江西）人，曾為王敦掾。3 王大將軍：王敦。

譯文

桓溫平定蜀地以後，在李勢的宮殿上召集部下僚屬宴飲，巴蜀地區的士大夫們全都來參與聚會。桓溫本來就有雄壯豪爽的氣概，加上這天説話的音調英武奮發，談論古往今來的成敗取決於人，國家的存亡取決於人才。當時桓溫的狀貌英武，氣概不凡，滿座的人都感歎讚賞。酒宴雖散，大家還在回味他的言論。這時潯陽周馥説：「遺憾的是你們沒有見到過王大將軍。」周馥曾經是王敦的下屬。

桓石虔[1]，司空豁之長庶也[2]，小字鎮惡，年十七八，未被舉[3]，而童隸已呼為鎮惡郎。嘗住宣武齋頭[4]。從征枋頭[5]，車騎沖沒陳[6]，左右莫能先救。宣武謂曰：「汝叔落賊，汝知不？」石虔聞之，氣甚奮，命朱辟為副，策馬於數萬眾中，莫有抗者，徑致沖還，三軍歎服。河朔後以其名斷瘧[7]。

注釋

1 桓石虔（？—三八八）：小字鎮惡，桓豁子，桓溫之侄，史稱矯捷絕倫，有勇力，隨桓溫征戰，勇冠三軍，後任冠軍將軍，屢破秦軍於荊襄；官至豫州、揚州五郡軍事，鎮歷陽。2 司空豁：桓豁，字朗子，桓溫之弟，官征西大將軍。長庶：指妾所生而居長的兒子。3 舉：指正式承認身份地位。當時看重門第，並嚴分長庶，庶出的必須經其父正式承認 方能確立身份。4 宣武：桓溫。5 枋頭：地名，在今河南浚縣西南。6 車騎沖：桓沖，曾任車騎將軍，故稱。7 河朔：泛指黃河以北的地區。斷瘧：舊風俗中以為瘧疾乃因鬼而得病，其鬼弱，畏懼勇士，故呼勇士之名可以驅鬼抗病。由此可見，桓石虔之威名已響遍河北民間。

譯文

桓石虔是司空桓豁庶出的長子，小字鎮惡，到了十七八歲時，還沒有被承認身份，而家裏的僕役們已稱他為鎮惡郎。他曾經住在桓溫的書齋裏。他跟從桓溫北征戰於枋頭，車騎將軍桓沖陷落到敵陣中，桓溫左右沒有能前去解救的。桓溫對桓石虔說：「你叔叔身陷敵陣，你知道嗎？」桓石虔聽後，意氣激奮，叫朱辟擔任副將，策馬衝入數萬敵軍之中，沒人敢抵擋他，於是徑直救了桓沖回來，全軍上下都為之歎服。河朔地區此後就用他的名字來驅瘧疾。

13.13

桓玄西下，入石頭，外白：「司馬梁王奔叛[1]。」玄時事形已濟，在平乘上笳鼓並作，直高詠云：「蕭管有遺音，梁王安在哉[2]？」

注釋

1 司馬梁王：晉元帝四世孫司馬珍之。2「蕭管」兩句：引自阮籍《詠懷》，這首詩是憑弔戰國時魏國的古蹟吹臺。

譯文

桓玄從西邊直下，攻入石頭城，外面的人報告說梁王司馬珍之叛逃了。這時桓玄大局已定，在艦船上鼓樂齊鳴，吟詠：「蕭（簫）管有遺音，梁王安在哉？」

容止第十四

本篇導讀——

魏、晉人愛容顏的風氣熾盛，曠古絕今，何晏「美姿儀」（第二則）、嵇康「風姿特秀」（第五則）、潘岳「妙有姿容」（第七則）等等，可謂觸目所見，珠玉琳琅。甚至誇張至婦人圍看潘岳，看殺衞玠，難怪連一代梟雄曹操亦自慚形穢，故而以有威重貌的崔琰代見匈奴使者（第一則），其自卑可見一斑。楊修、孔融以及其他不少不諳曹操心理的，均成為曹操自卑的刀下鬼。庾亮竟亦因為風姿神貌而改變了陶侃袖手旁觀的初衷（第二十三則），終於聯手平定蘇峻的叛亂。由庾亮的「憂怖無計」而至於「談宴竟日，愛重頓至」，可謂命懸一線。而陶侃又怎可能因其風姿而亂作政治決定，其實這也是被視為「溪狗」的他的政治選擇而已。然而，相貌與政治，密不可分，自古皆然。

在璀璨的繁星中，我們發現王羲之也佔了一席位，其讚詞為：「飄如遊雲，矯若驚龍」（第三十則）。此當為對他的書法的稱譽，否則便是指右軍懂得金庸筆下段譽之「淩波微步」了。「容止」成為魏晉的一個主流話題，當然也跟品評之風與察舉制密不可分。容貌出眾的，加上修飾，再加以宣傳，便成為明星。沒容貌的，便以孝、以才、以其他種種驚世駭俗的言行以求浮出水面，為人所知。殷浩出山前，在墓旁一住數十年，是另類的「臥龍」，一如謝安的挾妓東山，終獲高士之稱，蒼生翹首以待。

魏、晉人風流嗎？活在魏、晉，實在大不易。然而現在的人熱衷整容，卻是違背自然，殘害身體，實不足取。

14.1

魏武將見匈奴使[1]，自以形陋，不足雄遠國，使崔季珪代[2]，帝自捉刀立牀頭。既畢，令間諜問曰：「魏王何如？」匈奴使答曰：「魏王雅望非常，然牀頭捉刀人，此乃英雄也。」魏武聞之，追殺此使。

注釋　1 魏武：曹操。匈奴：北方遊牧民族。2 崔季珪：崔琰，字季珪，東武城（今屬山東）人，眉目疏朗，鬚長四尺，很有威儀；歷任丞相掾、魏國尚書、中尉。

譯文　曹操準備接見匈奴使者，自認為相貌醜陋，不足以震懾邊遠之國，便讓崔季琰來代替，自己則握着刀站在牀榻旁。接見後，曹操派密探去問使者：「魏王怎麼樣？」匈奴使者回答說：「魏王儀容高雅非同尋常，但是牀榻旁握刀的人，這才是真英雄啊。」曹操聽了這話，派人追殺這位使者。

14.2

何平叔美姿儀[1]，面至白。魏文帝疑其傅粉。正夏月，與熱湯餅。既噉，大汗出，以朱衣自拭，色轉皎然。

注釋　1 何平叔：何晏。

譯文　何平叔姿態儀容很美，臉很白皙。魏文帝懷疑他搽了粉。正當夏天，就給他吃熱湯麵。何平叔吃完後，出了大汗，便用紅色朝服來揩拭，臉色更加潔白了。

14.5

嵇康身長七尺八寸[1]，風姿特秀。見者歎曰：「蕭蕭肅肅，爽朗清舉。」或云：「肅肅如松下風，高而徐引。」山公曰[2]：「嵇叔夜之為人也，巖巖若孤松之獨立[3]；其醉也，傀俄若玉山之將崩。」

注釋

1 嵇康：見《德行第一》第十六則注2。七尺八寸：相當於現在一米八到一米九之間。

2 山公：山濤。3 巖巖：高峻貌。以此孤松獨立喻嵇康之品格高峻。

譯文

嵇康身高七尺八寸，風度容貌出眾。看到的人都讚歎道：「風度瀟灑清朗挺拔。」也有人說：「他瀟灑如松下之風，清高幽雅而舒緩綿長。」山濤說：「嵇叔夜的為人，品格高峻，如孤松之昂然獨立；其酒醉時，又傾頹如玉山之將要崩塌。」

14.6

裴令公目王安豐[1]：「眼爛爛如巖下電[2]。」

注釋

1 裴令公：裴楷。王安豐：王戎，封安豐侯，故稱。2 眼爛爛：指目光閃閃。爛爛，明亮的樣子。巖下：山巖之下，是眉棱下的比喻。

譯文

中書令裴楷評論安豐侯王戎說：「他目光灼灼，像巖下閃電。」

14.7

潘岳妙有姿容[1]，好神情。少時挾彈出洛陽道，婦人遇者，莫不連手共縈之。左太沖絕醜[2]，亦復效岳遊遨，於是群嫗齊共亂唾之[3]，委頓而返。

注釋

1 潘岳（二四七—三〇〇）：字安仁，西晉滎陽中牟（今屬河南）人，歷河陽、懷縣令，勤於政事。累官至給事黃門侍郎。與趙王司馬倫之親信孫秀結怨而遇害，夷三族。2 左太沖：左思，貌醜，口吃，善為文。3 嫗：古代婦女的通稱。

譯文

潘岳身姿容貌出眾，神情風度美妙。少年時拿着彈弓走在洛陽的街道上，婦女們遇到他，都會牽着手圍觀他。左太沖相貌極醜，也仿效潘岳出遊，結果婦女們一齊朝他亂吐唾沫，他只好頹喪疲困地回家。

14.8

王夷甫容貌整麗[1]，妙於談玄，恆捉白玉柄麈尾[2]，與手都無分別。

注釋

1 王夷甫：王衍。

譯文

王夷甫容貌端莊、漂亮，善於談玄；平常總拿着白玉柄拂塵，白玉的顏色和他的手一點也沒有分別。

14.9

潘安仁、夏侯湛並有美容[1]，喜同行，時人謂之「連璧」[2]。

注釋

1 潘安仁：潘岳。夏侯湛（二四三—二九一）：字孝若，晉譙國譙（今安徽亳縣）人，幼負盛才，文辭宏富，歷官中書侍郎、南陽相，惠帝即位，以為散騎侍郎，旋卒。湛容貌甚美，常與潘岳同行止，人稱「連璧」。2 連璧：璧是一種玉器，連璧指兩璧相連，比喻並美。

譯文

潘安仁和夏侯湛兩人都很俊美，而且喜歡一同行走，當時人們評論他們是連璧。

14.11

有人語王戎曰：「嵇延祖卓卓如野鶴之在雞群[1]。」答曰：「君未見其父耳！」

注釋

1 嵇延祖：嵇紹，字延祖，是嵇康的兒子。

譯文

有人對王戎說：「嵇延祖氣度不凡，在人群中就像野鶴站在雞群中一樣。」王戎回答說：「那是因為您沒有見過他的父親罷了！」

14.13

劉伶身長六尺，貌甚醜顇[1]；而悠悠忽忽，土木形骸[2]。

注釋　1 六尺：相當於現在四尺多一點，是比較矮小的。2 土木形骸：指當時流行的五行中的土木，不加修飾，狀態自然。

譯文　劉伶身高四五尺，相貌非常醜陋、憔悴，可是他悠閒自在，不修邊幅，質樸自然。

14.14

驃騎王武子，是衞玠之舅，儁爽有風姿[1]。見玠，輒歎曰：「珠玉在側，覺我形穢！」

注釋　1 王武子：王濟，字武子，死後追贈驃騎將軍。他的外甥衞玠，風采秀異，見者皆以為玉人。

譯文　驃騎將軍王武子是衞玠的舅舅，容貌俊秀，精神清爽，很有風度。他每見到衞玠，總是讚歎說：「珠玉在身邊，就覺得我自己的形象醜陋了！」

14.15

有人詣王太尉，遇安豐、大將軍、丞相在坐。往別屋，見季胤、平子[1]。還，語人曰：「今日之行，觸目見琳琅珠玉[2]。」

注釋

1 王太尉：王衍。在王衍家所遇的五個人都是王衍的兄弟或堂兄弟，安豐即王衍堂兄王戎，大將軍即堂弟王敦，丞相即堂弟王導，季胤是弟弟王詡的字，平子是弟弟王澄的字。2 琳琅：美玉，比喻人物風姿秀逸。

譯文

有人去拜訪太尉王衍，遇到安豐侯王戎、大將軍王敦、丞相王導在座；到另一個房間去，又見到王季胤、王平子。回家後，告訴別人說：「今天走這一趟，滿眼都是珠寶美玉。」

14.19

衛玠從豫章至下都[1]，人久聞其名，觀者如堵牆。玠先有羸疾，體不堪勞，遂成病而死。時人謂「看殺衛玠」。

注釋

1 下都：指東晉都城建康，相對於西晉都城洛陽（稱上都）而言。

譯文

衛玠從豫章郡來到京城，京城人久聞其名，圍觀的人多得像一堵牆壁。衛玠原先就瘦弱多病，體力不支，於是便病重而死。當時人都說「衛玠是被看死的」。

石頭事故，朝廷傾覆[1]。溫忠武與庾文康投陶公求救[2]。陶公云：「肅祖顧命不見及[3]。且蘇峻作亂，釁由諸庾，誅其兄弟，不足以謝天下。」於時庾在溫船後，聞之，憂怖無計。別日，溫勸庾見陶，庾猶豫未能往。溫曰：「溪狗我所悉，卿但見之，必無憂也[4]。」庾風姿神貌，陶一見便改觀，談宴竟日，愛重頓至。

注釋

1 石頭事故：指蘇峻作亂。2 溫忠武：溫嶠，謚忠武。庾文康：庾亮，晉明帝皇后的哥哥，謚文康。陶公：陶侃，蘇峻作亂時，為征西大將軍、荊州刺史，鎮守江陵。3「肅祖」句：肅祖是晉明帝的廟號。顧命指君主臨終的命令。晉明帝病重時，王導、庾亮、溫嶠等同受顧命，輔佐幼主晉成帝。明帝死後，太后臨朝聽政，政事由庾亮決定。4 溪狗：吳人把江西一帶的人叫溪狗，是指語音不正說的，含鄙薄意。陶侃本鄱陽人，故得此稱謂。

譯文

石頭城事變發生，朝廷傾覆了。溫嶠和庾亮投奔陶侃求救。陶侃說：「先帝的遺詔並沒有涉及我。再說蘇峻作亂，事端都是由庾家的人挑起的，就是殺了庾家兄弟，也不足以向天下人謝罪。」這時庾亮正在溫嶠的船後，聽見這些話，既發愁，又害怕，無計可施。有一天，溫嶠勸庾亮去見一見陶侃，庾亮很猶豫，不敢去。溫嶠說：「那溪狗我很了解，你只管去見他，一定不會出甚麼事的。」庾亮那非凡的風度儀表，使得陶侃一見便改變了原來的看法，和庾亮暢談歡宴了一整天，對庾亮一下子非常愛慕和推重。

14.24

庾太尉在武昌[1]，秋夜氣佳景清，佐吏殷浩、王胡之之徒登南樓理詠[2]。音調始遒，聞函道中有屐聲甚厲，定是庾公。俄而，率左右十許人步來，諸賢欲起避之，公徐云：「諸君少住，老子於此處興復不淺[3]。」因便據胡牀與諸人詠謔[4]，竟坐甚得任樂。後王逸少下，與丞相言及此事[5]，丞相曰：「元規爾時風範不得不小頽。」右軍答曰：「唯丘壑獨存。」

注釋

1 庾太尉：庾亮，字元規。武昌：郡名，治所在今湖北鄂州，陶侃死後，庾亮鎮武昌。2 王胡之：字修齡，琅邪臨沂（今屬山東）人，王廙之子，年輕時即有聲譽，官吳興太守、司州刺史等。理詠：調理音律，吟誦詩歌。3 老子：猶言老夫，有自謙意。4 胡牀：古代由胡地傳入的折疊椅。5 王逸少：王羲之，又稱右軍。丞相：王導。

譯文

太尉庾亮鎮守武昌時，秋夜天氣極好，景色清朗，屬官殷浩、王胡之等人登上南樓調理音律，吟誦詩歌。音調漸轉高亢時，聽到樓梯上傳來響亮急促的木屐聲，知道一定是庾亮。一會兒庾亮領着十多位侍從走來，各位屬官想起身避開，庾亮慢慢道：「諸位請留步，老夫對於此事興致也不算淺。」於是他便靠在胡牀上與大家吟詠説笑，滿座的人都很盡興。後來王逸少東下京都，與丞相王導説起這件事，王導説：「元規那時的風度氣派不得不説已稍稍減弱了。」王逸少回答説：「唯有高雅超脱的情趣依然保存着。」

14.27

劉尹道桓公[1]：「鬢如反猬皮[2]，眉如紫石棱[3]，自是孫仲謀、司馬宣王一流人[4]。」

注釋

1 劉尹：劉惔。桓公：桓温。2 鬢如反猬皮：翻過來的刺猬皮。大概指猬毛翻開，四散豎起。3 紫石棱：隴州所出紫色石的棱角。4 孫仲謀：孫權，字仲謀。吳國的開國之主。司馬宣王：司馬懿。

譯文

丹陽尹劉惔評論桓温説：「雙鬢像刺猬毛豎起，眉棱像紫石棱一樣有棱有角，確實是孫仲謀、司馬懿一類的人。」

14.30

時人目王右軍[1]：「飄如遊雲，矯若驚龍[2]。」

注釋 1 王右軍：王羲之。2「飄如」句：這是《晉書》對王羲之的書法筆勢的評語。

譯文 當時的人評論右軍將軍王羲之說：「像浮雲一樣飄逸，像龍一樣矯捷迅疾。」

14.32

或以方謝仁祖不乃重者，桓大司馬曰[1]：「諸君莫輕道，仁祖企腳北窗下彈琵琶，故自有天際真人想。」

注釋 1 謝仁祖：謝尚。桓大司馬：桓溫。

譯文 有人評論謝仁祖並不是那麼雅重，大司馬桓溫說：「諸位不要輕易評論，仁祖蹺起腳在北窗下彈琵琶的時候，確是有得道仙人的氣象。」

14.33

王長史為中書郎，往敬和許[1]。爾時積雪，長史從門外下車，步入尚書[2]，著公服。敬和遙望，歎曰：「此不復似世中人！」

注釋 1王長史：王濛。中書郎：官名。敬和：王洽，歷任中書郎、中軍長史、司徒左長史等職。2尚書：指尚書省。

譯文 長史王濛任中書郎的時候，一次往王敬和那裏去。那時連日下雪，王濛在門外下車，走入尚書省，穿着官服。王敬和遠遠望見雪景襯着王濛，讚歎說：「這人不再像是塵世中人了！」

14.36

謝車騎道謝公[1]：「遊肆復無乃高唱，但恭坐捻鼻顧睞[2]，便自有寢處山澤間儀。」

注釋 1謝車騎：謝玄。道：稱道。謝公：謝安。2捻鼻：堵住或捏住鼻子。據《晉書》記載，謝安有鼻疾，吟詠時音濁。名流競相模仿，甚至有人用手掩鼻以學之。

譯文 車騎將軍謝玄稱道謝安：「一旦縱情遊樂，無須放聲高唱，只是端坐捏鼻作洛下書生詠，顧盼自如，就會有棲止於山水草澤間的儀態。」

自新第十五

本篇導讀——

人的改過，稱作自新。周處殺猛虎、扼蛟龍，並幡然悔改，傳留至今（第一則）。戴淵行劫，指揮如行軍，而為陸機所賞識（第二則）。

這兩則故事的主角雖為周處與戴淵，而實際的主人翁是在《世說新語》中所佔的位置並不顯眼的陸氏兄弟。陸氏兄弟所處的時空是西晉初年，當時戰敗的南人備受歧視。陸氏兄弟北上求官，處處遭譏受辱，如盧志直呼陸氏先祖的名諱（《方正第五》第十二則）；王敦在陸機面前以乳酪傲視南方而羞辱他（《言語第二》第二十六則）；且兄弟倆的居所都是陋室。以陸家累世為吳國豪門貴族，尚且如此，何況他人？難怪陸機一直憤憤不平，一逢機緣，即參予鬥爭，以求再現祖宗光芒，最終卻落得兄弟被戮。這是祖輩曾經的輝煌所帶來的競爭焦慮所致。至此，張翰的蓴羹鱸膾之思，不止於適志，更是自潔自珍的智慧。

現代物競天擇的思想早已深入民心，又有多少人能在時代的洪流中擁有別樣的思維呢？

周處年少時[1]，兇強俠氣，為鄉里所患；又義興水中有蛟[2]，山中有邅跡虎[3]，並皆暴犯百姓；義興人謂為「三橫」，而處尤劇。或說處殺虎斬蛟，實冀三橫唯餘其一。處即刺殺虎，又入水擊蛟，蛟或浮或沒，行數十里，處與之俱，經三日三夜，鄉里皆謂已死，更相慶。竟殺蛟而出，聞里人相慶，始知為人情所患，有自改意。乃入吳尋二陸[4]，平原不在，正見清河，具以情告，並云：「欲自修改，而年已蹉跎，終無所成。」清河曰：「古人貴朝聞夕死[5]，況君前途尚可。且人患志之不立，亦何憂令名不彰邪？」處遂改勵，終為忠臣孝子。

注釋

1 周處（二三六—二九七）：字子隱，西晉義興陽羨（今屬江蘇）人，曾為吳國無難督；晉平吳後，任新平太守，遷御史中丞。2 義興：郡名，西晉時治所在陽羨縣（今江蘇宜興）。蛟：鱷魚，古人神化為蛟龍類動物。3 邅跡虎：跛足的老虎。4 二陸：指陸機、陸雲兄弟。二人皆以文學著稱，人稱二陸。陸機，字士衡，吳郡吳縣華亭（今屬上海松江）人。工駢文與詩，所作《文賦》為重要的文論，後人輯有《陸士衡集》。曾任平原內史，故又稱陸平原。陸雲，字士龍，陸機之弟，曾任清河內史，故又稱陸清河。5 朝聞夕死：語出《論語．里仁》：「朝聞道，夕死可矣。」

譯文

周處年輕時，兇狠蠻橫意氣用事，被鄉鄰們當作禍害；此外義興的河水中有蛟龍，山中有跛足虎，牠們都禍害百姓；義興人稱為「三害」，而其中周處最厲害。有人勸說周處去殺虎斬蛟，實際上是希望「三害」中只留下其中之一。周處隨即去刺殺老虎，又下河去擊殺蛟龍。那蛟龍有時浮出水面，有時潛入水中，游了幾十里，周處始終與蛟龍纏在一起，經過三天三夜，鄉里人都認為他已經死了，便互相慶賀。周處最終殺死蛟龍從水裏出來，聽到鄉里人在互相慶賀，這才知道自己被人們所厭惡，就有了改過自新的意思。於是便到吳郡去尋訪陸機、陸雲兄弟。陸機不在，只見到陸雲。周處便把事情全都告訴他，並說：「自己想改邪歸正，但年齡已經大了，恐怕最終會一事無成。」陸雲說：「古人看重『朝聞道，夕死可矣』的教誨，何況你的前途還大有希望。再說人只怕不能立志，又何必憂慮美名不能傳揚呢？」周處於是改過自新，終於成為忠臣孝子。

戴淵少時[1]，遊俠不治行檢[2]，嘗在江、淮間攻掠商旅。陸機赴假還洛，輜重

甚盛，淵使少年掠劫。淵在岸上，據胡牀，指麾左右，皆得其宜。淵既神姿鋒穎，雖處鄙事，神氣猶異。機於船屋上遙謂之曰：「卿才如此，亦復作劫邪？」淵便泣涕，投劍歸機，辭厲非常。機彌重之，定交，作筆薦焉。過江[3]，仕至征西將軍。

注釋

1 戴淵：即戴儼，字若思，晉廣陵（今屬江蘇）人，輔佐元帝，官至征西將軍，在王敦之亂中遇害。2 遊俠：古代指重義輕生，豪爽好結交，勇於排難解紛的人。3 過江：指晉室南渡，建立東晉。

譯文

戴淵年輕時，一派遊俠作風不檢點品行操守，曾在江、淮一帶搶劫商人旅客。陸機銷假回洛陽時，行李物品很多，戴淵指使一些年輕人去搶劫，他自己在岸上靠在胡牀上指揮手下行動，一切佈置都很適宜。戴淵的神情風度本來就不凡，即使處理的是搶劫這樣卑鄙的事，神氣還是不同一般。陸機在船艙裏遠遠地對他說：「你的才能如此不俗，也做搶劫這種事嗎？」戴淵便哭泣流淚，丟下寶劍歸順了陸機，言辭非常激切。陸機更加看重他，與他結為朋友，寫書信推薦他。晉室過江以後，他官至征西將軍。

企羨第十六

本篇導讀——

企羨，不一定只是企望，而是兼有攀比的意思。超群拔萃如王羲之竟也以時人將《蘭亭集序》比石崇的《金谷詩序》而「甚有欣色」（第三則），可見石崇在當時的地位，不只是巨富而已。至於其他被仰慕者如殷浩、苻堅以及王恭，其實也只是曇花一現；唯有王羲之及其《蘭亭集序》，如北斗璀璨，永爍夜空。

16.1

王丞相拜司空[1]，桓廷尉作兩髻[2]，葛裙策杖，路邊窺之，歎曰：「人言阿龍超[3]，阿龍故自超。」不覺至臺門[4]。

注釋

1 王丞相：王導。司空：官名，三公之一，在晉朝乃一品官位。2 桓廷尉：桓彝，字茂倫，譙國龍亢（今屬安徽）人，東晉元帝時為吏部郎，明帝時以功封萬寧縣男，後任宣城內史；蘇峻作亂時遇害。3 阿龍：王導小名赤龍，稱名前加「阿」是當時的習慣。4 臺門：晉時以禁省為臺，禁城為臺城，禁城門為臺門。

譯文

王導被授為司空時，廷尉桓彝把頭髮梳成兩個髻，穿着葛布裙，拄着拐杖，在路邊暗暗觀察他，讚歎道：「人們都說阿龍卓越，阿龍本來就是卓越。」不知不覺間一直跟到了臺門。

16.3

王右軍得人以《蘭亭集序》方《金谷詩序》[1]，又以己敵石崇[2]，甚有欣色。

注釋

1 王右軍：王羲之。《蘭亭集序》：王羲之於晉穆帝永和九年（三五三）三月三日與謝安等四十一人會於會稽山陰之蘭亭，飲酒賦詩。後將這些詩作匯集起來，王羲之為之作序，世稱《蘭亭序》，既是文學名篇，更是書法神品。《金谷詩序》：晉惠帝元康六年（二九六），石崇、蘇紹等三十人，集於石崇別墅河南金谷澗（今河南洛陽西北），為征西大將軍祭酒王詡送行，遊宴賦詩，各抒其懷，後編為一集，石崇為之作序。2 石崇：字季倫，渤海南皮（今屬河北）人，歷官散騎常侍、荊州刺史、征虜將軍，家中豪富，依附賈后，為趙王倫所殺。

譯文　右軍將軍王羲之得知別人把《蘭亭集序》比作《金谷詩序》，又把自己與石崇相匹敵，臉上頗有得意的神色。

孟昶未達時[1]，家在京口，嘗見王恭乘高輿[2]，被鶴氅裘[3]。於時微雪，昶於籬間窺之，歎曰：「此真神仙中人！」

注釋　1 孟昶：字彥達，平昌（今屬山東）人，官至尚書僕射。盧循率軍攻石頭，官軍大敗，孟昶自殺。2 京口：地名，今江蘇鎮江。王恭：字孝伯。3 鶴氅裘：用鳥羽製作的裘衣。

譯文　孟昶還沒有顯達時，家住京口，曾經看到王恭乘着高車，身披鶴氅裘。當時正下着小雪，孟昶透過籬笆縫隙暗自觀看，讚歎道：「這真是神仙中人啊！」

傷逝第十七

本篇導讀——

魏、晉人風流，品味也獨特。王粲好驢鳴，弔喪者仿驢鳴送之（第一則）。王濛生前是神仙中人，雅好清談，臨終仍不捨麈尾，劉惔於是以犀柄麈尾作為他的陪葬（第十則）。奔喪者縱非至親，亦往往「臨屍慟哭」、「不勝其慟」、「慟絕」，以至「感動路人」。更有甚者，何充臨庾亮之墓而謂「埋玉樹」（第九則），戴逵經支道林之墓而歎「拱木已積」，感慨的是英才凋零，生命無常。子敬逝世，子猷擲琴而慟說：「人琴俱亡！」（第十六則）。魏晉風流，邈若山河。情之所鍾，盡在此輩。

至於王戎經黃公酒壚而悲嵇康之夭、阮籍之亡，憶竹林悠遊，歎「為時所羈紲」（第二則），實為虛偽第一。

17.1

王仲宣好驢鳴[1]**。既葬，文帝臨其喪**[2]**，顧語同遊曰：「王好驢鳴，可各作一聲以送之。」赴客皆一作驢鳴。**

注釋

1 王仲宣：王粲（一七七—二一七），字仲宣，山陽高平（今屬山東）人，先依劉表，未得重用，後為曹操幕僚，官侍中；學識溥洽，以詩、賦著稱，為建安七子之一。

2 文帝：魏文帝曹丕。

譯文

王仲宣喜歡驢的叫聲。他去世下葬時，魏文帝曹丕參加喪禮哭喪，回頭對同行的朋友們說：「他喜歡驢叫的聲音，大家可各學一次驢叫作為送別。」參加喪禮的來客就都做了一次驢叫。

17.2

王濬沖為尚書令[1]**，著公服，乘軺車，經黃公酒壚下過**[2]**。顧謂後車客：「吾昔與嵇叔夜、阮嗣宗共酣飲於此壚**[3]**。竹林之遊**[4]**，亦預其末；自嵇生夭、阮公亡以來，便為時所羈紲。今日視此雖近，邈若山河。」**

注釋

1 王濬沖：王戎，字濬沖。尚書令：官名，尚書省的長官。2 黃公酒壚：酒家名。

酒壚，酒店前放置酒甕的土臺，此指酒店。3 嵇叔夜：嵇康。阮嗣宗：阮籍。4 竹林：魏晉間阮籍、嵇康、山濤、劉伶、阮咸、向秀、王戎常集於竹林之下，稱「竹林七賢」。

譯文

王濬沖擔任尚書令時，穿着官服，乘着輕便馬車，從黃公酒家旁邊經過。他回頭對坐在車後的客人說：「我當初與嵇叔夜、阮嗣宗一起在這家酒店暢飲。竹林之遊我也參與忝陪末座。自從嵇生早逝、阮公亡故以來，我便為時事所束縛。今天看到這家酒店雖然近在眼前，卻感覺遙遠得如隔着山河。」

賞析與點評

人生都會有那麼一段與朋友留下的美好回憶。

17·3

孫子荊以有才[1]，少所推服，唯雅敬王武子[2]。武子喪時，名士無不至者。子荊後來，臨屍慟哭，賓客莫不垂涕。哭畢，向靈牀曰[3]：「卿常好我作驢鳴，今我為卿作。」體似聲真，賓客皆笑。孫舉頭曰：「使君輩存，令此人死！」

注釋 1 孫子荊：孫楚，字子荊，晉太原中都（今屬山西）人，為人孤傲不群，官至馮翊太守。2 王武子：王濟。3 靈牀：為死者神靈所虛設的坐臥之具。

譯文 孫子荊恃才傲物，很少推崇佩服別人，只是非常敬重王武子。王武子死後治喪時，當時的名士沒有不去弔唁的。孫子荊後到，面對屍體痛哭，賓客們感動得無不為之流淚。哭完後，他對着王武子靈牀說：「你平時喜歡聽我學驢叫，現在我就為你學驢叫。」他模仿得很逼真，賓客都笑了起來。孫子荊抬頭說：「怎麼讓你們這班人活着，卻叫這個人死了呢！」

17.4

王戎喪兒萬子，山簡往省之[1]，王悲不自勝。簡曰：「孩抱中物，何至於此！」王曰：「聖人忘情，最下不及情；情之所鍾，正在我輩。」簡服其言，更為之慟。

注釋 1 萬子：王綏，字萬子。山簡：山濤的兒子。

譯文 王戎死了兒子萬子，山簡去探望他，王戎悲傷得受不了。山簡說：「一個懷抱中的嬰兒罷了，怎麼能悲痛到這個地步！」王戎說：「聖人不動情，最下等的人談不上有感情；感情最專注的，正是我們這一類人。」山簡很敬佩他的話，更加為他悲痛。

賞析與點評

這是情感勃發的年代，將情推至最高的位置，但絕非濫情。

17.7

顧彥先平生好琴[1]，及喪，家人常以琴置靈牀上。張季鷹往哭之[2]，不勝其慟，遂徑上牀鼓琴，作數曲竟，撫琴曰：「顧彥先頗復賞此不？」因又大慟，遂不執孝子手而出[3]。

注釋

1 顧彥先：顧榮，字彥先，吳縣（今江蘇蘇州）人，東吳丞相顧雍之孫，歷任西晉尚書郎、太子中舍人、廷尉正。2 張季鷹：張翰。3 不執孝子手：按晉時禮儀，弔喪的人應該執主人手。這裏說不執孝子手，是說傷痛之極，本不為生者弔，故不執手，並非常禮。

譯文　顧彥先平生喜歡彈琴，當他死後，家人總是把琴放在靈座上。張季鷹去弔喪，非常悲痛，便徑直坐在靈座上彈琴，彈完了幾曲，撫摩着琴說：「顧彥先還能再欣賞琴音嗎？」於是又哭得非常傷心，竟沒有握孝子的手就出去了。

‖17.9

庾文康亡，何揚州臨葬[1]，云：「埋玉樹著土中[2]，使人情何能已已！」

注釋　1 庾文康：庾亮，死後，謚文康。何揚州：何充，曾任揚州刺史。2 玉樹：這裏以傳說中的仙樹比喻寶貴的人才。

譯文　庾亮逝世，揚州刺史何充去送葬，說：「把玉樹埋在土裏，使人的哀傷無法停止啊！」

‖17.10

王長史病篤[1]，寢臥燈下，轉麈尾視之，歎曰：「如此人，曾不得四十[2]！」及亡，劉尹臨殯[3]，以犀柄麈尾著柩中，因慟絕。

注釋 1 王長史：王濛。篤：病重。2 不得四十：王濛死時三十九歲。3 劉尹：劉惔。殯：殮停靈。

譯文 長史王濛病重的時候，在燈下躺着，轉動着麈尾，一邊看，一邊歎息說：「這樣的人，竟然連四十歲都活不到！」到他死後，丹陽尹劉惔去參加大殮禮，把帶犀角柄的麈尾放到棺材裏，並因痛哭而昏死過去。

17.12

郗嘉賓喪，左右白郗公[1]：「郎喪[2]。」既聞，不悲，因語左右：「殯時可道[3]。」公往臨殯，一慟幾絕。

注釋 1 郗嘉賓：郗超，字嘉賓，郗愔之子。郗公：指郗愔。2 郎：下人對少主人之稱呼。

譯文 郗嘉賓死了，手下的人稟告郗愔說：「少爺死了。」郗愔聽了，並不悲傷，隨即告訴手下人說：「入殮時可以告訴我。」臨到入殮，郗愔去參加大殮禮，一下子哀痛得幾乎氣絕。

‖17.15

王東亭與謝公交惡[1]。王在東聞謝喪，便出都，詣子敬[2]，道欲哭謝公。子敬始臥，聞其言，便驚起曰：「所望於法護。」王於是往哭。督帥刁約不聽前，曰：「官平生在時[3]，不見此客。」王亦不與語，直前哭，甚慟，不執末婢手而退[4]。

注釋

1 王東亭：王珣，小名法護。謝公：謝安。交惡：互相憎恨。2 出都：到京都，赴京都。子敬：王獻之。3 官：長官、上司，此指謝安。4 末婢：謝安之子謝琰，字瑗度，小字末婢。官著作郎、秘書丞、侍中等。

譯文

王東亭與謝安交情破裂，互結仇怨。王東亭在東邊聽說謝安去世了，便趕赴都城，拜望王子敬，說我想去哭弔謝安。王獻之起先躺着，聽到他的話，就吃驚地起來說：「這正是我希望你去做的。」王東亭於是就去哭弔。謝安帳前的督帥刁約不讓他上前，說：「長官在世時，不見這位客人。」王東亭也不與他說話，徑直上前哭弔，非常悲痛，但沒有與謝安之子謝琰握手就退出來了。

‖17.16

王子猷、子敬俱病篤[1]，而子敬先亡。子猷問左右：「何以都不聞消息？此已喪矣！」語時了不悲。便索輿來奔喪，都不哭。子敬素好琴，便徑入，坐靈牀上，

取子敬琴彈；弦既不調，擲地云：「子敬，子敬，人琴俱亡！」因慟絕良久。月餘亦卒。

注釋

1 王子猷：王徽之，王羲之子，王獻之的哥哥。子敬：王獻之。

譯文

王子猷和王子敬都病得很重，子敬先去世。一天子猷問侍候的人說：「為甚麼一點也沒有子敬音訊？難道已經去世了！」說話時一點也不悲傷。於是就要了車前去奔喪，沒有哭。子敬平時喜歡彈琴，子猷便一直走進去，坐在靈座上，拿過子敬的琴來彈；琴弦怎麼也調不好，就把琴扔到地上說：「子敬，子敬，人和琴都不在了！」說完就悲痛得昏了過去。過了一個多月，子猷也去世了。

賞析與點評

兩人既是手足，更是知音。

棲隱第十八

本篇導讀——

棲隱，亦即棄世絕聖，隱逸山林。而在這一章中，除了蘇門真人與孫登之外，我們所熟悉的魏、晉名士，又有哪一位真的稱得上是隱逸呢？沒有。李廞、何準、孟陋、戴逵非真正意義上的魏、晉名士，不算。許詢是職業隱逸者，而平時又出入貴族豪門，一如康僧淵，接受饋贈，營建別墅，也並非真正的隱逸。

說到魏、晉名士，既有名於世，又如何能隱呢？阮籍內心雖苦，飲酒痛哭，假如內心真的能棄世，何須痛哭？關鍵是，他根本不知甚麼是隱逸，竟然攀山涉水去跟蘇門真人談「黃、農玄寂之道」、「三代盛德之美」，終沒獲一言。阮籍沒趣了，臨走長嘯，示真人以顏色，而真人回贈的長嘯竟「如數部鼓吹，林谷傳響」（第一則）。這長嘯應令阮籍有所領悟，自己心所嚮往的隱逸，只是上山度假而已，與真人的境界，有天淵之別。

同樣的痛苦，在嵇康身上更為嚴重。嵇康長時間既掛中散大夫的閒職，又以在野的姿態，玄談、彈琴、打鐵、抄書，甚至跑去追隨隱士孫登。這又有甚麼用？他同樣也不知隱逸的真諦，既想隱逸，又為甚麼不停地寫出「非周薄孔」的文字？甚至以竹林之遊，儼然成為抗衡司馬政權的輿論中心。真正的隱逸，如蘇門真人，既不知周、孔，復不知文字，才是所謂的棄世絕聖。

故此，隱逸在古往今來，大多是名士的一種精神追求，甚至是一種朦朧的幻想而已。隱逸的真諦，其實是對整個儒家社會體系及精神的顛覆，而身在塵網而言隱逸，實在邈難企及。

18.1

阮步兵嘯聞數百步[1]。蘇門山中[2]，忽有真人[3]，樵伐者咸共傳說。阮籍往觀，見其人擁膝巖側，籍登嶺就之，箕踞相對[4]。籍商略終古，上陳黃、農玄寂之道[5]，下考三代盛德之美以問之[6]，仡然不應。復敍有為之教[7]、棲神導氣之術以觀之[8]，彼猶如前，凝矚不轉。籍因對之長嘯。良久，乃笑曰：「可更作。」籍復嘯。意盡，退還半嶺許，聞上唒然有聲，如數部鼓吹，林谷傳響；顧看，乃向人嘯也。

注釋　1 阮步兵：阮籍。2 蘇門山：山名，在今河南輝縣。3 真人：道家稱修心養性得道之人。4 箕踞：一種傲慢放達的坐姿，兩足伸開，狀如簸箕。5 黃、農：黃帝軒轅氏和炎帝神農氏，老莊學派認為他們是無為而治的典範，是理想之寄託。6 三代：夏、商、周三代盛德。7 有為之教：有作為的學說，指儒家學說。8 棲神導氣之術：棲神，凝聚心神，使其不散亂。導氣，即導引，攝氣運息的養生術。

譯文

步兵校尉阮籍的嘯聲能在百步外聽得到。蘇門山中，忽然出現了一位得道高人，砍柴人全是在傳說此人。阮籍前去觀看，見此人在山巖旁抱膝而坐，阮籍就登上山嶺靠近他，伸開腿相對而坐。阮籍評論古代史事，上陳述黃帝、神農氏玄遠無為之道，下考夏商周三代的德政，用這些來問他，他昂着頭不應答。再敍述儒家有為的學說，道家凝聚心神導引氣息的方法，拿這些來觀察他，他還像先前一樣，目不轉睛。阮籍於是對着他長嘯。過了很久，他才笑着說：「可以再嘯一次。」阮籍再次長嘯。阮籍興致已盡，往回走到了半山腰處，聽到山上嘯聲悠長，好像幾部鼓吹在演奏，樂聲在山林幽谷間傳播迴響；阮籍回頭看，原來就是剛才那人在長嘯。

18.2

嵇康遊於汲郡山中[1]，遇道士孫登，遂與之遊[2]。康臨去，登曰：「君才則高矣，

保身之道不足。」

注釋　1 汲郡：郡名，治所在今河南汲縣西南。2 孫登：字公和，魏晉之際汲郡（今河南輝縣附近）人，隱於郡之北山，以讀《易》及撫琴自娛，後不知所終，傳為仙人。

譯文　嵇康到汲郡的山裏遊覽，遇見道士孫登，便和他交往。嵇康臨走時，孫登說：「您的才能是很高了，可是保身的方法有所不足。」

賞析與點評

恰恰是才高的人，才不懂得防避世間的黑暗。

18.3

山公將去選曹[1]，欲舉嵇康，康與書告絕[2]。

注釋　1 選曹：指尚書省選曹，主管官吏選舉、考核、任免等。2 康與書告絕：嵇康原與山濤是好友，但不願做官，認為山濤並不了解自己，就寫信與山濤絕交，這就是有名的

《與山巨源絕交書》。

譯文　山濤將不再擔任選曹郎職務，想推薦嵇康代替，嵇康寫信給他宣告絕交。

18.6

阮光祿在東山[1]，蕭然無事，常內足於懷。有人以問王右軍，右軍曰：「此君近不驚寵辱[2]，雖古之沈冥，何以過此。」

注釋　1 阮光祿：阮裕，朝廷曾授與他金紫光祿大夫。2 不驚寵辱：不以寵辱得失而驚擾自己。語出自《老子》。

譯文　光祿大夫阮裕在東山時，顯得落寞、無所事事，而心中卻常常很滿足。有人就此問右軍將軍王羲之，王羲之說：「此君幾乎達到寵辱不驚的境界了，即使是古時深藏不露的隱士，也不能超過他。」

賢媛第十九

本篇導讀——

賢媛，指的是賢淑女子。美女之出眾超群者，莫過於王昭君，不止貌美，而且是傑出的外交家（第二則）。匈奴幸得昭君，肯定也因此獲得了良好的基因，因此歷代不衰。而連續出現三則（第六、七、八則）的許允妻，樣子奇醜，卻有大才，既降伏了嫌她醜的許允，又能預言吉凶，雖不能救夫，卻仍保存兩子的性命，甚至再獲官位，實在難得，堪稱賢媛典範。

其他如王經、王濟、陶侃之母，山濤、王湛、王渾、庾友、郗超之妻等等，亦各有婦德，特別是郗超之妻的生死同穴更為可念可感（第二十九則）。

魏、晉時期的愛人惜才以至於此，故而有才有德之婦人也收編入冊，時代的不凡，可見一斑。矯枉往往過正，百年來的婦解運動令婦女的地位產生了翻天覆地的變化，處處講求男女平等，女人能撐起半邊天，但現在的婦德又有誰在意呢？

漢元帝宮人既多[1]，乃令畫工圖之，欲有呼者，輒披圖召之。其中常者，皆行貨賂。王明君姿容甚麗[2]，志不茍求，工遂毀為其狀。後匈奴來和[3]，求美女於漢帝，帝以明君充行。既召見，而惜之；但名字已去，不欲中改，於是遂行。

注釋

1 漢元帝（前七十六—前三十三）：劉奭，西漢宣帝子。2 王明君：王嬙，字昭君，晉人為避文帝司馬昭之諱，改為王明君；初為漢元帝宮人，竟寧元年（前三十三），嫁給匈奴呼韓邪單于，為寧胡閼氏。卒葬匈奴。3 匈奴來和：竟寧元年，呼韓邪單于向漢和親事。

譯文

漢元帝的宮女已經很多了，便讓畫工把她們的相貌畫下來，他想臨幸宮女，就翻看圖像挑選。那些姿色平常的宮女，都賄賂畫工。王昭君姿態容貌非常美麗，她立志不肯苟且求情，畫工便在作畫時把她的容貌畫得很醜。後來匈奴要求和親，向漢元帝請求賞賜美女，元帝便用王昭君來充當宗室之女出嫁匈奴。等到召見王昭君後，元帝深感惋惜；但是名字已經報出去了，又不想中途更改，於是就去了匈奴。

許允婦是阮衛尉女，德如妹[1]，奇醜。交禮竟，允無復入裏，家人深以為憂。會允有客至，婦令婢視之，還，答曰：「是桓郎。」桓郎者，桓範也[2]。婦云：「無憂，桓必勸入。」桓果語許云：「阮家既嫁醜女與卿，故當有意，卿宜察之。」許便回入內。既見婦，即欲出。婦料其此出無復入理，便捉裾停之。許因謂曰：「婦有四德[3]，卿有其幾？」婦曰：「新婦所乏唯容爾。然士有百行[4]，君有幾？」許曰：「皆備。」婦曰：「夫百行以德為首，君好色不好德，何謂皆備？」允有慚色，遂相敬重。

注釋

1 許允：字士宗，高陽（今屬山東）人。仕魏至吏部郎，後為司馬師所殺。阮衛尉：阮共，字伯彥，尉氏（今屬河南）人，官至衛尉卿。德如：阮侃，字德如，阮共之子，官至河內太守。2 桓範：字元則，沛郡（今屬安徽）人，官大司農。3 四德：舊時指婦女應具備品德、言語、容儀、女工四種德行。4 百行：指多方面的品行。

譯文

許允的妻子是阮共的女兒，阮侃的妹妹，容貌特別醜陋。結婚時行過交拜禮後，許允就不再有進入新房的意願，家人都為此深感憂慮。正好許允有客人來，新娘就叫婢女去看是誰，婢女回來答道：「是桓郎。」桓郎就是桓範。新娘說：「不要擔憂了，桓郎必定會勸他進來的。」桓範果然對許允說：「阮家既然把醜女嫁給你，必定是有用意的，你應當好好體察。」許允就回到新房，見到新娘後，立即就想退出去。新娘料想他這回出去就不會再回來了，便抓住新郎的衣襟要他留下。許允便對她說：「婦人要有四種德行，你有幾種？」新娘說：「我所缺少的只有容貌而已。然而士人應具備多方面的品行，你有幾種？」許允說：「我全都具備。」新娘說：「各方面品行中品德是第一位的，你愛美色而不愛德行，怎麼能說都具備呢？」許允聽了面有愧色，從此就敬重她了。

19.7

許允為吏部郎[1]，多用其鄉里，魏明帝遣虎賁收之[2]。其婦出，誡允曰：「明主可以理奪，難以情求。」既至，帝核問之，允對曰：「『舉爾所知』[3]；臣之鄉人，臣所知也。陛下檢校為稱職與不？若不稱職，臣受其罪。」既檢校，皆官得其人，於是乃釋。允衣服敗壞，詔賜新衣。初，允被收，舉家號哭，阮新婦自若，云：「勿憂，尋還。」作粟粥待。頃之，允至。

注釋

1 吏部郎：官名。主管官吏的任免、銓敍、考績等。2 魏明帝：曹睿。虎賁：官名。掌帝王出入儀衞之事。3 舉爾所知：語出《論語·子路》，孔子的學生仲弓問孔子怎

譯文

麼樣去識別優秀人才並把他們提拔上來，孔子便說了上面這句話。

許允擔任吏部郎的時候，大多任用他的同鄉，魏明帝知道後，就派虎賁去逮捕他。許允的妻子跟出來勸誡他說：「對英明的君主只可以用道理去說服，很難用感情去求告。」押到後，明帝審查追究他，許允回答說：「孔子說『提拔你所了解的人』；臣的同鄉，就是臣所了解的人。陛下可以審查、核實他們是稱職還是不稱職，如果不稱職，臣願受應得的罪。」查驗以後，知道各個職位都用人得當，於是就釋放了他。許允穿的衣服破了，明帝就叫賞賜新衣服。起初，許允被逮捕時，全家都號哭，他妻子阮氏卻神態自若，說：「不要擔心，不久就會回來。」並且煮好小米粥等着他。一會兒，許允就回來了。

19.8

許允為晉景王所誅[1]，門生走入告其婦。婦正在機中，神色不變，曰：「蚤知爾耳。」門人欲藏其兒，婦曰：「無豫諸兒事。」後徙居墓所，景王遣鍾會看之，若才流及父，當收。兒以咨母，母曰：「汝等雖佳，才具不多，率胸懷與語，便無所憂。不須極哀，會止便止[2]；又可少問朝事[3]。」兒從之。會反，以狀對，卒免。

注釋　1晉景王：司馬師。「許允」句：魏齊王曹芳時，輔軍大將軍司馬師（即晉景王）輔政，藉故殺了李豐、夏侯玄。許允和李豐、夏侯玄一向很友好，受到懷疑，也被害。2止：指哭泣停止。按禮節鍾會慰問家屬時當哭。3少問朝事：謂少問朝廷上的事，裝作愚不曉事且不戀仕途。

譯文　許允被晉景王殺害了，他的門生跑進來告訴他的妻子。他妻子正在織機上織布，聽到消息，神色不變，說：「早就知道會這樣的呀！」門生想把許允的兒子藏起來，許允妻子說：「不關孩子們的事。」後來全家遷到許允的墓地裏住，景王派大將軍府記室鍾會去看他們，並吩咐說，如果兒子的才能流品比得上他父親，就應該逮捕他們。許允的兒子知道這些情況，去和母親商量，母親說：「你們雖然都不錯，可是才能不大，可以怎麼想就怎麼和他談，這樣就沒有甚麼可擔心的。也不必哀傷過度，鍾會不哭了，你們就不哭。還要少問朝廷的事。」她兒子照母親的吩咐去做。鍾會回去後，把情況回報景王，終於免禍。

19.11

山公與嵇、阮一面[1]，契若金蘭。山妻韓氏覺公與二人異於常交，問公，公曰：「我當年可以為友者，唯此二生耳。」妻曰：「負羈之妻亦親觀狐、趙[2]；意欲窺

之，可乎？」他日，二人來，妻勸公止之宿，具酒肉。夜穿墉以視之，達旦忘反。公入曰：「二人何如？」妻曰：「君才致殊不如，正當以識度相友耳。」公曰：「伊輩亦常以我度為勝。」

注釋

1 山公：山濤。嵇：嵇康。阮：阮籍。2 負羈之妻亦親觀狐、趙：典出《左傳・僖公二十三年》，指晉公子重耳遭驪姬之讒，流亡在外，到了曹國，曹大夫僖負羈的妻子仔細觀察了他的隨從狐偃、趙衰後認為他們都是相國之才，一定能輔助重耳回國，並成為霸主。

譯文

山濤與嵇康、阮籍只見了一面，彼此就情投意合，親如兄弟。山濤妻子韓氏感覺山濤與他們二人的交情非同尋常，就問山濤，山濤說：「我這一生最要好的就是這兩位而已。」韓氏說：「僖負羈之妻也曾親自觀察過狐偃、趙衰，我也想觀察嵇、阮二位，可以嗎？」有一天，他們兩位來了，韓氏勸山濤把他們留下來住宿，同時準備好酒肉招待。夜晚韓氏在牆外來觀察他們，直到天亮都忘了回來。山濤進去說：「這兩人怎麼樣？」韓氏說：「你的才情志趣遠遠不如他們，正應當以你的見識氣度與他們交朋友。」山濤說：「他們也常常認為我的氣度勝人一籌。」

周浚作安東時[1]，行獵，值暴雨，過汝南李氏[2]。李氏富足，而男子不在。有女名絡秀，聞外有貴人，與一婢於內宰豬羊，作數十人飲食，事事精辦，不聞有人聲。密覘之，獨見一女子，狀貌非常。浚因求為妾，父兄不許。絡秀曰：「門戶殄瘁，何惜一女？若連姻貴族，將來或大益。」父兄從之。遂生伯仁兄弟[3]。絡秀語伯仁等：「我所以屈節為汝家作妾，門戶計耳。汝若不與吾家作親親者，吾亦不惜餘年[4]！」伯仁等悉從命。由此李氏在世，得方幅齒遇。

注釋

1 周浚：字開林，汝南安成（今屬河南）人，仕魏為揚州刺史，平吳有功，封成武侯；晉武帝時為侍中，後代替王渾都督揚州諸軍事，加安東將軍。2 汝南：郡名，在今河南。李氏：李家。3 伯仁兄弟：指周顗、周嵩、周謨三兄弟。周顗，字伯仁。4 不惜餘年：不愛惜晚年，指不如死掉算了。

譯文

周浚任安東將軍時，出外打獵，正遇上暴雨，經過汝南李家。李家富足，當時男主人不在家。有個女兒，名叫絡秀，聽到外面有貴客來了，她與一個婢女在內院宰殺豬羊，做了幾十個人的飲食，每件事都辦得精細周到，聽不到一點聲音。周浚暗中察看，只見一位女子，相貌不同一般。周浚於是求娶她為小妾，她的父親、兄弟不答應。絡秀說：「我家門第低微，何必珍惜一個女兒？如果與貴族結成婚姻，將來也許有很大的好處。」她父親、兄長就聽從了她的意思。婚後便生下伯仁兄弟。絡秀對伯仁等說：「我委屈自己嫁到你們家作小妾，是為我家的門第考慮。你們如不與我家做親戚，我也不會愛惜自己的晚年！」伯仁兄弟都聽從母親的話。因此李家在社會上得到了很好的禮遇。

19.19

陶公少有大志[1]，家酷貧，與母湛氏同居[2]。同郡范逵素知名[3]，舉孝廉，投侃宿。於時冰雪積日，侃室如懸磬，而逵馬僕甚多。侃母湛氏語侃曰：「汝但出外留客，吾自為計。」湛頭髮委地，下為二髲，賣得數斛米[4]；斫諸屋柱，悉割半為薪；剉諸薦，以為馬草。日夕，遂設精食，從者皆無所乏。逵既歎其才辯，又深愧其厚意。明旦去，侃追送不已，且百里許。逵曰：「路已遠，君宜還。」侃猶不返。逵曰：「卿可去矣。至洛陽，當相為美談。」侃乃返。逵及洛，遂稱之於羊晫、顧榮諸人[5]，大獲美譽。

注釋

1 陶公：陶侃。2 湛氏：陶侃之母，豫章新淦（今屬江西）人。3 范逵：鄱陽（在今江西）人，聞名鄉里，與陶侃友善。4 斛：量器名，晉時以十斗為一斛。5 羊晫：又作「楊晫」，歷仕豫章郎中令、十郡中正。顧榮：字彥先，在吳為黃門郎，歸晉後，官尚書郎等；晉元帝鎮江東時，他曾為軍司馬，死後追贈驃騎將軍。

譯文

陶侃年輕時就有遠大的志向，家裏極其貧困，與母親湛氏住在一起。同郡人范逵一向很有名聲，被薦舉為孝廉，到陶侃家投宿。當時接連幾天都有冰雪，陶侃家一無所有，而范逵的馬匹僕從很多。陶侃母親湛氏對陶侃說：「你只管出去把客人留下來，我自然會想辦法的。」湛氏的頭髮長垂至地，便剪下頭髮做成兩段假髮，換來了幾斛米；砍掉房柱，都一劈為二當柴燒；鍘碎草墊子，用來作餵馬的草料。到了晚上，便準備好了精美的食物，連隨從都得到了周到的招待。范逵讚歎陶侃的能力與辯才，又感激他的深厚情誼。第二天走時，陶侃一路追着送行不肯停下，送出將近百里多地。范逵說：「送出這麼遠了，你應該回去了。」陶侃還是不肯回去。范逵說：「你可以回去了，到了洛陽，我定會為您美言的。」陶侃這才回去。范逵到了洛陽，便在羊晫、顧榮這些名士面前稱讚陶侃，陶侃因此便獲得了極大的美譽。

19.20

陶公少時作魚梁吏，嘗以一坩鮓餉母[1]。母封鮓付使，反書責侃曰：「汝為吏，以官物見餉，非唯不益，乃增吾憂也。」

注釋　1魚梁：在水中築的捕魚的堰。鮓：糟魚之類。

譯文　陶侃年輕時做監管魚梁的小吏，曾經送去一罐醃魚給母親。他母親把醃魚封好交給來人帶回去，並且回封信責備陶侃說：「你做官吏，拿公家的東西送給我，這不只沒有好處，反而增加了我的憂慮。」

19.29

郗嘉賓喪，婦兄弟欲迎妹還[1]，終不肯歸。曰：「生縱不得與郗郎同室，死寧不同穴？」

注釋　1郗嘉賓：郗超。婦：郗超之妻。

譯文　郗嘉賓死了，他妻子的兄弟想把妹妹接回去，她卻始終不肯返回娘家。說：「活着雖然不能和郗郎同居一室，死了豈可不和他同葬一穴？」

賞析與點評

生死同穴的執着，與當代的離婚率急劇上升，恰成對照。

術解第二十

本篇導讀——

術解指精通某種技巧與方術，此中高人如雲。荀勗妙解音律，時稱「闇解」，而不動聲色如阮咸，則時稱「神解」（第一則）。荀勗超群，阮咸入神，高下立判。阮咸散淡，情傾鮮卑女，妙手彈琵琶，乃非常之人。

最為神異的，應是堪輿大師郭璞，獨佔數則，可見他在時人心目中的地位。郭氏為人葬龍角而為明帝所知（第六則），為丞相王導占卜而令他免掉災禍，由此名動公卿（第八則）。他預測近江的墓地他日必為陸地，且有詩為記（第七則），可見跡近神人。山川草木、四時之化，皆了然於胸。至於王敦將反，常人亦能知道，又何況郭璞呢？

荀勗善解音聲[1]，時論謂之「闇解」。遂調律呂[2]，正雅樂。每至正會[3]，殿庭作樂，自調宮商[4]，無不諧韻。阮咸妙賞[5]，時謂「神解」。每公會作樂，而心謂之不調，既無一言直勗，意忌之，遂出阮為始平太守[6]。後有一田父耕於野，得周時玉尺，便是天下正尺。荀試以校己所治鐘鼓、金石、絲竹，皆覺短一黍[7]。於是伏阮神識。

注釋

1 荀勗：字公曾，潁川潁陰（今屬河南）人，晉時官中書監，加侍中，領大著作；又掌樂事，修律呂，行於世。2 律呂：古代樂律有陰陽十二律，陽六為律，陰六為呂，合稱律呂。3 正會：又稱元會，元旦朝會，指正月初一日皇帝朝會群臣。4 宮商：古以宮、商、角、徵、羽代表五個不同的音階，此泛指五音。5 阮咸：字仲容，阮籍的從子，在晉官始平太守。阮咸善彈琵琶，精通音律，據說他改造了從龜兹傳入的琵琶，後世稱之為阮咸，簡稱阮。6 始平：郡名，治所在今陝西興平。7 黍：古長度單位，一黍為一分，百黍為尺。

譯文

荀勗擅長音樂聲律，當時人稱他是心領神會。他於是調整樂律，校正雅樂。每到正月元旦聚會時，在殿堂奏樂，他自己親自調整五音，都能音韻和諧。阮咸在音樂上有着極佳的欣賞能力，當時人稱為「神解」。每當因公事聚會奏樂時，阮咸都認為樂聲不協調，竟然沒有一句肯定荀勗的話。荀勗心中忌恨，便把阮咸調出朝廷去當始平太守。後來有一個農夫在田野耕地時，得到一把周代的玉尺，這便是天下的標準尺。荀勗試着用它來校正自己所製作的鐘鼓、金石、絲竹等樂器，發現都短了一黍，於是才佩服阮咸見識入神。

20.4

王武子善解馬性[1]。嘗乘一馬，著連錢障泥[2]，前有水，終日不肯渡。王云：「此必是惜障泥。」使人解去，便徑渡。

注釋

1 王武子：王濟。2 連錢：一種花飾，像錢紋。障泥：墊馬鞍的墊子，下垂至馬腹，用來擋泥土。

譯文

王武子善於了解馬的脾性。他曾經騎馬外出，馬背上蓋着連錢花紋的墊子，碰到前面有條河，馬整天不肯渡過去。王武子說：「這一定是馬捨不得弄壞墊子。」叫人解下墊子，馬就徑直渡過去了。

20.6

晉明帝解占冢宅[1]。聞郭璞為人葬，帝微服往看，因問主人：「何以葬龍角[2]？此法當滅族！」主人曰：「郭云此葬龍耳。不出三年，當致天子。」帝問：「為是出天子邪？」答曰：「非出天子，能致天子問耳。」

注釋

1 晉明帝：司馬紹。占冢宅：判選墓地、宅舍之風水吉凶。2 龍角：堪輿術乃以山勢為龍。

譯文

晉明帝會按風水選擇墳地和宅基地。他聽說郭璞為別人找了一塊墳地，就換上便服去察看，又問墓地主人：「為甚麼葬在龍角上？這種葬法將會滅族的！」主人說：「郭先生說過葬在龍耳上，不出三年，就會有天子出現。」明帝問：「是家族裏出個天子嗎？」主人回答說：「不是出個天子，是能引得天子來詢問而已。」

20.7

郭景純過江，居於暨陽[1]，母亡安墓，去水不盈百步[2]。時人以為近水，景純曰：「將當為陸。」今沙漲，去墓數十里皆為桑田。其詩曰：「北阜烈烈，巨海混混；壘壘三墳，唯母與昆。」

注釋

1 郭景純：郭璞，字景純。暨陽：今江蘇江陰東南長壽鎮南。2 步：古代的長度單位，三百步為一里。

譯文

郭景純到了江南，住在暨陽縣，他母親的墳墓離大江不足百丈。當時有人認為離江太近了，景純說：「那裏就會成為陸地。」現在泥沙已經增高了，離開墳墓幾十里遠的地方都變成了農田。郭景純有詩為記：「北面有高山，東臨大海，波濤翻滾；緊緊相連，三座墳墓，乃母與兄。」

20.8

王丞相令郭璞試作一卦[1]。卦成，郭意色甚惡，云：「公有震厄。」王問：「有可消伏理不？」郭曰：「命駕西出數里，得一柏樹，截斷如公長，置牀上常寢處，災可消矣。」王從其語。數日中，果震柏粉碎。子弟皆稱慶。大將軍云[2]：「君乃復委罪於樹木！」

注釋

1 王丞相：王導。2 大將軍：王敦。

譯文

丞相王導叫郭璞試着占一卦，卦象得出來了，郭璞的心情和臉色都很不好，說：「您有遭雷擊的災難。」王導問：「有沒有辦法可以消除災難？」郭璞說：「坐車往西走幾里地，那裏有一棵柏樹，截下一段和您一樣高的樹幹，放在牀上經常睡的那個位置，災難就可以消除了。」王導照他說的去做。過了幾天，雷電果然把柏木擊得粉碎。子侄們都表示慶賀。大將軍王敦對郭璞說：「您竟然把罪過推卸給樹木！」

巧藝第二十一

本篇導讀——

陵雲臺自有淩雲志，魏文帝才志已不及其父曹操，明帝之畫蛇添足便使該臺傾覆（第二則），曹家血脈漸衰，可見一斑。

稱得上巧藝而確是垂範千古的，大畫家顧愷之當之無愧。作畫，從戴逵時之被范宣視為「無用」，及至顧氏之作開始，謝安稱之為「有蒼生以來所無」（第七則），真可謂中國畫壇之開天闢地者。此章共有十四則，皆有關顧氏畫作及其畫理。畫謝鯤於巖石中（第十二則），正印合謝氏性情；目不點精，是傳神寫照處（第十三則）；「手揮五弦」易、「目送歸鴻」難（第十四則），至於以飛白掩瞎眼（第十一則），則可見心思之妙。

21.2

陵雲臺樓觀精巧[1]，先稱平眾木輕重，然後造構，乃無錙銖相負揭[2]。臺雖高峻，恆隨風搖動，而終無傾倒之理。魏明帝登臺[3]，懼其勢危，別以大材扶持之，樓即頹壞。論者謂輕重力偏故也。

注釋　1 陵雲臺：樓臺名，在河南洛陽，今不存。2 錙銖：指極微小的重量。3 魏明帝：曹叡。

譯文　陵雲臺的樓臺觀舍設計精巧，建造時先稱量所用木材的輕重分量，然後才建造構築，竟然沒有絲毫的誤差。樓臺雖然高峻，常常隨着風力而搖動，但始終沒有傾倒的可能。魏明帝登上樓臺時，恐怕高峻的樓臺有危險，另外用大木材來支撐它，樓臺立即就坍塌毀壞了。議論者都説這是輕重失去了平衡的緣故。

21.6

戴安道就范宣學[1]，視范所為，范讀書亦讀書，范抄書亦抄書。唯獨好畫，范以為無用，不宜勞思於此。戴乃畫《南都賦圖》[2]，范看畢咨嗟，甚以為有益，始重畫。

注釋　1 戴安道：戴逵。范宣：字宣子，東晉陳留（今屬河南）人，性喜隱遁，不就徵辟，言談不涉老、莊，以講授儒學為業，精於「三禮」。2《南都賦圖》：即是依東漢張衡所作的《南都賦》所描述的南都宮室的畫作。

譯文　戴安道向范宣學習，一切看范宣所做的來模仿，范宣讀書他也讀書，范宣抄書他也抄書，只是他偏好繪畫，范宣認為沒有甚麼用處，不應該在這上面花費心思。戴安道就畫了一幅《南都賦圖》，范宣看完後讚歎不已，認為很有意思，這才開始重視繪畫了。

21.7

謝太傅云[1]：「顧長康畫[2]，有蒼生以來所無。」

注釋　1 謝太傅：謝安。2 顧長康：即名畫家顧愷之，字長康。

譯文　太傅謝安說：「顧長康的畫，是自有人類以來所沒有的。」

21.11

顧長康好寫起人形，欲圖殷荊州[1]，殷曰：「我形惡，不煩耳。」顧曰：「明

府正為眼爾。但明點童子，飛白拂其上[2]，便如輕雲之蔽日。」

注釋　1 顧長康：顧愷之，字長康，小字虎頭，晉無錫（今屬江蘇）人，曾作桓溫、殷仲堪參軍，後官至散騎常侍；博學有才氣，尤善繪畫，對中國繪畫的發展有深遠影響。殷荊州：殷仲堪。殷仲堪瞎了一隻眼睛，故下文自稱形惡。2 飛白：中國畫的一種筆法，線條因枯筆而露白。

譯文　顧長康喜愛畫人物畫，想給殷仲堪畫像，殷仲堪說：「我形貌醜陋，就不麻煩你了。」顧長康說：「您只是為了眼睛的緣故罷了。這只需清晰地點上瞳子，用飛白的筆法在上面輕輕拂拭，使得眼部好像輕雲遮住太陽一樣。」

21.12

顧長康畫謝幼輿在巖石裏[1]。人問其所以，顧曰：「謝云：『一丘一壑，自謂過之[2]。』此子宜置丘壑中。」

注釋　1 謝幼輿：謝鯤。2「一丘一壑」句：見《品藻第九》第十七則注3，乃謝鯤答晉明帝語，意高情雅致，超過庾亮。

譯文　顧愷之為謝幼輿畫像，把他畫成身處巖石之間。人家問他這是甚麼緣故，顧愷之說：「謝自己說：『一丘一壑，自謂過之。』那麼，此君應當安排在山林丘壑之中了。」

21.13

顧長康畫人，或數年不點目精。人問其故，顧曰：「四體妍蚩，本無關於妙處；傳神寫照，正在阿堵中。」

譯文　顧長康畫人，有時幾年都不點上眼珠。有人問他是甚麼緣故，顧長康說：「人的四肢美醜，原本就與畫的精妙無關；傳達人的精神面貌，正是在這個點睛之中。」

21.14

顧長康道畫：「手揮五弦易[1]，目送歸鴻難。」

注釋

1「手揮」句：出自嵇康的《贈秀才入軍詩》。五弦：樂器。形似琵琶而小，五根弦，用木或手撥彈。

譯文

顧長康談論作畫時説：「要畫出手揮五弦的動作很容易，但要畫出目送歸鴻的神態就很難。」

寵禮第二十二

本篇導讀——

寵禮，指的是因寵信而獲禮遇。王導在晉室東渡及擁立元帝事上，自有大功，以至於登基當天，元帝要王導並坐接受百官朝拜（第一則），寵遇至此，自是無可復加，或已太過。可見，元帝的缺乏自信至此，難怪終東晉之朝，政局總是風雨飄搖，權臣干政，梟雄迭起。先有王敦兩次揮兵入京，繼而蘇峻叛亂，再有桓溫坐大，終為桓溫之子桓玄所篡。

其他的如王珣與郗超，皆為世家子弟，桓溫自必厚待（第三則），以籠絡兩個家族，不一定是真的寵遇。至於伏滔為皇帝點名而欣喜若狂，竟向兒子誇耀（第五則）。這大概也是現在所謂的親子關係吧。

22.1

元帝正會[1]，引王丞相登御牀[2]，王公固辭，中宗引之彌苦。王公曰：「使太陽與萬物同暉，臣下何以瞻仰？」

注釋

1 元帝：東晉元帝司馬睿，廟號中宗。正會：指正月初一的朝會。2 王丞相：王導，亦稱王公。御牀：皇帝的坐臥之榻。

譯文

晉元帝在正月初一朝會時，拉着丞相王導一起坐皇帝的御座，王導堅決辭讓，元帝拉着他更加懇切。王導說：「如太陽和萬物發出同樣的光輝，那麼叫我們臣下怎麼樣仰視瞻望呢？」

22.3

王珣、郗超並有奇才，為大司馬所眷拔[1]。珣為主簿，超為記室參軍[2]。超為人多髯，珣形狀短小，於時荊州為之語曰：「髯參軍，短主簿；能令公喜，能令公怒。」

注釋

1 王珣：見《言語第二》第一零二則注1。大司馬：指桓溫。2 主簿：負責文書簿籍，掌印鑒，為掾史之首。記室參軍：掌管文書記錄，猶如現在的秘書。

譯文　王珣和郗超都有不尋常的才幹，受到大司馬桓溫的寵愛和提拔。王珣任主簿，郗超任記室參軍。郗超此人多鬚髯，王珣狀貌矮小。當時荊州地方的人為此編出話語說：「多髯的參軍，短小的主簿，能使桓公高興，能使桓公惱怒。」

22.5

孝武在西堂會，伏滔預坐[1]。還，下車呼其兒，語之曰：「百人高會，天子臨坐，未得他語，先問：『伏滔何在？在此不？』此故未易得。為人作父如此，何如？」

注釋　1 孝武：孝武帝司馬曜。西堂：皇宮廳堂名，指太極殿的西廳。伏滔：伏玄度，晉平昌安丘（今屬山東）人。有才學，桓溫引為參軍，以征伐功封聞喜縣侯。溫死，為桓豁參軍。孝武帝太元中，任著作郎，掌國史，領本州大中正。

譯文　孝武帝在太極殿的西廳聚會，伏滔也在座。回家一下車就叫他兒子，對兒子說：「上百人的盛會，皇上蒞臨就位，沒有說別的話，就先問：『伏滔在哪裏？在這裏嗎？』這樣的寵遇實在不容易得到。作為父親的能夠如此，怎麼樣？」

任誕第二十三

本篇導讀——

古往今來，不乏放誕不羈者，而成為一種社會現象的，唯獨魏、晉。任誕，正是對傳統儒家思想作為社會規範的一種挑戰，乃自漢武帝「罷黜百家，獨尊儒術」以來的一次大規模的集體抗爭。在思想層面，為佛、道融入士大夫思維及生命情調；在生活層面，則為放浪形骸以至於浪漫化的生活形式。思想層面的深邃，佛、道名家輩出，極端的如嵇康、阮籍則直接以文章及行為向儒家思想及其社會結構作出質疑與挑戰。然而，隨着這一次轟轟烈烈的理念與實踐並行的反抗以失敗告終之後，中國社會之規範日趨精密，行為日趨儀式化，思維則日趨僵化。

竹林七賢，竟被置於《任誕》第一，既是「賢」而又是「誕」，相當的弔詭。因此中涉及的已非關於七人的行為，而是有關社會風化，以至於思想以及政治抗爭。因此謝安雅好嵇康之詩文，卻又禁止子弟隨便評價七賢，既是尊重，亦是顧忌。

最為後人津津樂道的，則莫過於魏、晉人物的行為，其中絕不可或缺的便是酒：阮籍母喪而進酒肉（第二、九則），醉臥鄰家當壚婦的身旁（第八則）；劉伶縱酒戒酒的詼諧滑稽（第六則）；阮咸與豬共飲（第十二則）；其他如張翰之稱身後浮名不如生前一杯酒（第二十則）；畢茂世之蟹螯杯酒，拍浮酒池，便足了一生（第二十一則）；王忱歎三日不飲酒，形神不相親（第五十二則）；至於救庾冰的小卒，畢生所求，也不過一醉（第三十則）。

流風所及，東晉後期，王獻之與王徽之乃任誕的中心人物。王徽之雪夜乘船往訪戴逵，過門不入，興盡而返（第四十七則），傾絕千古。

23.1

陳留阮籍、譙國嵇康、河內山濤，三人年皆相比，康年少亞之。預此契者，沛國劉伶、陳留阮咸、河內向秀、琅邪王戎[1]。七人常集於竹林之下，肆意酣暢，故世謂「竹林七賢」。

注釋

1 劉伶：字伯倫，曾為建威將軍，後被罷免。

譯文

陳留阮籍、譙國嵇康、河內山濤，三個人的年齡都相近，嵇康的年齡稍小些。參加這些人聚會的還有沛國劉伶、陳留阮咸、河內向秀、琅邪王戎。七個人常常在竹林下聚集，縱情暢飲，所以當時世人稱他們為「竹林七賢」。

23.2

阮籍遭母喪，在晉文王坐[1]，進酒肉。司隸何曾亦在坐[2]，曰：「明公方以孝治天下，而阮籍以重喪，顯於公坐飲酒食肉，宜流之海外，以正風教。」文王曰：「嗣宗毀頓如此，君不能共憂之，何謂？且有疾而飲酒食肉，固喪禮也[3]。」籍飲噉不輟，神色自若。

注釋

1 阮籍：字嗣宗。晉文王：司馬昭。2 司隸：官名，即司隸校尉。何曾（一九九—二七八）：字穎考，官司隸校尉，晉初，官至侍中、太保，後進位太傅。此人外寬內忌，生活奢侈，日食萬錢，猶云無下箸處。3「有疾而飲酒」兩句：見《禮記．曲禮上》：「居喪之禮，頭有創則沐，身有瘍則浴，有疾則飲酒食肉，疾止復初。不勝喪，乃比於不慈不孝。」

譯文

阮籍在母親去世服喪期間，在晉文王宴席上飲酒吃肉。司隸校尉何曾也在座，對晉文王說：「您正以孝道治理天下，但阮籍重喪在身，卻公然在您的宴席上飲酒吃肉，應當把他流放到邊遠地區，以端正風俗教化。」文王說：「嗣宗哀傷過度以致委靡困頓成這個樣子，你不能一同為他擔憂，是為甚麼呢？況且居喪期間因病而飲酒吃肉，這本來就是符合喪禮的。」其時阮籍吃喝不停，神色和往常一樣。

23.3

劉伶病酒，渴甚，從婦求酒。婦捐酒毀器，涕泣諫曰：「君飲太過，非攝生之道，必宜斷之！」伶曰：「甚善。我不能自禁，唯當祝鬼神，自誓斷之耳。便可具酒肉。」婦曰：「敬聞命。」供酒肉於神前，請伶祝誓。伶跪而祝曰：「天生劉伶，以酒為名，一飲一斛，五斗解酲。婦人之言，慎不可聽！」便引酒進肉，隗然已醉矣。

譯文

劉伶因飲酒過度而得病，異常口渴，就向妻子討酒喝。他妻子把酒倒掉，把酒器毀壞，哭着勸道：「你喝酒過度，這不是養生的辦法，必須要把酒戒掉！」劉伶說：「很好。但我不能控制自己，只能向鬼神禱告，自己發誓來戒掉酒癮。你就準備祭祝用的酒肉吧。」他妻子說：「遵命。」於是把酒肉供在神前，請劉伶去禱告發誓。劉伶跪着說：「天生我劉伶，酒是我的命。一次喝一斛，五斗消酒病。婦人說的話，千萬不能聽！」說完拿起酒肉就吃喝起來，很快又醉得頹然倒下了。

23.5

步兵校尉缺[1]，廚中有貯酒數百斛，阮籍乃求為步兵校尉。

注釋　1 步兵校尉：漢代京師置屯兵八校尉，步兵校尉掌管上林苑屯兵，秩二千石。下有司馬一人，領吏員七十三人、兵士七百人。

譯文　步兵校尉的職位空出來了，步兵廚中儲存着幾百斛酒，阮籍就請求調去做步兵校尉。

23.6

劉伶常縱酒放達，或脫衣裸形在屋中。人見譏之，伶曰：「我以天地為棟宇，屋室為幝衣，諸君何為入我幝中？」

譯文　劉伶常常縱情飲酒，任性放誕，有時脫掉衣服，赤身裸體待在屋中。有人看到後譏笑他，劉伶說：「我把天地當房子，把房屋當褲子，你們諸位為甚麼跑進我褲子中來？」

‖23.7

阮籍嫂嘗還家，籍相見與別。或譏之[1]，籍曰：「禮豈為我輩設耶？」

注釋　1 或譏之：按禮制，叔嫂不通問，所以阮籍因不遵禮法而受指責。

譯文　阮籍的嫂子有一次回娘家，阮籍去看她，給她道別，有人責怪阮籍。阮籍說：「禮法難道是為我們這類人而設的嗎？」

賞析與點評

古代的禮教過於嚴苛，而當下的社會卻有待重建一些合乎時代的基本道德觀。

‖23.8

阮公鄰家婦有美色[1]，當壚酤酒。阮與王安豐常從婦飲酒[2]，阮醉，便眠其婦側。夫始殊疑之，伺察，終無他意。

注釋　1 阮公：阮籍。2 王安豐：王戎。

譯文　阮籍鄰家的婦人姿色姣好，當壚賣酒。阮籍與安豐侯王戎常常到婦人那裏飲酒，阮籍喝醉了，就睡在婦人身旁。她丈夫開始很懷疑他，暗中觀察後，發現他始終沒有別的意圖。

23.9

阮籍當葬母，蒸一肥豚，飲酒二斗，然後臨訣[1]，直言「窮矣[2]！」都得一號，因吐血，廢頓良久。

注釋

1 臨訣：到遺體前作最後的告別儀式。2 窮：完了。當時孝子哭，照例要呼喊「窮、奈何」，是一種習俗。

譯文

阮籍將葬母親之際，蒸熟一隻小肥豬，喝了兩斗酒，然後去向母親遺體訣別，只是叫「完了！」總共才號哭了一聲，就吐血，身體損傷，精神委頓了很久。

23.10

阮仲容、步兵居道南[1]，諸阮居道北；北阮皆富，南阮貧。七月七日，北阮盛曬衣[2]，皆紗羅錦綺。仲容以竿掛大布犢鼻幝於中庭[3]，人或怪之，答曰：「不能免俗，聊復爾耳！」

注釋

1 阮仲容：阮咸。步兵：阮籍。2 曬衣：古時習俗，七月初七曬衣服或書籍，以防蟲蛀。3 犢鼻褌：一種幹雜活時穿的褲裙，無襠，形如小牛鼻。

譯文

阮咸、阮籍居住在路南，其他阮姓人住在路北；住在路北的阮姓人都很富有，住在路南的則很貧窮。七月七日，路北的阮姓人大曬衣物，都是綾羅綢緞。阮咸就在庭院中用竹竿掛了一條粗布犢鼻褌，有人對他的做法很感奇怪，他答道：「我不能免俗，姑且這樣應付一回罷了！」

23.11

阮步兵喪母，裴令公往弔之[1]。阮方醉，散髮坐牀，箕踞不哭[2]。裴至，下席於地[3]，哭；弔唁畢，便去。或問裴：「凡弔，主人哭，客乃為禮。阮既不哭，君何為哭？」裴曰：「阮方外之人，故不崇禮制；我輩俗中人，故以儀軌自居。」時人歎為兩得其中。

注釋

1 裴令公：裴楷。2 箕踞：兩足伸開坐着，形如簸箕，乃被視為輕慢的態度。依喪禮，阮籍坐牀上是離了喪位，箕踞而坐，乃不合禮法。3 下席：古人席地而坐，弔喪時表示對主人的尊敬應離開席位。

譯文

步兵校尉阮籍死了母親，中書令裴楷去弔唁。阮籍剛喝醉了，披頭散髮、伸開兩腿坐在椅子上，沒有哭。裴楷到後，退下來墊個座席坐在地上，哭泣盡哀；弔唁完畢，就走了。有人問裴楷：「大凡弔唁之禮，主人哭，客人才依禮而哭。阮籍既不哭，您為甚麼哭呢？」裴楷說：「阮籍是超脱世俗的人，所以不尊崇禮制；我們這種人是世俗中人，所以自己要遵守禮制。」當時的人很讚賞這句話，認為對雙方行為都恰到好處。

23.12

諸阮皆能飲酒[1]，仲容至宗人間共集[2]，不復用常杯斟酌，以大甕盛酒，圍坐，相向大酌。時有群豬來飲，直接去上，便共飲之。

注釋

1 諸阮：指阮氏同族人。2 仲容：阮咸，字仲容。宗人：本家族的人。

譯文

阮氏家族的人都能喝酒，阮仲容到同族人當中聚會，不再用一般的杯子來喝酒，而是用大甕來盛酒，大家一起圍坐，面對面地痛飲。當時有很多豬也來喝酒，牠們直接就湊了上去，於是人和豬就在一起同飲這甕酒。

23.15

阮仲容先幸姑家鮮卑婢[1]。及居母喪，姑當遠移，初云當留婢；既發，定將去。仲容借客驢，著重服自追之，累騎而返[2]。曰：「人種不可失[3]。」即遙集之母也[4]。

注釋

1 鮮卑：古代住在東北、內蒙一帶的一個民族。2 重服：最重的孝服，即為父母喪而穿的孝服。3 人種：這裏指鮮卑婢已懷孕。4 遙集：阮孚，字遙集。

譯文

阮仲容早就寵愛着姑母家那個鮮卑族的婢女。在給母親守孝期間，他姑母要遷到遠處，起初說要留下這個婢女；起程以後，終於把她帶走了。仲容知道了，借了客人的驢，穿着孝服親自去追她，兩人一起騎着驢回來。仲容說：「人種不能丟失。」這個婢女就是阮遙集的母親。

23.18

阮宣子常步行[1]，以百錢掛杖頭，至酒店，便獨酣暢；雖當世貴盛，不肯詣也。

注釋

1 阮宣子：阮修，字宣子，阮籍從子，善清談，任誕不預俗務。

譯文

阮宣子經常徒步出遊，在手杖頭上掛上一百個銅錢，到了酒店就獨自開懷暢飲；哪怕是當朝的權貴，他也不肯去拜訪。

23.20

張季鷹縱任不拘[1]，時人號為「江東步兵」[2]。或謂之曰：「卿乃可縱適一時，獨不為身後名邪？」答曰：「使我有身後名，不如即時一杯酒！」

注釋　1 張季鷹：張翰，字季鷹。2 江東步兵：江東，指自今安徽蕪湖以下的長江下游南岸地區。步兵，指阮籍。張翰是吳郡人，故稱之「江東步兵」。

譯文　張季鷹任性放縱不拘禮法，當時人把他稱為「江東步兵」。有人對他說：「你可以縱情享樂於一時，怎麼就不為身後的名聲考慮呢？」他回答說：「讓我有身後的名望，還不如當前的一杯酒呢。」

賞析與點評
人生貴在適意。

23.21

畢茂世云[1]：「一手持蟹螯，一手持酒杯，拍浮酒池中，便足了一生。」

注釋

1 畢茂世：畢卓，字茂世，晉新蔡鮦陽（今河南新蔡東北）人。晉元帝時為吏部郎，常嗜酒廢職。後以溫嶠為平南長史，卒於任上。

譯文

畢茂世說：「一隻手拿着蟹螯，一隻手拿着酒杯，在酒池中擊水游泳，過完這一生，也就很值得了。」

‖23.24

鴻臚卿孔群好飲酒[1]，王丞相語云[2]：「卿何為恆飲酒？不見酒家覆瓿布，日月糜爛[3]？」群曰：「不爾。不見糟肉，乃更堪久？」群嘗書與親舊：「今年田得七百斛秫米，不了麴糵事[4]。」

注釋

1 鴻臚卿：官名。掌朝賀慶弔等贊導相禮。鴻，聲；臚，傳。傳聲贊導，故稱。孔群：字敬林，東晉會稽山陰（今浙江紹興）人，仕至御史中丞、鴻臚卿。2 王丞相：王導。3 秫米：黏性的高粱米。4 麴糵：酒母。麴糵事，指釀酒。

譯文

鴻臚卿孔群喜愛喝酒，丞相王導對他說：「你為甚麼經常喝酒？難道沒有看見賣酒的人家覆蓋在酒瓮上的布，日子一久就爛掉了嗎？」孔群說：「並非如此。不見那酒糟醃製的肉反倒更加耐久不壞嗎？」孔群曾經寫信給親戚故舊說：「今年田裏收成七百斛秫米，還不能滿足釀酒之用。」

23.28

周伯仁風德雅重[1]，深達危亂。過江積年，恆大飲酒，嘗經三日不醒。時人謂之「三日僕射」[2]。

注釋

1 周伯仁：周顗。2 僕射：官名。乃尚書令之副手，職權甚重，周顗時任尚書令左僕射。

譯文

周伯仁品德高尚而莊重，能洞察危機。渡江南下多年後，經常縱情飲酒，曾經喝醉了三天不醒。當時人稱他是「三日僕射」。

23.30

蘇峻亂[1]，諸庾逃散。庾冰時為吳郡[2]，單身奔亡。民吏皆去，唯郡卒獨以小船載冰出錢塘口，籧篨覆之。時峻賞募覓冰，屬所在搜檢甚急。卒舍船市渚，因飲酒醉，還，舞棹向船曰：「何處覓庾吳郡？此中便是！」冰大惶怖，然不敢動。監司見船小裝狹，謂卒狂醉，都不復疑。自送過浙江[3]，寄山陰魏家，得免。後事

平，冰欲報卒，適其所願。卒曰：「出自厮下，不願名器。少苦執鞭，恆患不得快飲酒。使其酒足餘年，畢矣，無所復須。」冰為起大舍，市奴婢，使門內有百斛酒，終其身。時謂此卒非唯有智，且亦達生。

注釋

1 蘇峻亂：晉明帝太寧三年（三二五），明帝死，成帝即位，庾太后臨朝。王導、庾亮（庾太后之兄）等輔政。庾亮疑忌蘇峻、祖約等，徵蘇峻入朝，謀奪其兵權。蘇峻與祖約以討庾亮為名，起兵造反。2 庾冰：庾亮之弟。3 浙江：水名。此指錢塘江。

譯文

蘇峻作亂，庾氏諸兄弟都逃散了。庾冰當時任吳郡太守，單身逃亡。百姓和屬官都離散了，只有一個府役獨自用小船載着庾冰逃出錢塘江口，用粗竹席遮蓋着他。當時蘇峻正懸賞捉拿庾冰，囑咐部下到處搜查，十分緊急。府役離開了小船到近市的江中小洲上去，喝醉了酒回來，手裏揮舞着船槳，面對着小船說：「你們要到哪裏去尋找庾太守？這條船裏就是！」庾冰大為驚慌，但又不敢動一動。搜查的人看看船很狹小，認為府役是酒醉了說胡話，就一點也不懷疑。府役把庾冰送過錢塘江，寄居在山陰魏家，才得以免禍。後來叛亂平息，庾冰要報答府役，說可以滿足他的願望。府役說：「我出身於僕役，不願意做甚麼官。從小就苦於為人服役，經常覺得不能痛快地喝酒，是一大憾事。假如讓我有足夠的酒以度餘年，我也就滿足了，再也沒有甚麼要求了。」庾冰就給他蓋了大房子，買了奴婢，讓他家裏有上百斛的酒，一直供養終身。當時人說這位府役不但有智謀，而且對人生也很達觀。

23.34

桓宣武少家貧[1]，戲大輸，債主敦求甚切。思自振之方[2]，莫知所出。陳郡袁耽俊邁多能[3]，宣武欲求救於耽。耽時居艱[4]，恐致疑，試以告焉，應聲便許，略無慊吝。遂變服，懷布帽，隨溫去與債主戲。耽素有藝名，債主就局，曰：「汝故當不辦作袁彥道邪？」遂共戲。十萬一擲，直上百萬數，投馬絕叫[5]，傍若無人，探布帽擲對人曰：「汝竟識袁彥道不？」

注釋

1 桓宣武：桓溫。2 自振之方：自己振作的方法，即反輸為贏之法。3 袁耽：字彥道，陳郡陽夏（今屬河南）人，初為王導參軍；以平蘇峻亂有功，授建威將軍，仕至司徒從事中郎。4 居艱：居喪。按當時禮儀，服喪期間，不能干預外事。5 馬：賭博時用以計錢數的籌碼。

譯文

桓溫年輕時家裏貧窮，賭博輸了很多錢，債主急着追討賭債。桓溫想要找到一個翻本的辦法，可是卻想不出來。陳郡袁耽為人豪爽，又多才多藝，桓溫想求助於他。袁耽當時正在守孝期間，桓溫擔心他會為難，只能試着告訴他這件事。袁耽一聽就答應了，一點為難的意思都沒有。於是換上便裝，懷揣着便帽，跟着桓溫就走，和債主賭錢。袁耽在才藝方面向來就有名氣，債主上了賭局後說：「你或許不會像袁彥道一樣吧？」於是一起賭了起來。一擲十萬，賭注一直加到了百萬之數，袁耽投下籌碼時高聲喊叫，旁若無人，從懷裏掏出布帽扔向對面的債主說：「你終於認得袁彥道了嗎？」

23.35

王光祿云[1]：「酒，正使人人自遠。」

注釋　1 王光祿：王蘊。

譯文　光祿大夫王蘊說：「酒正好能讓每個人在醉眼朦朧中忘掉自己，超脱高遠。」

賞析與點評

酒是神仙，也可以是魔鬼。

23.40

謝安始出西戲，失車牛，便杖策步歸。道逢劉尹，語曰：「安石將無傷[1]！」謝乃同載而歸。

注釋　1 劉尹：劉惔，乃謝安之妻舅。

譯文　謝安當初到西邊去賭博，輸掉了車子和駕車的牛，只好拄着拐棍走回家。半路上碰見丹陽尹劉惔，劉惔說道：「安石恐怕喪氣了吧！」謝安就搭他的車回去。

23.42

桓子野每聞清歌[1]，輒喚「奈何[2]！」謝公聞之[3]，曰：「子野可謂一往有深情。」

注釋　1 桓子野：桓伊，小字子野。清歌：指沒有樂器伴奏的唱歌。2 奈何：《古今樂錄》說：「奈何，曲調之遺音也」，即一人唱，眾人喚「奈何」，幫腔相和。3 謝公：謝安。

譯文　桓子野每逢聽到別人清歌，總是幫腔呼喊「奈何！」謝安聽見了，說：「子野可以說是一往情深。」

賞析與點評

人不能失去天真。

23.46

王子猷嘗暫寄人空宅住[1]，便令種竹。或問：「暫住何煩爾？」王嘯詠良久，直指竹曰：「何可一日無此君？」

注釋

1 王子猷：王徽之。

譯文

王子猷曾經暫時寄居在別人的空宅子裏，就叫人種上竹子。有人問：「臨時住住，何必如此麻煩呢？」王子猷又長嘯又吟咏，好一會兒，直指竹子說：「怎麼能一天沒有這位君子呢？」

23.47

王子猷居山陰，夜大雪，眠覺，開室，命酌酒，四望皎然。因起彷徨。詠左思《招隱》詩[1]，忽憶戴安道[2]。時戴在剡[3]，即便夜乘小船就之。經宿方至，造門不

前而返。人問其故，王曰：「吾本乘興而行，興盡而返，何必見戴？」

注釋　1《招隱》詩：共兩首，描寫隱士生活。2 戴安道：戴逵。3 剡：縣名，在今浙江嵊縣。

譯文　王子猷住在山陰的時候，一天夜裏下起了大雪，他睡覺醒來，打開房門，命手下斟酒，環顧四周，雪景皎潔。他於是起身徘徊，吟詠左思的《招隱》詩，忽然想起了戴安道。當時戴安道住在剡縣，王子猷於是連夜乘上小船前去拜訪。船行一夜方才到達，王子猷到了門口沒有進去就返回了。別人問他緣故，王子猷說：「我本來就是乘興而行，興盡也就可以回來了，為甚麼非得見到戴安道呢？」

賞析與點評

乘興而行，千古傳唱。

23.48

王衛軍云[1]：「酒，正自引人著勝地。」

注釋　1王衛軍：王薈，王導幼子，任會稽內史，進號鎮軍將軍，死後贈衛將軍。

譯文　衛將軍王薈說：「酒正好把人引入一種美妙的境界。」

賞析與點評

適當的飲酒，是一種情趣。

23.49

王子猷出都[1]，尚在渚下。舊聞桓子野善吹笛[2]，而不相識。遇桓於岸上過，王在船中，客有識之者，云是桓子野。王便令人與相聞，云：「聞君善吹笛，試為我一奏。」桓時已貴顯[3]，素聞王名，即便回下車，踞胡牀，為作三調。弄畢，便上車去。客主不交一言。

注釋　1出都：赴京都建康。2桓子野：桓伊。《晉書》本傳說他「善音樂，盡一時之妙，為江左第一。」3貴顯：桓伊官西中郎將、豫州刺史，淝水之戰中與謝玄、謝琰大破前秦苻堅百萬大軍，以功封永修縣侯，進號右軍將軍。

譯文　王子猷坐船進京，還停泊在碼頭上，沒有上岸。曾聽說過桓子野擅長吹笛子，可是並不認識他。這時正碰上桓子野從岸上經過，王子猷在船中，聽到有個認識桓子野的客人說，那是桓子野。王子猷便派人替自己傳話給桓子野，說：「聽說您擅長吹笛子，試為我奏一曲。」桓子野當時已經做了大官，一直聽聞王子猷的名聲，立刻就掉頭下車，上船坐在馬扎兒上，為王子猷吹了三支曲子。吹奏完畢，就上車走了。賓主雙方沒有交談一句話。

23.51

王孝伯問王大[1]：「阮籍何如司馬相如[2]？」王大曰：「阮籍胸中壘塊，故須酒澆之。」

注釋　1 王孝伯：王恭。王大：王忱，字佛大，也叫王大。2 司馬相如：字長卿，是漢代著名的辭賦家。

譯文　王孝伯問王忱：「阮籍比起司馬相如怎麼樣？」王忱說：「阮籍心裏鬱積着不平之氣，所以需要藉酒澆愁。」

23.52

王佛大歎言[1]：「三日不飲酒，覺形神不復相親。」

注釋　1 王佛大：即王忱，性嗜酒，一飲連日不醒，結果因喝酒而死。

譯文　王佛大歎息說：「三天不喝酒，就覺得身體和精神不再相依附了。」

賞析與點評

形與神交融，並非一般人能達到的。

23.53

王孝伯言：「名士不必須奇才，但使常得無事，痛飲酒，熟讀《離騷》，便可稱名士。」

譯文　王孝伯說：「做名士不一定需要特殊的才能，只要能經常無事，盡情喝酒，熟讀《離騷》，就可以稱為名士了。」

賞析與點評

這可以說是對現在所謂的「才子」的嘲諷。

23.54

王長史登茅山[1]，大慟哭曰：「琅邪王伯輿[2]，終當為情死！」

注釋

1 茅山：山名，在江蘇句容東南，乃道教靈山之一。2 王伯輿：王廞，字伯輿，琅邪人，王導之孫，王薈之子。任太子中庶子、司徒左長史。王恭起兵時，他正逢母喪，王恭任他為吳國內史，令他起兵聲援，他即響應，以為可以乘機取富貴，不到幾天，王恭罷兵，命他離職回去服喪，他大怒，回軍討伐王恭，兵敗，不知所在。

譯文

長史王伯輿登上茅山，非常傷心地痛哭道：「琅邪王伯輿，終歸要為情而死！」

賞析與點評

率真的人，就是可愛。

簡傲第二十四

本篇導讀——

疏略傲慢，便是簡傲。簡傲的人，除非夜郎，否則必有奇才足以淩視他人。阮籍在司馬昭面前「箕踞嘯歌，酣放自若」，置於《簡傲》第一，當之無愧。而嵇康的傲視鍾會（第三則），卻終招殺身之禍。當然，很有可能是司馬政權殺人而嫁禍於後來的叛臣鍾會身上而已。

至於王澄在送別眾人之前，除衣脱褌爬上樹掏鵲（第六則），實是任誕，無關簡傲。王徽之亦無心從政，崇隆的門第已令像他兄弟倆這些世家子弟看不起一般官位，甚至對於舅舅郗愔，因郗超的存亡，亦從「躡履問訊」而至於「儀容輕慢」（第十五則）。王氏兄弟的簡傲，可見於其他事例。王徽之進某士大夫家觀竹，竟不拜見主人便要離去，及至主人閉門強留，方留坐（第十六則）。王獻之同樣強闖顧辟彊家，在主人及其賓客前，對花園任意批評，旁若無人，終遭侮辱（第十七則）。子敬與子猷的所為，去其父王羲之之風甚遠。尊重自己，尊重別人，方可行之久遠。

24.1

晉文王功德盛大[1]，坐席嚴敬，擬於王者。唯阮籍在坐，箕踞嘯歌，酣放自若。

注釋

1 晉文王：司馬昭。

譯文

晉文王功勳盛大，恩德深厚，座上客人在他面前都很嚴肅莊重，把他比擬為王。只有阮籍在座上，伸開兩腿坐着，嘯詠歌唱，痛飲放縱，怡然自得。

24.3

鍾士季精有才理[1]，先不識嵇康；鍾要於時賢俊之士，俱往尋康。康方大樹下鍛，向子期為佐鼓排[2]。康揚槌不輟，傍若無人，移時不交一言。鍾起去，康曰：「何所聞而來？何所見而去？」鍾曰：「聞所聞而來，見所見而去。」

注釋

1 鍾士季：鍾會。2 向子期：向秀。

譯文

鍾士季精明有才思，最初不認識嵇康。鍾士季邀請當時賢能傑出之士，一起去探訪嵇康。嵇康正在大樹下打鐵，向子期幫他拉風箱鼓風。嵇康不停地揮動槌子打鐵，旁若無人，過了很久也不與他們說一句話。鍾士季起身離開，嵇康說：「你聽到了甚麼才來的？見到了甚麼才走的？」鍾士季說：「聽到了所聽到的才來，看到了所看到的才走的。」

賞析與點評

聞名，不如見面；相見，又不如不見。

24.6

王平子出為荊州[1]，王太尉及時賢送者傾路[2]。時庭中有大樹，上有鵲巢，平子脫衣巾，徑上樹取鵲子，涼衣拘閡樹枝，便復脫去。得鵲子還，下弄，神色自若，傍若無人。

注釋

1 王平子：王澄。荊州：指荊州刺史。2 王太尉：王衍。傾路：指滿路，比喻全部出動。

譯文

王平子要出任荊州刺史，太尉王衍和當代名流全都來送行。當時院子裏有棵大樹，上面有個喜鵲窩，王平子脫去上衣和頭巾，乾脆爬上樹去掏小喜鵲，汗衫掛住樹枝，就再脫掉。掏到了小鵲，又下樹來繼續玩弄，神態自若，旁若無人。

24.9

謝萬在兄前[1]，欲起，索便器。於時阮思曠在坐[2]，曰：「新出門戶，篤而無禮[3]。」

注釋

1「謝萬」句：謝萬的哥哥是謝奕、謝據、謝安。2 阮思曠：阮裕。3 新出門戶：謝家在晉代為名門望族，只是興起未久，所以阮思曠說是新出的門戶，意含輕蔑。

譯文

謝萬在兄長面前，起身想找便壺。當時阮思曠在座，說：「新興的門第，甚是無禮。」

24.11

王子猷作桓車騎騎兵參軍[1]。桓問曰：「卿何署？」答曰：「不知何署，時見牽馬來，似是馬曹。」桓又問：「官有幾馬？」答曰：「不問馬[2]，何由知其數？」又問：「馬比死多少？」答曰：「未知生，焉知死[3]？」

注釋

1 王子猷：王徽之。桓車騎：桓沖。騎兵參軍：將軍府屬官，掌內外雜畜簿賬收養馬諸事。2 不問馬：《論語・鄉黨》記孔子知道馬棚失火，只問人不問馬。王徽之借此語作答，是表示一向不曾關心過馬。3 未知生，焉知死：語出《論語・先進》，說的是要重視人事，難明死事。王徽之借此語表示活的馬也弄不清楚，怎麼說得清死馬之數呢。

譯文

王子猷做車騎將軍桓沖的騎兵參軍。有一次，桓沖問：「你在哪個部門？」王子猷答：「我也不知道甚麼部門，時常看見牽馬來，好像是馬曹吧。」桓沖又問：「公家有多少馬？」王子猷答：「『不問馬』，怎麼知道馬的數目？」桓沖又問：「馬近來死了多少？」王子猷答：「『未知生，焉知死』？」

24.13

王子猷作桓車騎參軍[1]。桓謂王曰：「卿在府久，比當相料理。」初不答，直高視，以手版拄頰云[2]：「西山朝來，致有爽氣[3]。」

注釋

1 桓車騎：桓沖。2 手版：同「手板」，即「笏」。官吏用以記事之狹長形板。3 西山：指首陽山。商朝末年，伯夷和叔齊為了抗議周武王伐紂，決定不食周粟，最終餓死在首陽山。王徽之是借用伯夷、叔齊的故事以此表示超脱塵世之意。

譯文

王子猷任車騎將軍桓沖的參軍。桓沖對他說：「你到府中已經很久了，近日內應該處理政務了。」王子猷並沒有回答，只是看着遠處，用手板支着腮幫子說：「西山早晨，空氣清爽呀。」

24.15

王子敬兄弟見郗公[1]，躡履問訊[2]，甚修外生禮。及嘉賓死[3]，皆著高屐[4]，儀容輕慢。命坐，皆云：「有事，不暇坐。」既去，郗公慨然曰：「使嘉賓不死，鼠輩敢爾！」

注釋

1 王子敬：即王獻之。2 躡履：穿着鞋子，表示恭敬。3 嘉賓：郗超。4 高屐：裝有高齒的木屐，乃東晉貴族的休閒服飾，若於正式場合穿着，則為失禮。

譯文

王子敬兄弟去見郗愔，都要穿好鞋子去問候，很遵守外甥的禮節。到郗嘉賓死後，去見郗愔時都穿着高底木板鞋，態度輕慢。郗愔叫他們坐，都說：「有事，沒時間坐。」他們走後，郗公感慨地說：「如果嘉賓不死，鼠輩怎敢這樣！」

24.16

王子猷嘗行過吳中[1]，見一士大夫家，極有好竹；主已知子猷當往，乃灑埽施設，在聽事坐相待。王肩輿徑造竹下，諷嘯良久，主已失望，猶冀還當通，遂直

欲出門。主人大不堪，便令左右閉門，不聽出。王更以此賞主人，乃留坐，盡歡而去。

注釋

1 王子猷：王徽之，嗜竹。吳中：吳郡，治今江蘇蘇州。

譯文

王子猷有一次到外地去，經過吳中，知道一個士大夫家有個很好的竹園；竹園主人已經知道王子猷會去，就灑掃佈置一番，在正廳裏坐着等他。王子猷卻坐着轎子一直來到竹林裏，諷誦長嘯了很久，主人已經感到失望，還希望他返回時會派人來通報一下，可他竟然看完就想出門而去。主人特別忍受不了，就叫手下的人去關上大門，不讓他出去。王子猷因此愈加欣賞這位主人，這才留步坐下，賓主盡歡後才走。

24.17

王子敬自會稽經吳，聞顧辟疆有名園[1]，先不識主人，徑往其家。值顧方集賓友酣燕，而王遊歷既畢，指麾好惡，傍若無人。顧勃然不堪曰：「傲主人，非禮也；以貴驕人，非道也。失此二者，不足齒之傖耳[2]。」便驅其左右出門。王獨在輿上，迴轉顧望，左右移時不至，然後令送著門外，怡然不屑。

注釋

1 顧辟彊：吳郡（今屬江蘇）人，官郡功曹、平北參軍。2 傖：粗俗、鄙陋之人。當時南方人對北方人鄙視的稱呼。

譯文

王子敬從會稽經過吳郡，聽說顧辟彊有座名園，他先前並不認識主人，就直接到了主人家。正遇到顧辟彊聚集賓客友人觥籌交錯，而王子敬遊覽了名園後，指指點點地評論這座園林的得失，旁若無人。顧辟彊勃然大怒，忍無可忍道：「傲視主人，是無禮；仗着高貴的身份對人驕橫，是不懂道理。丟掉這兩條原則，是不值一提的粗俗之人罷了。」說完就把王子敬的左右侍從趕出家門。王子敬獨自呆在轎上，四處張望，左右隨從過了很久也不來，然後就叫主人把自己送到門外，可還是一副欣然喜悅的樣子，絲毫也不在意。

排調第二十五

本篇導讀——

排調，亦即嘲戲。古人避忌祖輩名諱，因此這一章中的談話中插入名諱或諧音，你諷我刺，各得其樂。然而，陸玩稱呼北人為「傖鬼」，已非一般的嘲戲，而是涉及以陸氏家族與以王導為代表的南、北兩地文化與政治衝突。同樣的暗鬥，亦可見於諸葛恢與王導關於兩姓之前後排位之爭（第十二則）。王導與周顗原初的親暱乃至於枕膝（第十八則），及後周顗竟因王導之誤會而為王敦所殺。褚季野不只以宮刑者必入「蠶室」調養來嘲孫盛修國史未成（第二十五則），甚至辱及太史公司馬遷，實為大不敬。此中郝隆的「曬書」、「蠻語」，可見其人的狂放，而以「遠志」至「小草」以嘲諷謝安（第三十二則），足見他的無知。至於桓玄、殷仲堪及顧愷之等人閒坐而故作危險語，某參軍竟以「盲人騎瞎馬，夜半臨深池」直諷瞎了一眼的殷氏（第六十一則），可謂雙重危險，語境為其一，而他以身試法則為另一危險。

25.2

晉文帝與二陳共車[1]，過喚鍾會同載，即駛車委去。比出，已遠。既至，因嘲之曰：「與人期行，何以遲遲？望卿遙遙不至[2]。」會答曰：「矯然懿實[3]，何必同群！」帝復問會：「皐繇何如人[4]？」答曰：「上不及堯、舜，下不逮周、孔，亦一時之懿士[5]。」

注釋

1 晉文帝：司馬昭。二陳：陳騫、陳泰。2 遙遙：形容時間長久。魏晉時的風俗，直呼對方父輩或祖父輩的名字是很不恭敬的行為。鍾會的父親名繇，而繇和遙同音，所以晉文帝用「遙遙」來戲弄鍾會。3 矯然：形容高超出眾。懿實：指有美德實才的人。陳騫的父親名陳矯，晉文帝的父親名司馬懿，陳泰的父親名陳群，祖父名陳寔（音實）。這兩句回答表面意義是鍾會自稱其美，不與人同列，解釋當時沒有同載之故；其實利用意義或聲音的雙關，故意犯了陳騫、司馬昭、陳泰的父祖名諱，以此反嘲他們犯己父鍾繇之諱。4 皐繇：舜時的法官。「繇」和鍾會父親的名字相同。5 懿士：有美德的人。這是鍾會犯司馬昭父親司馬懿之諱，但說他乃「美士」，既有反嘲又復有頌揚之意，一箭雙鵰。

譯文

晉文帝司馬昭和陳騫、陳泰一起乘車，當車子經過鍾會家時，招呼鍾會一同乘車，還沒等他出來，就丟下他駕車離開了。等他出來，車子已經走遠了。他趕到以後，司馬昭藉機嘲笑他說：「和別人約定時間一起走，你為甚麼遲遲不出來？大家盼着你，你卻遙遙無期。」鍾會回答說：「懿德、實才矯然出眾的人，為甚麼一定要和大家合群！」司馬昭又問鍾會：「皋繇是怎樣一個人？」鍾會回答說：「比上不如堯、舜，比下不如周公和孔子，但也是當時的懿德之士。」

25.4

嵇、阮、山、劉在竹林酣飲，王戎後往，步兵曰：「俗物已復來敗人意[1]！」王笑曰：「卿輩意，亦復可敗邪？」

注釋　1 俗物：魏晉時名士以脫離世務為清高，常以俗物罵那些和自己不相合的人。

譯文　嵇康、阮籍、山濤、劉伶，在竹林中暢飲，王戎後到，阮籍說：「俗物又來敗壞人的意興！」王戎笑着說：「你們的意興也能敗壞的嗎？」

25.6

孫子荊年少時欲隱[1]，語王武子曰：「當枕石漱流[2]」，誤曰：「漱石枕流。」王曰：「流可枕，石可漱乎？」孫曰：「所以枕流，欲洗其耳[3]；所以漱石，欲礪

其齒。」

注釋 1 孫子荊：孫楚，字子荊。2 王武子：王濟。枕石漱流：比喻隱居山林。枕石，用石做枕。漱流，用流水來漱口。3 洗耳：比喻不願意過問世事。傳說堯想召隱士許由為九州長，許由認為這聽髒了自己的耳朵，就到河裏洗耳。

譯文 孫子荊年輕時想要隱居，告訴王武子說：「就要枕石漱流」，誤說成「漱石枕流」。王武子說：「流水可以枕，石頭可以漱口嗎？」孫子荊說：「枕流水是想要清洗耳朵，漱石頭是想要磨礪牙齒。」

賞析與點評

魏晉人喜歡咬文嚼字，這猶如現在的腦筋急轉彎。

25.12

諸葛令、王丞相共爭姓族先後[1]。王曰：「何不言葛、王，而云王、葛[2]？」令曰：「譬言驢馬，不言馬驢，驢寧勝馬邪！」

注釋　1 諸葛令：諸葛恢，為尚書令，故稱。王丞相：王導。姓族：姓氏家族。2 葛：諸葛氏原為葛氏，後稱諸葛。

譯文　尚書令諸葛恢和丞相王導兩人一起爭論姓氏的先後。王導說：「為甚麼不說葛、王，而說王、葛？」諸葛恢說：「譬如說驢馬，不說馬驢，驢難道勝過馬嗎！」

25.18

王丞相枕周伯仁膝[1]，指其腹曰：「卿此中何所有？」答曰：「此中空洞無物，然容卿輩數百人。」

注釋　1 王丞相：王導。周伯仁：周顗。

譯文　丞相王導把頭枕在周伯仁的腿上，指着他的肚子說：「你這裏面有甚麼東西？」周伯仁答道：「這裏面空蕩蕩的沒有東西，但能容得下幾百個像你這樣的人。」

25.24

桓大司馬乘雪欲獵[1]，先過王、劉諸人許[2]。真長見其裝束單急，問：「老賊欲持此何作[3]？」桓曰：「我若不為此，卿輩亦那得坐談？」

注釋

1 桓大司馬：桓溫。2 王、劉：王指王濛；劉指劉惔。3 老賊：老傢伙，朋友間的戲稱。

譯文

大司馬桓溫趁着下雪要去打獵，先去探望王濛、劉惔等人。劉真長看見他穿着單薄、緊窄的軍裝，問道：「老傢伙穿着這身衣服要做甚麼？」桓溫說：「我如果不穿這種衣服，你們這班人又哪能閒坐清談？」

25.25

褚季野問孫盛[1]：「卿國史何當成[2]？」孫云：「久應竟。在公無暇，故至今日。」褚曰：「古人『述而不作』[3]，何必在蠶室中[4]！」

注釋

1 褚季野：褚裒。孫盛：見《言語第二》第四十九則注1。2 國史：指《晉陽秋》。何當：何時。3「古人」句：『述而不作』，意指傳述而不創作，出自《論語．述而》。4「何必」句：剛受過宮刑的人畏風寒，要居於蠶室中調養。司馬遷因李陵事件而遭受宮刑，忍辱負重，終於完成了《史記》。這句是譏諷孫盛「在公無暇」一語。

譯文

褚季野問孫盛：「你寫的國史甚麼時候完成？」孫盛回答說：「早就應該完成了。由於公務在身沒有閒暇時間，所以拖到今天。」褚季野說：「古人只是『傳述前人之言，而不創作』，你為甚麼一定要在蠶室中才能完成呢！」

25.26

謝公在東山[1]，朝命屢降而不動。後出為桓宣武司馬[2]，將發新亭，朝士咸出瞻送。高靈時為中丞[3]，亦往相祖[4]。先時，多少飲酒，因倚如醉，戲曰：「卿屢違朝旨，高臥東山，諸人每相與言：『安石不肯出，將如蒼生何！』今亦蒼生將如卿何？」謝笑而不答。

注釋

1 謝公：謝安。2 桓宣武：桓溫。3 高靈：高崧，小名阿酃。中丞：御史臺長官，掌管公卿奏事、察舉非法等事。4 祖：餞行的隆重儀式。

譯文

謝安在東山隱居，朝廷多次下令徵召他出仕，都不應命。後來出任桓溫的司馬，將要從新亭出發，朝中官員都到來看望送行。高靈當時任中丞，也前去給他餞行。在這之前，高靈已經多多少少喝了些酒，於是就藉着這點酒像喝醉了一樣，開玩笑說：「你多次違抗朝廷的旨意，在東山高枕無憂地躺着，大家常常一起交談說：『安石不肯出來做官，將要拿老百姓怎麼辦呢！』現在百姓又拿你怎麼辦呢？」謝安笑而不答。

賞析與點評

東山再起，自東晉至今，已成為了成功的代名詞，足見謝安的影響力。

25.27

初，謝安在東山居，布衣，時兄弟已有富貴者[1]，翕集家門，傾動人物。劉夫人戲謂安曰[2]：「大丈夫不當如此乎？」謝乃捉鼻曰[3]：「但恐不免耳。」

注釋

1 兄弟已有富貴者：當時謝安堂兄謝尚、兄謝奕、弟謝萬，均已為高官。2 劉夫人：謝安之妻為劉惔之妹，故稱。3 捉鼻：捏着鼻子。謝安少有鼻疾，語音重濁，所以捉鼻者，欲使其聲輕細以示鄙夷不屑之意。

譯文

當初，謝安在東山隱居時，是一介布衣百姓，那時兄弟中已有富貴起來的了，聚集在家族中，令人傾倒動心。謝安妻子劉夫人對他開玩笑說：「大丈夫不應當這樣嗎？」謝安便捏着鼻子說：「只怕是免不了也要那樣啊。」

謝公始有東山之志[1]，後嚴命屢臻，勢不獲已，始就桓公司馬。於時人有餉桓公藥草，中有「遠志」[2]。公取以問謝：「此藥又名『小草』，何一物而有二稱？」謝未即答。時郝隆在坐[3]，應聲答曰：「此甚易解。處則為遠志[4]，出則為小草。」謝甚有愧色。桓公目謝而笑曰：「郝參軍此通乃不惡，亦極有會。」

注釋

1 謝公：謝安。東山之志：指隱居的志向。2 遠志：草名，其葉名小草。3 郝隆：字佐治，汲郡（今屬河南）人，官至征西將軍。4 處：退隱。此借遠志根埋土中之義，比喻隱居則為遠志，雙關高遠志向之義。

譯文

謝安起初有隱居不仕的志向，後來朝廷屢次徵召他出仕，情勢不得已，才就任桓溫屬下司馬之職。當時有人送藥草給桓溫，其中有一味「遠志」。桓溫拿出來問謝安：「這藥又叫小草，為甚麼一樣東西有兩種稱呼？」謝安沒有立即回答。當時郝隆在座，隨聲回答道：「這很容易解釋。隱處山中叫遠志，出了山就叫小草。」謝安頗有慚愧神色。桓溫看着謝安笑道：「郝參軍如此解釋的確不壞，也極有意味。」

郗司空拜北府[1]，王黃門詣郗門拜[2]，云：「應變將略，非其所長[3]。」驟詠之不已。郗倉謂嘉賓曰[4]：「公今日拜，子猷言語殊不遜，深不可容！」嘉賓曰：「此是陳壽作諸葛評[5]。人以汝家比武侯[6]，復何所言！」

注釋

1 郗司空：郗愔。2 王黃門：王徽之，字子猷，是郗愔的外甥，曾任黃門侍郎，故稱。3「應變將略」句：《三國志・蜀志・諸葛亮傳》陳壽評諸葛亮說：「然連年動眾，未能成功，蓋應變將略，非其所長歟！」4 郗倉：郗融的小名，郗愔第二子。嘉賓：郗超，字嘉賓，是郗倉的哥哥。5 陳壽（二三三——二九七）：字承祚，巴西安漢（今四川南充北）人，仕蜀為令史；入晉，為著作郎，御史治書，著有《三國志》、《益都耆舊傳》等。6 汝家：你，這裏指其父郗愔。武侯：諸葛亮，輔佐劉備建立蜀國，劉備死，劉禪繼位，封為武鄉侯。

譯文

郗愔就任北府長官，黃門侍郎王子猷登門祝賀，說：「隨機應變和用兵謀略兩方面，並不是他的長處。」不停地反覆朗誦着這兩句。郗融對哥哥郗嘉賓說：「父親今天受任，子猷說話非常不謙恭，很不該寬容他！」嘉賓說：「這是陳壽給諸葛亮作的評語，人家把你父親比作諸葛亮，你還說甚麼呢！」

25.55

謝遏夏月嘗仰臥[1]，謝公清晨卒來[2]，不暇著衣，跣出屋外，方躡履問訊。公曰：「汝可謂『前倨而後恭』[3]。」

注釋　1 謝遏：謝玄，小字遏，謝安兄謝奕之子。2 謝公：謝安。3「前倨」句：語出《戰國策．秦策》，意謂先前傲慢而現在謙卑。

譯文　謝玄在夏天的一個夜晚，臉朝上睡着，謝安清晨突然來到，謝玄來不及穿衣服，光着腳跑出屋外，這才穿鞋請安。謝安說：「你可以說是『前倨而後恭』。」

25.56

顧長康作殷荊州佐，請假還東[1]。爾時例不給布帆，顧苦求之，乃得。發。至破冢，遭風大敗[2]。作箋與殷云：「地名破冢，真破冢而出[3]；行人安穩，布帆無恙。」

注釋　1 顧長康：顧愷之。殷荊州：殷仲堪，任荊州刺史，故稱。2 破冢：在今湖北江陵縣東南長江東岸。3 破冢而出：指死裏逃生。冢，墳墓。

譯文　顧長康任荊州刺史殷仲堪的參軍，請假回家。那時按照慣例不供給帆船，顧長康極力懇求殷仲堪借船，才得以起程。到了破冢，遇到大風，布帆完全壞了。顧長康寫信給殷仲堪說：「地名叫破冢，我們真是破冢而出。行人安穩，布帆沒壞。」

25.61

桓南郡與殷荊州語次[1]，因共作了語[2]。顧愷之曰：「火燒平原無遺燎。」桓曰：「白布纏棺豎旒旐[3]。」殷曰：「投魚深淵放飛鳥。」次復作危語[4]。桓曰：「矛頭淅米劍頭炊[5]。」殷曰：「百歲老翁攀枯枝。」顧曰：「井上轆轤臥嬰兒[6]。」殷有一參軍在坐[7]，云：「盲人騎瞎馬，夜半臨深池[8]。」殷曰：「咄咄逼人！」仲堪眇目故也。

注釋

1 桓南郡：桓玄。殷荊州：殷仲堪。2 了語：一種文字遊戲，各人所說之聯句與「了」字同韻，同時應含有終了、結束之意。3 旒旐：指出殯時為棺柩引路的魂幡。4 危語：也是文字遊戲，與「危」字同韻的描寫危險情景的詩句。5 淅米：淘米。炊：燒火做飯。於戰場的生死存亡間送飯。6 轆轤：即滑輪，安裝於井上作汲水用的裝置。轆轤一動，嬰兒即墮井。7 參軍：高級武官的屬僚。8 臨：靠近。盲人、瞎馬、夜半，再靠前一步，即墮深淵。

譯文

桓玄與殷仲堪談話時，一起做起了以「了」字為韻表示終了之意的聯句遊戲。顧愷之說：「火燒平原無遺燎。」桓玄說：「白布纏棺豎旒旐。」殷仲堪說：「投魚深淵放飛鳥。」接着大家又來做以「危」字為韻描寫危險情景的聯句。桓玄說：「矛頭淅米劍頭炊。」殷仲堪說：「百歲老翁攀枯枝。」顧愷之說：「井上轆轤臥嬰兒。」殷仲堪屬下一位參軍在座，說：「盲人騎瞎馬，夜半臨深池。」殷仲堪說：「真是咄咄逼人！」因為殷仲堪瞎了一隻眼的緣故。

輕詆第二十六

本篇導讀——

輕詆，即稍加詆毀。詆毀，就是批評或毀壞他人名聲，而細品此中故事，又未必無因。王眉子輕視叔叔王澄的終日胡言亂語（第一則），事實上王澄正是如此放誕不羈的人。竺法深評庾亮雖是名士，而胸中實城府極深（第三則），可謂一語中的。王導之所以以扇拂塵說「元規塵污人」（第四則），因為他感受到了庾氏在政治上的威脅。

其中涇渭分明的是名門與寒素以及南人與北人之爭。謝安的妻子是大名士劉惔之妹，自以名門自居，鄙視孫綽兄弟的胡言亂語，亦間接貶低了與此等人物來往的謝家（第十七則）；太原王氏家族請孫綽為王濛撰寫祭文，王恭卻斤斤計較，甚為不屑，流露的也就是世家大族的倨傲不遜。推而及之，地域方面則有南人與北人之爭，故而南方人顧愷之不屑作老婢聲的洛生詠（第二十六則）。最為可歎的，一向傲視他人的王獻之兄弟，因說吳語，卻竟為支道林視為「一群白頸烏，但聞喚啞啞聲」（第三十則）。

人的相輕互詆，以至於此，自古至今，千載不易，如此教養，又何以以名士、名門自居！撕破文明的外衣，呈現於世人面前的，亦不外是人間的另一種形式的弱肉強食。

26.1

王太尉問眉子[1]：「汝叔名士[2]，何以不相推重？」眉子曰：「何有名士終日妄語！」

注釋　1 王太尉：王衍。眉子：王玄，王衍子。2 叔：指王澄，王衍之弟。

譯文　王衍問王玄：「你叔父是名士，為甚麼不推重他？」王玄說：「哪有名士整天胡說八道的！」

26.3

深公云[1]：「人謂庾元規名士[2]，胸中柴棘三斗許[3]！」

注釋　1 深公：竺法深，晉高僧。2 庾元規：庾亮，字元規。3 柴棘：枯枝和荊棘，比喻有心計，胸懷不坦蕩。

譯文　竺法深說：「有人評論庾元規是名士，可是他心裏隱藏的荊棘，恐怕有三斗之多！」

26.4

庾公權重，足傾王公[1]。庾在石頭[2]，王在冶城坐[3]。大風揚塵，王以扇拂塵曰：「元規塵污人。」

注釋　1 庾公：庾亮。王公：王導。2 石頭：城名，故址在今南京西。3 冶城：冶城屬於丹陽郡，王導在西晉末年曾任丹陽太守。

譯文　庾元規權勢很大，足以超過王導。庾元規在石頭城，王導在冶城坐鎮。一次，大風揚起了塵土，王導用扇子拂去塵土說：「元規的塵土玷污人。」

26.5

王右軍少時甚澀訥[1]。在大將軍許[2]，王、庾二公後來[3]，右軍便起欲去。大將軍留之，曰：「爾家司空、元規，復可所難[4]！」

注釋　1 澀訥：說話遲鈍不流利。2 大將軍：王敦。3 王、庾：王導、庾亮。4 爾家司空：指王導，官至侍中、司空。王羲之與王導同族而低一輩，故稱「爾家」。

譯文　右軍將軍王羲之少年時很不善於說話。他在大將軍王敦府上，王導和庾亮兩人後到，王羲之便站起來要走。王敦挽留他，說：「是你家的司空，還有元規兩人，又有甚麼為難的呢！」

26.8

王右軍在南，丞相與書[1]，每歎子侄不令，云：「虎㹠、虎犢，還其所如[2]。」

注釋　1 王右軍：王羲之。丞相：王導。2「虎㹠」句：虎㹠是王彭之小名，官至黃門侍郎。虎犢是王彪（三〇五—三七七）之小名，王彭之的三弟，歷康、穆、哀、海西、簡文、孝武諸朝，官至尚書令。兩人均為王彬之子，王導的族人。㹠的原義是豬，犢的原義是小牛。這句指兩人才質低下，正如各自的小名一樣。

譯文　右軍將軍王羲之在南方，丞相王導給他寫信，常常慨歎子侄輩才質平庸，說：「虎㹠、虎犢，正像他們的名字一樣。」

桓公入洛[1]，過淮、泗，踐北境，與諸僚屬登平乘樓，眺矚中原，慨然曰：「遂使神州陸沉；百年丘墟，王夷甫諸人不得不任其責[2]！」袁虎率爾對曰[3]：「運自有廢興，豈必諸人之過？」桓公懍然作色，顧謂四坐曰：「諸君頗聞劉景升不[4]？有大牛重千斤，噉芻豆十倍於常牛，負重致遠，曾不若一羸牸。魏武入荊州[5]，烹以饗士卒，於時莫不稱快。」意以況袁。四坐既駭，袁亦失色。

注釋

1 桓公：桓溫。入洛：指桓溫於永和十二年（三五六）討伐姚襄，戰於伊水，大勝，收復洛陽。2 王夷甫：王衍，字夷甫。3 袁虎：袁宏，小字虎，時為桓溫記室。4 劉景升：劉表（一四二——二〇八），字景升，東漢高平（今屬山東）人，漢獻帝時為荊州牧，佔據荊州近二十年，後病死。5 魏武：曹操。入荊州：漢獻帝建安十三年（二〇八），曹操南征，荊州牧劉表死，其少子劉琮納表投降。

譯文

桓溫進軍洛陽，渡過淮河、泗水，到達北方，他與僚屬登上大船船樓，眺望中原，慨歎道：「最終使中原國土淪喪，百年來成為荒丘廢墟，王夷甫這班人不得不承擔他們的責任！」袁宏輕率地說：「國運自有其衰落與興盛，難道一定是這些人的過錯嗎？」桓溫臉色大變，神色嚴峻，環顧四座說：「諸位聽說過劉表嗎？他有一頭大牛重千斤，吃起草料來比普通的牛多十倍，拉重物走遠路，竟不如一頭瘦弱的母牛。曹操進入荊州，把牠煮了犒賞士兵，當時沒有人不感到痛快的。」桓溫的意思是用這頭牛來比擬袁宏。滿座的人都感到驚懼，袁宏也嚇得變了臉色。

26.17

孫長樂兄弟就謝公宿，言至款雜[1]。劉夫人在壁後聽之，具聞其語。謝公明日還，問昨客何似，劉對曰：「亡兄門，未有如此賓客[2]。」謝深有愧色。

注釋

1 孫長樂兄弟：指孫綽和他的哥哥孫統。2 亡兄：指已逝世的劉惔。

譯文

長樂侯孫綽兄弟到謝安家住宿，言談非常空洞、雜亂。謝安妻子劉夫人在隔壁聆聽，全都聽到了他們的談話。謝安第二天回到內室，問劉夫人昨晚的客人怎麼樣，劉夫人回答說：「亡兄家裏從來沒有過這樣的賓客。」謝安臉露羞愧。

26.19

謝萬壽春敗後還，書與王右軍云：「慚負宿顧。」右軍推書曰：「此禹、湯之戒[1]。」

注釋

1 禹、湯之戒：典出自《左傳・莊公十一年》，說的是上古帝王禹、湯譴責自己，國家就能夠興旺。這裏譏笑謝萬仍然傲慢，沒有真正認識錯誤。

譯文

謝萬在壽春失敗回來後，給右軍將軍王羲之寫信說：「我很慚愧，辜負了你一向對我的關懷照顧。」王羲之推開信說：「這是夏禹、商湯那種警誡自己的話。」

26.20

蔡伯喈睹睞笛椽[1]，孫興公聽妓[2]，振且擺，折。王右軍聞，大嗔曰：「三祖壽樂器[3]，虺瓦弔！孫家兒打折[4]。」

注釋

1 蔡伯喈：蔡邕，字伯喈，東漢人。他避難到江南，住在客舍裏，觀察房上的竹椽子，認為是好竹，就用來做笛子，果然聲音美妙。這支笛子一直流傳下來。2 孫興公：孫綽。聽妓：聽歌女演唱。3 三祖壽樂器：留傳了三代的樂器，即此笛子。4 虺瓦弔：罵人的話。虺瓦指毒物和輕賤之物。

譯文

蔡伯喈看到竹椽子而用來做成的笛子，孫興公在聽伎樂時用來打拍子，揮動折斷了。右軍將軍王羲之聽說，非常生氣地說：「祖上三代保存的樂器，沒有心肝的東西！竟被孫家那小子打斷了。」

謝太傅謂子侄曰：「中郎始是獨有千載[1]。」車騎曰：「中郎衿抱未虛，復那得獨有[2]！」

注釋　1 中郎：撫軍從事中郎謝萬。獨有千載：才識冠絕一時，無與倫比。2 車騎：車騎將軍謝玄。虛：指沒有慾望。

譯文　太傅謝安對子侄們說：「中郎才是才識冠世，獨步千載。」車騎將軍謝玄說：「中郎胸懷不夠開闊，又怎麼能算是獨一無二的！」

人問顧長康：「何以不作洛生詠[1]？」答曰：「何至作老婢聲[2]！」

注釋　1「何至」句：洛生詠的語音低沉粗重，而顧長康是南方無錫人，語音清細，所以輕視洛生詠。2 老婢聲：老婢，罵人用的卑稱。

譯文　有人問顧長康：「為甚麼不模仿洛陽書生讀書的聲音來詠詩呢？」顧長康回答說：「何至於模仿老女僕的聲音！」

26.30

支道林入東，見王子猷兄弟[1]。還，人問：「見諸王何如？」答曰：「見一群白頸烏[2]，但聞喚啞啞聲。」

注釋 1 王子猷兄弟：王徽之兄弟，即王羲之諸子。2 白頸烏：比喻王氏兄弟。舊説謂王氏兄弟多服白領，故作此喻。

譯文 支道林到東邊去，見到王子猷兄弟。回來以後，有人問他：「你見到的王家兄弟怎麼樣？」支道林回答説：「看到一群白頸烏鴉，只聽見啞啞的叫聲。」

26.33

桓南郡每見人不快[1]，輒嗔云：「君得哀家梨[2]，當復不烝食不？」

注釋 1 桓南郡：桓玄。2 哀家梨：傳説漢朝秣陵人哀仲家的梨個大味美，入口即化，時人稱為「哀家梨」。

譯文 桓玄每當看到別人行事愚鈍，就會生氣地説：「您得到哀家梨，該不會拿來蒸了吃吧？」

假譎第二十七

本篇導讀——

假譎，即詭詐，詭計多端，此中翹楚，當以曹操稱冠。有關曹操的這四則故事中，前兩則為驅策他人為己所用（第一、二則），後兩則為殺人以自保（第三、四則），視人如草芥，一至如此。推而及之，整個曹魏政權，罕見仁義，可謂其來有自，難怪國祚不長。

27.1

魏武少時，嘗與袁紹好為遊俠[1]。觀人新婚，因潛入主人園中，夜叫呼云：「有偷兒賊！」青廬中人皆出觀[2]，魏武乃入，抽刃劫新婦，與紹還出，失道，墜枳棘中，紹不能得動。復大叫云：「偷兒在此！」紹遑迫自擲出，遂以俱免。

注釋

1 魏武：曹操。好為遊俠：多謂惹事生非之行為，而非真正的見義勇為、救人於危難的俠義行徑。2 青廬：當時婚俗，以青布搭屋迎娶新婦，舉行婚禮。

譯文

曹操年輕時，曾經和袁紹一起幹些所謂的遊俠行為。看到人家新婚，就偷偷進入主人家園子裏，到了夜裏就大聲喊叫道：「有小偷！」青廬中的人都跑出來看，曹操就乘機進去，拔出刀來劫持了新娘，與袁紹一起跑出來，半道上迷了路，掉進了荊棘叢中，袁紹動彈不了。曹操又大叫道：「小偷在這裏！」袁紹驚慌失措，急得跳了出來，兩個人這才一起逃走。

27.2

魏武行役[1]，失汲道，三軍皆渴，乃令曰：「前有大梅林，饒子，甘酸，可以解渴。」士卒聞之，口皆出水[2]，乘此得及前源。

注釋 1魏武：曹操。2口皆出水：謂士卒想像梅子的甘酸而流涎，成語「望梅止渴」源於此。

譯文 曹操在行軍途中，找不到水源，士卒都口渴難耐，於是他就下令說：「前面有大片梅林，果實很多，又甜又酸，可以解渴。」士卒聽到後，都流出口水來了，由此得以到達前面有水的地方。

27.3

魏武常言：「人欲危己，己輒心動。」因語所親小人曰[1]：「汝懷刃密來我側，我必說『心動』。執汝使行刑，汝但勿言其使，無他，當厚相報。」執者信焉，不以為懼，遂斬之。此人至死不知也。左右以為實，謀逆者挫氣矣。

注釋 1所親小人：近侍僕從。

譯文 曹操曾經說過：「如果有人要害我，我立刻就心跳。」於是授意他身邊的侍從說：「你揣着刀隱蔽地來到我的身邊，我一定說心跳。我叫人逮捕你去執行刑罰，你只要不說出是我指使，沒事兒，到時一定重重賞你。」那個侍從相信了他的話，不覺得害怕，終於被殺了。這個人到死也不醒悟。手下的人認為這是真的，謀反者也因此而喪氣了。

27.4

魏武常云：「我眠中不可妄近，近便斫人，亦不自覺。左右宜深慎此。」後陽眠，所幸一人，竊以被覆之，因便斫殺。自爾每眠，左右莫敢近者。

譯文　曹操經常說：「我睡覺時不可隨便靠近我，靠近我就要殺人，連自己也不知道。侍從們應當特別小心這件事。」後來他假裝睡着了，他所寵倖的一個侍從，偷偷地拿被子蓋在他身上，曹操於是就把他殺了。從此以後每當曹操睡覺時，左右侍從就沒有人敢靠近他了。

27.5

袁紹年少時，曾遣人夜以劍擲魏武，少下，不著。魏武揆之，其後來必高，因帖臥牀上，劍至果高。

譯文　袁紹年輕時候，曾經派人在夜裏投劍刺殺曹操，稍微偏低了一些，沒有刺中。曹操考慮一下，第二次投來的劍一定會高些，於是就緊貼着牀躺着，投來的劍果然高了。

27.6

王大將軍既為逆，頓軍姑孰[1]。晉明帝以英武之才，猶相猜憚，乃著戎服，騎巴賨馬[2]，齎一金馬鞭，陰察軍形勢。未至十餘里，有一客姥居店賣食，帝過愒之，謂姥曰：「王敦舉兵圖逆，猜害忠良，朝廷駭懼，社稷是憂；故劬勞晨夕，用相覘察。恐形跡危露，或致狼狽，追迫之日，姥其匿之！」便與客姥馬鞭而去，行敦營匝而出。軍士覺，曰：「此非常人也！」敦臥心動，曰：「此必黃須鮮卑奴來！」命騎追之，已覺多許里。追士因問向姥：「不見一黃須人騎馬度此邪？」姥曰：「去已久矣，不可復及。」於是騎人息意而反。

注釋　1 王大將軍：王敦。姑孰：今安徽當塗。2 巴賨馬：巴地人進貢之馬。

譯文　大將軍王敦叛亂以後，把軍隊駐紮在姑孰。晉明帝雖有英武之才，對王敦還是猜疑畏懼的，他於是穿上戎裝，騎上巴賨馬，攜帶一條金馬鞭，暗中察看叛軍的形勢。離叛軍駐地十餘里，有一位客居老婦，開設食店，晉明帝經過時在那裏休息，對老婦說：「王敦起兵叛亂，猜忌迫害忠臣，朝廷上下驚懼恐慌，國家的存亡令人擔憂。所以我不辭勞累，出來觀察形勢。我怕形跡洩露，也許會陷入困境；如果有人追趕過來，還望老人家能為我隱瞞形跡！」於是把金馬鞭送給老婦就離開了，在王敦軍營繞了一圈後回來。王敦部下士兵發覺後說：「這不是一般的人！」王敦正躺着睡覺感到心跳，說：「這必定是那個黃鬚的鮮卑奴來了！」命令騎兵去追趕他。可是已經相差很多里路了。追兵於是問那位老婦：「有沒有見過一個黃鬚人騎馬經過此地？」老婦說：「過去很久了，不可能再追上了。」於是騎兵打消了追趕的念頭而折返了。

27.14

謝遏年少時[1]，好著紫羅香囊，垂覆手，太傅患之[2]，而不欲傷其意。乃譎與賭，得即燒之。

注釋　1 謝遏：謝玄，謝安侄。2 太傅：謝安。

譯文　謝玄年輕時，喜歡佩戴紫色錦羅製成的香袋，還垂着手巾之類的飾物，太傅謝安為之憂慮，又不想傷害他的感情。就設計與他賭，賭贏了這些東西就把它燒掉。

黜免第二十八

本篇導讀——

黜免，指罷黜、免去官職。桓溫為肝腸寸斷的母猨而貶黜軍士（第二則），其重心不在桓溫，人禽之別，也只是人類的自我想像而已罷了。梟雄如桓溫，殺人如麻，縱使愛惜小猨，但又何至於為簡文帝一退讓之詔而「手顫流汗」？

殷浩被廢黜，卻至死不悔，仍以為是簡文帝過橋抽板，甚至空中作字，以為自己的被黜是「咄咄怪事」（第三則）。政治殘酷，而世謂風流，處身其中，能真風流者又有多少人呢？謝安隱居東山，攜妓出風塵，雖歷盡宦海的驚濤駭浪，而處變不驚，可謂是真正的風流人物。而此風流，也不外是一種長期的修養而呈現的風姿而已，內心的痛苦，仍是無法揮去，至死方休。有時候，政治人物只是樂於爭權奪位，導致生靈塗炭，完全忘了從政的理想，非常可悲。

28.2

桓公入蜀[1]，至三峽中，部伍中有得猨子者，其母緣岸哀號，行百餘里不去；遂跳上船，至便即絕。破視其腹中，腸皆寸寸斷。公聞之怒，命黜其人。

注釋

1 桓公：桓溫。入蜀：指桓溫於晉穆帝永和二年（三四六）出兵攻蜀。

譯文

桓溫出兵攻蜀，到達三峽中，軍隊中有人捕捉到一隻小猿，母猿沿岸哀哭號叫，跟着走了一百多里路也不肯離去，最後終於跳上船，一上船就立刻氣絕。剖開看牠的腹內，腸子都斷裂成一寸寸了。桓溫聽聞此事後大怒，命令罷免那個捕猿人的職務。

28.3

殷中軍被廢在信安[1]，終日恆書空作字。揚州吏民尋義逐之，竊視，唯作「咄咄怪事」四字而已。

注釋

1 「殷中軍」句：晉穆帝永和九年（三五三），殷浩以中軍將軍受命北伐，結果大敗而回，被桓溫奏請廢為庶人。信安：縣名，故地在今浙江衢州。

譯文

中軍將軍殷浩被免官以後，住在信安縣，一天到晚總是在半空中虛寫字形。揚州的官吏和百姓追念昔日之情義而沿着他的筆順跟着他寫，暗中察看，原來是在寫「咄咄怪事」四個字而已。

28.5

殷中軍廢後，恨簡文曰：「上人著百尺樓上，儋梯將去。」[1]

注釋

1 「殷中軍」句：殷浩兵敗，桓溫上表請罷免他。當時簡文帝以撫軍錄尚書事，輔助朝政，所以奏請廢殷浩。

譯文

中軍將軍殷浩被罷官之後，埋怨簡文帝，說：「把人送到百尺高樓上，卻扛起梯子走了。」

儉嗇第二十九

本篇導讀——

過於節省，是為吝嗇。王戎是此中的表表者，他的吝嗇表現在對侄兒、女兒以至於賣李而鑽去核子，以恐外人得種子（第二、四、五則），可謂挖空心思。此人真是玷污了竹林七賢之名，難怪阮籍早已斥他為「俗物」。王濟素有驚人之舉，對待俗物如和嶠，吃其李且砍其樹並呈送於其面前（第一則），真令人拍案叫好。至於王導雖有輔助建立東晉之功，而他在殺周顗及任甘果爛敗而不送給別人的事上（第七則），可見他的為人。郗超雖非《世說新語》中的主角，但他的出眾，從片言隻字便可見一斑，一下子花掉上千萬之金錢（第九則），以去他父親郗愔的聚斂，可謂一時之人物也，難怪王獻之與王徽之兄弟倆在他面前皆要「躡履問訊」了。（《簡傲第二十四》第十五則）

29.1

和嶠性至儉，家有好李，王武子求之[1]，與不過數十。王武子因其上直，率將少年能食之者，持斧詣園，飽共噉畢，伐之，送一車枝與和公，問曰：「何如君李？」和既得，唯笑而已。

注釋　1 王武子：王濟，和嶠的妻弟。

譯文　和嶠的生性極為吝嗇，家裏有良種李樹，王武子向他要一點李子，只給了不過幾十個。王武子就乘他上朝值班的機會，帶領能吃的少年，拿着斧頭到果園去，飽吃一頓後，又把樹砍了，把一車的樹枝送去給和嶠，問道：「比起你家的李樹怎麼樣？」和嶠看到這些樹枝後，只有苦笑而已。

29.2

王戎儉吝，其從子婚，與一單衣，後更責之。

譯文　王戎很吝嗇，侄兒結婚，他只送一件單衣，過後又要回去了。

29.3

司徒王戎既貴且富，區宅、僮牧、膏田、水碓之屬，洛下無比。契疏鞅掌，每與夫人燭下散籌算計。

譯文　司徒王戎地位既高，又富有，房屋住宅、奴婢僕夫、肥田沃土、舂米水碓之類，洛陽無人能與他相比。契約、賬簿繁多，常與夫人在燭光下攤開籌碼算計家產。

29.4

王戎有好李，賣之，恐人得其種，恆鑽其核。

譯文　王戎有良種李樹，李子賣出去時，怕別人得到良種，總是先在李子核上鑽個洞。

29.5

王戎女適裴頠[1]，貸錢數萬，久而未還。女歸，戎色不悅，女遽還錢，乃釋然。

注釋　1 裴頠（二六七—三〇〇）：字逸民，晉河東聞喜（今屬山西）人，累官侍中、尚書左僕射。後為趙王司馬倫所殺害。

譯文　王戎的女兒嫁給裴頠，曾向王戎借了幾萬錢，很久都沒有還。女兒回到娘家，王戎的臉色就很不高興，女兒趕快把錢還給他，王戎這才有了笑容。

29.7

王丞相儉節[1]，帳下甘果盈溢不散，涉春爛敗。都督白之[2]，公令舍去，敕曰：「慎不可令大郎知[3]！」

注釋　1 王丞相：王導。2 都督：軍事長官，等於侍衞隊長。三國時帳下領兵者稱都督。3 大郎：長子為大郎，這裏指王導長子王悦。

譯文　丞相王導本性節儉，幕府中的美味水果堆得滿滿的，也不分給大家，到了春天就腐爛了，都督稟報王導，王導叫他扔掉，囑咐説：「千萬不要讓大郎知道！」

29.9

郗公大聚斂[1]，有錢數千萬，嘉賓意甚不同[2]。常朝旦問訊，郗家法，子弟不坐，因倚語移時，遂及財貨事。郗公曰：「汝正當欲得吾錢耳！」乃開庫一日，令任意用。郗公始正謂損數百萬許，嘉賓遂一日乞與親友，周旋略盡。郗公聞之，驚

怪不能已已。

注釋 1 郗公：郗愔。2 嘉賓：郗超，郗愔長子。

譯文 郗愔大肆搜刮財物，有錢財幾千萬，郗嘉賓對此很不贊同。曾在早晨問安，郗家的家法規定，子弟在長輩面前不能坐下來，他就站着說了很長時間的話，終於說到了錢財方面的事。郗愔說：「你只不過要得到我的錢罷了！」於是打開庫房一天，讓郗嘉賓任意取用。郗愔開始以為不過損失幾百萬而已。郗嘉賓卻在一天裏把錢送給了親朋好友，幾乎全都送光了。郗愔聽到後，驚詫不已。

汰侈第三十

本篇導讀——

汰侈，指的是過度的奢侈。這一章的主角，首推因鬥富而至今被人津津樂道的王愷與石崇。王、石二人鬥牛、鬥珊瑚，而財富卻並非自己的。王愷因是晉武帝姐夫而得到資助，石崇則是殺人越貨兼作海外生意而暴富，是故前者雖有皇帝支援，卻仍常比不上後者。至於日常的奢靡，則是石崇強人飲酒，不飲則殺婢女（第一則）；客人上石家廁所，則美女羅列，香水淨手，新衣更換（第二則）。其窮奢極侈，可謂創意非凡。王濟的家財，似乎並不遜色於王愷與石崇，人乳餵小豬的美味，晉武帝亦「甚不平」（第三則），以錢圈地作跑馬場（第九則），可見其侈其狂。而此中涉及王敦的敘述，由細節而言他冷血無情甚至於日後必反之說，似乎皆是當時的人醜化失敗者而已。

當時的人重視牛心，王濟不只執意殺了王愷號稱「八百里駮」的巨牛，而只吃一片牛心（第六則），即飄然而去，可謂意氣風發。王羲之少時為周顗座上客而獲贈牛心，因見重於周氏（第十二則），而為世所知，與「汰侈」何關？實應屬「識鑒」。

魏晉的窮奢極侈，從心靈的角度而言，或是有意識的縱慾，以求暢快，即如張翰所言的身後千載名，不如生前一杯酒。

30.1

石崇每要客燕集，常令美人行酒；客飲酒不盡者，使黃門交斬美人。王丞相與大將軍嘗共詣崇[1]，丞相素不能飲，輒自勉強，至於沉醉。每至大將軍，固不飲以觀其變，已斬三人，顏色如故，尚不肯飲。丞相讓之，大將軍曰：「自殺伊家人，何預卿事？」

注釋

1 王丞相：王導。大將軍：王敦。

譯文

石崇每次邀請客人舉行宴會，常叫美人斟酒勸客；凡是客人飲酒不乾杯的，就讓侍從將美人斬殺。丞相王導與大將軍王敦曾經一起去拜訪石崇，王導向來不善飲酒，總是勉強自己喝下去，以至於大醉。每次輪到王敦喝酒時，他堅持不喝以觀察石崇的反應，已經殺了三個人，王敦臉色不變，還是不肯喝酒。王導責備他，王敦說：「他殺他家的人，關你甚麼事？」

30.2

石崇廁，常有十餘婢侍列，皆麗服藻飾，置甲煎粉、沉香汁之屬[1]，無不畢備。又與新衣著令出，客多羞不能如廁。王大將軍往，脫故衣，著新衣，神色傲然。群婢相謂曰：「此客必能作賊。」

注釋

1 甲煎粉：唇膏類化妝品。沉香汁：用沉香木製成的香水。

譯文

石崇家的廁所，經常有十多個婢女列隊侍奉客人，都穿着華麗的衣飾，廁所裏放置了甲煎粉、沉香汁之類的東西，非常齊備。客人上了廁所之後，又給客人穿上新衣服才讓出來，客人們因此大都害羞不去上廁所。大將軍王敦去廁所，脫下舊衣服，穿上新衣服，一副神色傲慢的樣子。婢女們相互議論說：「這個客人一定會造反謀逆。」

30.3

武帝嘗降王武子家[1]，武子供饌，並用琉璃器[2]。婢子百餘人，皆綾羅絝襬，以手擎飲食[3]。烝㹠肥美，異於常味。帝怪而問之，答曰：「以人乳飲㹠。」帝甚不平，食未畢，便去。王、石所未知作[4]。

注釋

1 武帝：晉武帝司馬炎。王武子：王濟，其妻為晉武帝之女常山公主。2 琉璃：一種有色而半透明之礦石，因顏色美觀，硬度強，而被視作貴重材料。3 以手擎飲食：酒食都讓婢女托在手裏，供賓客享用。4 王、石：王愷與石崇，兩人以豪侈奢靡競賽出名。

譯文

晉武帝曾駕臨王濟家，王武子設宴招待，全都用琉璃器皿。婢女一百多人，身上都穿着綾羅綢緞，用手托舉着食物。蒸熟的小豬肥嫩鮮美，與平常吃的味道不同。晉武帝覺得奇怪就問王武子，王武子答道：「這是用人奶飼養的小豬。」晉武帝聽了很反感，沒有吃完就走了。連王愷、石崇都不知道這種烹飪方法。

30.4

王君夫以粭糒澳釜[1]，石季倫用蠟燭作炊[2]。君夫作紫絲布步障碧綾裏四十里[3]，石崇作錦步障五十里以敵之。石以椒為泥泥屋，王以赤石脂泥壁。

注釋

1 王君夫：王愷，字君夫，東海郡郯縣（今山東郯城）人。西晉外戚，晉武帝司馬炎的舅舅。2 石季倫：石崇，字季倫，西晉渤海南皮（今河北南皮縣）人。當時巨富，生活奢靡。3 步障：古代權貴出行，於道旁設置用來遮避風塵或禁止人們窺視的幕布。

譯文

王君夫用麥芽糖和飯來擦鍋，石季倫用蠟燭當柴火燒飯。王君夫用紫絲布做步障，襯上綠縷裏子，長達四十里；石季倫則用錦緞做成長達五十里的步障來和他抗衡。石季倫用花椒和泥來塗牆，王君夫則用赤石脂來塗壁。

30.6

王君夫有牛，名「八百里駮」[1]，常瑩其蹄角。王武子語君夫：「我射不如卿，今指賭卿牛，以千萬對之。」君夫既恃手快，且謂駿物無有殺理，便相然可，令武子先射。武子一起便破的，卻據胡牀，叱左右：「速探牛心來！」須臾，炙至，一臠便去。

注釋

1 八百里駮：駮，指膚色黑白相間之牛；八百里，指可日行八百里。

譯文

王君夫有一頭牛，名叫「八百里駮」，牛蹄、牛角經常磨得晶瑩發亮。有一次，王武子對王君夫說：「我射箭的技術趕不上你，今天想指定你的牛做賭注，和你賭射箭，我押上一千萬錢來抵你這頭牛。」王君夫既仗着自己射箭技術好，又認為如此神駿的牛沒有可能被殺掉，就答應了他，並且讓王武子先射。王武子一箭就射中了靶心，退下來坐在交椅上，吆喝隨從趕快把牛心取來。一會兒，烤牛心送來了，王武子吃了一塊就走了。

30.8

石崇與王愷爭豪，並窮綺麗以飾輿服[1]。武帝，愷之甥也，每助愷。嘗以一珊瑚樹高二尺許賜愷，枝柯扶疏，世罕其比。愷以示崇，崇視訖，以鐵如意擊之，應手而碎。愷既惋惜，又以為疾己之寶，聲色甚厲。崇曰：「不足恨，今還卿。」乃命左右悉取珊瑚樹，有三尺、四尺，條幹絕世，光彩溢目者六七枚，如愷許比者甚眾[2]。愷惘然自失。

注釋

1 綺麗：華美艷麗之物。輿服：車乘與衣冠章服之總稱。2 愷許：王愷住所。比：相當。

譯文

石崇和王愷鬥富，二人都極盡華麗以裝飾車馬。晉武帝是王愷的外甥，常常幫助王愷。他曾經把一株二尺多高的珊瑚樹賜給王愷，此樹枝條繁茂紛披，世上少有。王愷拿給石崇看，石崇看過後，用鐵如意敲打，珊瑚隨手就碎了。王愷既惋惜，又認為石崇忌妒自己的寶貝，所以聲色俱厲。石崇說：「不值得遺憾，現在還給你。」就命左右侍從把家中所有的珊瑚樹都拿出來，有高達三尺、四尺，枝條美麗世上少有，光彩奪目的六七枚，像王愷那種樣子的珊瑚樹就更多了。王愷看了，悵然若失。

30.9

王武子被責[1]，移第北邙下[2]。於時人多地貴，濟好馬射，買地作埒，編錢匝地竟埒。時人號曰「金溝」。

注釋　1 被責：王濟（武子）與堂兄王佑不和，因鞭打王佑府吏而被責罰免官。2 北邙：北邙山，在洛陽東北。

譯文　王武子被責罰貶官，把家搬到了北邙山下。當時人多地貴，王濟喜歡騎馬射箭，就買了地又築起矮牆，把銅錢串連起來繞滿矮牆。當時人稱之為「金溝」。

王右軍少時，在周侯末坐[1]，割牛心噉之，於此改觀。

注釋　1 末坐：離主人最遠的座位。

譯文　右軍將軍王羲之小時候，在武城侯周顗家作客，坐在最末的座位上，吃飯時周顗先切了人們最看重的牛心給他吃。從此人們改變了對王羲之的看法。

忿狷第三十一

本篇導讀——

忿狷指的是忿怒急躁。最為著名的應是王述吃雞蛋（第二則），他的急性子可謂世間罕有，而不可思議之處是他竟可忍謝奕的辱罵（第五則）！另一則故事是說，王述疼愛兒子王坦之，即使王坦之已為人父仍將他抱在腿上坐，而當他一聽王坦之談及桓溫為兒子求婚時，竟大怒，以為不應與兵家子弟結親而即刻將王坦之推到地上。他忍謝奕，亦是忍謝家的門第，他拒絕桓溫的聯婚，亦是門第之見。可謂是可忍孰不可忍，他一清二楚，雞蛋就最不堪忍，刺之、擲之、踩之、咬之，再吐之，這才是他的真性情。

31.1

魏武有一妓[1]，聲最清高，而性情酷惡。欲殺則愛才，欲置則不堪。於是選百人，一時俱教。少時，果有一人聲及之，便殺惡性者。

注釋 1魏武：魏武帝曹操。妓：貴族府中表演歌舞、彈奏音樂之女子。

譯文 曹操有一名歌女，聲音特別清脆高亢，但是脾氣卻特別壞。曹操想殺了她卻又愛惜她的才能，不殺卻又不能忍受。於是便選了一百人一起訓練。不久，果然有一人的歌聲比得上她，於是就殺掉了那位性情惡劣的歌女。

31.2

王藍田性急[1]。嘗食雞子，以筯刺之，不得，便大怒，舉以擲地。雞子於地圓轉未止，仍下地以屐齒蹍之，又不得，瞋甚，復於地取內口中，齧破即吐之。王右軍聞而大笑曰：「使安期有此性[2]，猶當無一豪可論，況藍田邪？」

注釋 1王藍田：王述，襲藍田侯，故稱。2安期：王承，王述之父，字安期。

譯文 藍田侯王述性子急躁。有一次吃雞蛋，他用筷子去戳，沒有戳到，就大為惱火，把雞蛋拿起來扔在地上。雞蛋在地上轉個不停，他就跳下地用木屐的齒來踩踏，又沒有踩踏到，他憤怒之極，又把蛋從地上撿起來放到口中，把雞蛋咬破後立刻吐了出來。王羲之聽說此事後大笑道：「假使王安期有這種脾氣，尚且毫不足取，何況其子王藍田呢？」

31.5

謝無奕性粗強[1]。以事不相得，自往數王藍田，肆言極罵。王正色面壁不敢動。半日，謝去，良久，轉頭問左右小吏曰：「去未？」答云：「已去。」然後復坐。時人歎其性急而能有所容。

注釋

1 謝無奕：謝奕，謝安之長兄。

譯文

謝無奕性情粗暴固執。因為一件事彼此不合，親自前去數落藍田侯王述，肆意攻擊、謾罵。王述表情嚴肅地轉身對着牆，不敢動。過了半天，謝無奕已經走了很久，他才回過頭問身旁的小吏說：「走了沒有？」小官吏回答說：「已經走了。」然後才轉過身又坐回原處。當時的人讚賞他雖然性情急躁，可是能寬容別人。

31.6

王令詣謝公[1]，值習鑿齒已在坐[2]，當與併榻。王徙倚不坐[3]，公引之與對榻。去後，語胡兒曰[4]：「子敬實自清立；但人為爾，多矜咳，殊足損其自然。」

注釋

1 王令：王獻之，字子敬，曾任中書令，故稱。謝公：謝安。2 習鑿齒：字彥威，曾任桓溫的主簿，後出為滎陽太守。3 徙倚：徘徊。王獻之不肯和習鑿齒並榻而坐，是因為自己出身士族，而習鑿齒雖然世為鄉閭豪族，卻是寒門。晉代看重門閥等級，士庶不肯同座。4 胡兒：謝朗的小名，謝安的侄兒。

譯文

中書令王子敬去拜訪謝安，正遇上習鑿齒已經在座，按禮法本應和習鑿齒並排坐；子敬卻來回走動，不肯落座，謝安拉着他坐在習鑿齒的對面。客人走後，謝安對謝朗說：「子敬確實是清高不隨俗，不過人為地保持這樣多的傲慢、固執，特別會損害自己的天然本性。」

31.8

桓南郡小兒時[1]，與諸從兄弟各養鵝共鬥。南郡鵝每不如，甚以為忿。乃夜往鵝欄間，取諸兄弟鵝悉殺之。既曉，家人咸以驚駭，云是變怪，以白車騎[2]。車騎曰：「無所致怪，當是南郡戲耳！」問，果如之。

注釋

1 桓南郡：桓玄。2 車騎：桓沖，桓玄之叔。

譯文

南郡公桓玄小時候與堂兄弟各自養了鵝來鬥。桓玄的鵝常常鬥不過堂兄弟們的，因此非常忿恨。他於是在夜裏到鵝欄裏，把堂兄弟們的鵝抓來全部殺掉。天亮後，家裏人都為之驚異害怕，說是鬼怪變異造成的，便把這事報告車騎將軍桓沖。桓沖說：「沒有怪異，必定是南郡公的惡作劇罷了！」一問，果然如此。

讒險第三十二

本篇導讀——

讒險，指的是或進讒言，或用奸計。第三則記王國寶用陰險手段阻止皇帝召見王珣，以防失寵。第四則記因殷仲堪受王緒讒言之毀謗，求救於王珣，以手段化解，等等。《世說新語》由此轉入落幕，魏、晉風度，漸行漸遠。

孝武甚親敬王國寶、王雅[1]。雅薦王珣於帝，帝欲見之。嘗夜與國寶及雅相對，帝微有酒色，令喚珣；垂至，已聞卒傳聲，國寶自知才出珣下，恐傾奪要寵，因曰：「王珣當今名流，陛下不宜有酒色見之，自可別詔召也。」帝然其言，心以為忠，遂不見珣。

注釋

1 王國寶：王坦之第三子，王忱兄，以從妹為會稽王司馬道子妃而為其心腹。晉孝武帝時任中書令，後任尚書左僕射，善於諂媚，總攬大權。晉安帝時，兗州刺史王恭以討伐王國寶為名起兵，晉室恐懼，殺之。王雅（三三四—四〇〇）：字茂建，任太子少傅。

譯文

晉孝武帝很親近並且尊重王國寶和王雅。王雅向孝武帝推薦王珣，孝武帝想要召見他。有一夜，孝武帝和王國寶、王雅對坐喝酒，孝武帝臉上略帶點酒色，便下令召見王珣。王珣將到，已經聽到了吏卒傳話的聲音，王國寶知道自己的才能在王珣之下，恐怕王珣會爭奪顯職和寵幸，就對孝武帝說：「王珣是當今的名流，陛下不宜帶着酒色召見他，可以下一次再召見。」孝武帝認為他的話說得對，認為是忠心，終於沒有召見王珣。

王緒數讒殷荊州於王國寶[1]，殷甚患之，求術於王東亭[2]。曰：「卿但數詣王緒，往輒屏人，因論他事。如此，則二王之好離矣。」殷從之。國寶見王緒，問曰：「比與仲堪屏人何所道？」緒云：「故是常往來，無他所論。」國寶謂緒於己有隱，果情好日疏，讒言以息。

注釋

1 王緒：字仲業，太原（今屬山西）人，官會稽王從事中郎，後為王恭等所殺。殷荊州：殷仲堪。2 王東亭：王珣。

譯文

王緒屢次在王國寶面前說殷仲堪的壞話，殷仲堪為此很憂慮，向東亭侯王珣請教辦法。王珣說：「你只要經常去拜訪王緒，去了就把其他人支開，接着就談論其他的事。這樣，二王的交情就會疏遠了。」殷仲堪就照着王珣的話做了。王國寶看見王緒，問道：「近來你與仲堪把別人支開講些甚麼？」王緒說：「只不過是日常往來，並沒有議論甚麼？」王國寶認為王緒對自己有所隱瞞，果然兩人的交情日漸疏遠，對殷仲堪的讒言因此也平息了。

尤悔第三十三

本篇導讀——

尤悔，指罪過和悔恨。這一章所記，多涉及政治上的鬥爭，少數是生活上的事情。有的條目側重記述言行上的錯誤、壞事，有的側重於悔恨，有的同時述及錯誤和悔恨。那些牽涉政治鬥爭的條目記載着為了爭權奪位，置對手於死地的事實，可以看出統治階級內部鬥爭的殘酷。第一則記魏文帝為了保住帝位，殘忍殺害親兄弟，這是罪行；第三則記陸機因受誣陷而被殺的時候慨歎：「欲聞華亭鶴唳，可復得乎」，這是悔恨當初進入仕途；第六則因為王導三緘其口，王敦才殺了周顗，事後王導知錯而悔恨。至於簡文帝郊遊不識禾稻（第十五則），則猶如惠帝之問百姓為甚麼不食肉糜，司馬家族的糜爛至此，可見自一開始已是垂死狀態，歷朝罕見。

魏文帝忌弟任城王驍壯[1]，因在卞太后閤共圍棋，並噉棗。文帝以毒置諸棗蒂中，自選可食者，而王弗悟，遂雜進之。既中毒，太后索水救之；帝預敕左右毀瓶罐，太后徒跣趨井[2]，無以汲，須臾遂卒。復欲害東阿[3]，太后曰：「汝已殺我任城，不得復殺我東阿！」

注釋

1 魏文帝：曹丕。任城王：曹彰（?—二二三），字子文，曹操與卞太后所生之第二子，勇冠三軍，性格剛烈。2 徒跣：赤腳，表示倉促不及穿鞋。3 東阿：指曹植，封東阿王，故稱。

譯文

魏文帝曹丕忌妒弟弟任城王曹彰勇猛健壯，便趁着在卞太后內室一起下圍棋、吃棗子的機會，把毒藥放在棗蒂中，自己挑選可以吃的棗子來吃，而曹彰並不知道，就把有毒和沒毒的棗子混雜在一起吃了。曹彰中毒後，太后想找水來救曹彰，曹丕事先命令左右侍從把瓶罐都毀了，太后赤着腳跑到井邊，卻沒有任何汲水的器具。一會兒曹彰就死了。曹丕還想害死東阿王曹植，太后說：「你已經殺了我的任城王，不許再殺我的東阿王了！」

33.3

陸平原河橋敗，為盧志所讒，被誅[1]。臨刑歎曰：「欲聞華亭鶴唳，可復得乎[2]！」

注釋

1 陸平原：即陸機。2 華亭鶴唳：華亭，今上海市松江縣西平原村，是陸機故居。其地出鶴，當地人謂之鶴窠。後來用「華亭鶴唳」表示懷念故土而感慨生平，悔入仕途。

譯文

平原內史陸機在河橋兵敗後，受到盧志的讒害，終於被殺。臨刑時歎息說：「想再聽一聽故鄉的鶴鳴，還可能嗎？」

33.6

王大將軍起事[1]，丞相兄弟詣闕謝[2]。周侯深憂諸王[3]，始入，甚有憂色。丞相呼周侯曰：「百口委卿！」周直過不應。既入，苦相存救。既釋，周大說，飲酒。及出，諸王故在門。周曰：「今年殺諸賊奴，當取金印如斗大繫肘。」後大將軍至石頭，問丞相曰：「周侯可為三公不？」丞相不答。又問：「可為尚書令不？」又不應。因云：「如此，唯當殺之耳。」復默然。逮周侯被害，丞相後知周侯救己，歎曰：「我不殺周侯，周侯由我而死，幽冥中負此人！」

注釋

1 王大將軍：王敦。起事：指王敦於晉元帝永昌元年（三二二）以討劉隗為名，從武昌起兵攻建康事。2 丞相：王導。3 周侯：周顗。深憂諸王：王敦是王導的堂兄。王敦起兵後，劉隗勸晉元帝將王氏全部殺掉，所以周氏深憂王氏一族的安危。

譯文

大將軍王敦起兵作亂，丞相王導兄弟到朝廷請罪。周顗深為王氏諸人擔憂，剛剛進宮時，臉上充滿憂慮的神色。王導呼喊周顗道：「我全家百口人的性命全都託付給你了！」周顗徑直走過去沒有應答。進去後，他竭力保全援救他們。王導等被免罪後，周顗十分高興，喝了酒。等到走出來時，王家人仍然在門口。周顗說：「今年殺了那些逆賊，我要取顆斗大的金印掛在肘後。」王敦打進石頭城後，問王導：「周侯可以擔任三公嗎？」王導不回答。王敦又問：「可以擔任尚書令嗎？」王導還是沒有應答。王敦於是說：「既然如此，只有殺掉他了！」王導又默不作聲。等到周侯被殺害後，王導才知道他救過自己，歎息道：「我沒有殺周侯，但周侯卻因為我才死的；到陰曹地府中我都對不起這個人啊！」

33.14

謝太傅於東船行[1]，小人引船，或遲或速，或停或待。又放船從橫，撞人觸岸，公初不呵譴，人謂公常無嗔喜。曾送兄征西葬還[2]，日暮雨駛，小人皆醉，不可處分。公乃於車中手取車柱撞馭人[3]，聲色甚厲。夫以水性沉柔，入隘奔激，方之人情，固知迫隘之地，無得保其夷粹。

注釋　1 謝太傅：謝安。東：東邊，指會稽。2 征西：指謝奕，謝安兄。3 車柱：停車時支撐車轅的木棍。

譯文　太傅謝安從會稽坐船出行，船夫划船時慢時快，有時停下來有時等待。有時又放任不管，聽憑船隻橫衝直撞，甚至撞到人觸到岸，謝安從不對他們呵斥責怪。人們都説謝安經常喜怒不形於色。他曾經為兄謝奕送葬回來，天黑了雨下得很急，駕車人都喝醉了，無法駕車。謝安就在車中用手拿起車柱撞擊車夫，聲色俱厲。水性是深沉柔和的，流入險要之地，水流就會奔騰激蕩，用來比方人的性情，自然可知處於狹窄之地，就不能保持心平氣和的態度了。

賞析與點評

從容淡定，人生靜好。

33.15

簡文見田稻，不識，問是何草，左右答是稻。簡文還，三日不出，云：「寧有賴其末，而不識其本[1]！」

注釋

1「寧有」句：意指依靠穀米生活而不識其根本。末，指穀穗。本，指禾苗。

譯文

簡文帝看見田裏的稻子，不認識，問是甚麼草，近侍回答是稻子。簡文帝回到宮裏，三天沒有出門，說：「哪裏有依靠它的末梢活命，而不識其根本的呢！」

紕漏第三十四

本篇導讀——

紕漏，指的是差錯疏漏，所記多是在由於言行上的疏忽而造成的差錯。王敦又再一次出醜（第一則），想必是有人刻意醜化叛逆者。而弟子之行止，則突顯謝安的家庭教育確有一套，身教言傳，在他的培養下，謝家竟迅速成為名門，於是才有王、謝家族並稱之格局。

34.1

王敦初尚主[1]，如廁，見漆箱盛乾棗，本以塞鼻，王謂廁上亦下果，食遂至盡。既還，婢擎金澡盤盛水，琉璃盌盛澡豆[2]，因倒著水中而飲之，謂是乾飯。群婢莫不掩口而笑之。

注釋

1 尚主：指娶武帝女舞陽公主為妻。因尊帝王之女，不宜說娶，故謂「尚」。2 澡豆：用豌豆末和香藥製成，以作清潔劑之用。

譯文

王敦剛娶了公主，去上廁所時，看到漆箱中盛着乾棗，這原本是用來塞鼻孔防臭的，王敦以為在廁所內也要放置果品，就把乾棗吃光了。回到屋內，婢女托着金澡盤盛了水，琉璃碗中盛着澡豆，他於是就把澡豆倒進水中喝了下去，還以為是乾飯。婢女們都捂着嘴笑話他。

34.5

謝虎子嘗上屋熏鼠[1]。胡兒既無由知父為此事[2]，聞人道癡人有作此者，戲笑之，時道此非復一過。太傅既了己之不知[3]，因其言次，語胡兒曰：「世人以此謗中郎[4]，亦言我共作此。」胡兒懊熱，一月日閉齋不出。太傅虛託引己之過，以相開悟，可謂德教。

注釋

1 謝虎子：謝據，小字虎子，謝安之次兄。2 胡兒：謝朗，小字胡兒，謝據之子。3 太傅：謝安。己：指謝朗。4 中郎：指謝據，他在兄弟中排名第二，故稱。

譯文

謝據曾經爬上屋頂熏老鼠。謝朗既然無從知道是父親做的這件事，聽人説起有個癡癡呆呆的人做了這樣的事，就加以嘲笑，常常説這件事，還不止一次。謝安明白謝朗並不知道是他父親做的，便趁着他講這件事的機會，對謝朗説：「世上的人用這事來誹謗你父親，還説我也與他共同做了這件事。」謝朗感到十分鬱悶羞愧，關在家裏一個月不出門。謝安假託事情是自己做的，把過錯攬過來，用這個辦法來開導啟發，真可稱得上是德教。

惑溺第三十五

本篇導讀——

溺惑，指的是心志迷亂、陷溺而生偏見。曹操經常將敵人之妻據為己有，屠鄴城後急召甄氏，一聽已為兒子曹丕所佔而說「今年破賊正為奴」（第一則），千辛萬苦，其戰利品卻為兒子所奪，大出其意料。

此中溺於色而為癡人的，莫過於荀奉倩。凍卻自己的身子以傳涼給患熱病的妻子，令人感動；而更令人意外的，竟說「婦德不足稱，當以色為主」（第二則）。若是，則不必傷心，因為天涯何處無芳草？而他竟在妻子死後也撒手人寰，想必是凍死。

35.1

魏甄后惠而有色[1]，先為袁熙妻，甚獲寵。曹公之屠鄴也，令疾召甄，左右白：「五官中郎已將去[2]。」公曰：「今年破賊，正為奴[3]。」

注釋

1 魏甄后：魏文帝曹丕的皇后，姓甄。2 五官中郎：指曹丕。曹丕登位前曾任五官中郎將，主管宮廷保衛。3 奴：指甄氏。「今年」句：曹操想得到甄氏，只因曹丕搶先一步，只好改口這樣說。

譯文

魏甄后既溫柔又漂亮，原先是袁熙的妻子，很受寵愛。曹操攻陷鄴城，屠殺百姓時，下令立即傳見甄氏，侍從稟告說：「五官中郎已經把她帶走了。」曹操說：「今年攻打賊寇，正是為了她這女人。」

35.2

荀奉倩與婦至篤[1]，冬月婦病熱，乃出中庭自取冷，還以身熨之。婦亡，奉倩後少時亦卒，以是獲譏於世。奉倩曰：「婦人德不足稱，當以色為主。」裴令聞之曰[2]：「此乃是興到之事，非盛德言，冀後人未昧此語。」

注釋

1 荀奉倩：荀粲，字奉倩，三國魏潁川潁陰（今河南許昌）人，荀彧幼子。2 裴令：

裴楷。

譯文

荀奉倩與妻子情深意厚，冬天裏妻子生了熱病，他就到庭院裏把自己凍冷，回屋後用身體緊貼妻子。妻子死後，他沒多久也死了，為此他受到了世人的譏諷。荀奉倩曾說：「婦人有德行不值得稱讚，應當以美色為主。」裴楷聽到這話後說：「這是一時興起所說，不是德高望重者當說的話，希望後人不要被這話給蒙蔽了。」

仇隙第三十六

本篇導讀——

仇隙，指的是怨憤嫌隙。孫秀因綠珠而殺石崇，因不受禮遇而殺潘岳（第一則），前者為巨富，後者乃文豪。石崇竟也做過好事，在王愷宅中救出劉琨兄弟。而王敦指使王廙殺害司馬承，禍及下一代的王胡之（第三則），他受後人醜化，也是有一定的根據的。始料不及的是王羲之因輕視以至於辱慢王述，而成仇隙，以至於演化為政治鬥爭。至於司馬道子面對王恭的首級而作冷諷（第七則），則可見政治的獸化人心。

孫秀既恨石崇不與綠珠，又憾潘岳昔遇之不以禮[1]。後秀為中書令，岳省內見之，因喚曰：「孫令，憶疇昔周旋不？」秀曰：「中心藏之，何日忘之[2]！」岳於是始知必不免。後收石崇、歐陽堅石，同日收岳[3]。石先送市，亦不相知。潘後至，石謂潘曰：「安仁，卿亦復爾邪？」潘曰：「可謂『白首同所歸！』。」潘《金谷集》詩云：「投分寄石友，白首同所歸[4]。」乃成其讖。

注釋

1 綠珠：石崇所鍾愛的美妾，善吹笛。孫秀曾派人向石崇索取綠珠，石崇不肯給。孫秀怒，矯詔逮捕石崇。潘岳：字安仁，曾任給事黃門侍郎。孫秀誣陷他和石崇追隨淮南王等作亂，夷三族。2「中心」句：引自《詩經．小雅．隰桑》，這裏指心中存着這件事，哪一天能忘記。3 歐陽堅石：歐陽建（二六五？—三〇〇），字堅石，是石崇的外甥。4「投分」句：大意是，我希望尋找堅貞的知己，友情始終如一，同生共死。投分，志向相合的知交。

譯文

孫秀既怨恨石崇不肯奉送綠珠，又不滿潘岳從前對自己不禮貌。後來孫秀任中書令，潘岳在中書省的官府裏見到他，就招呼他說：「孫令，還記得我們過去交往的情景嗎？」孫秀說：「中心藏之，何日忘之！」潘岳於是才知道免不了禍難。後來孫秀逮捕石崇、歐陽堅石，同一天逮捕潘岳。石崇首先押赴刑場，也不了解潘岳的情況。潘岳後來也押到了，石崇對他說：「安仁，你也這樣嗎？」潘岳說：「可以說是『白首同所歸！』。」潘岳在《金谷集》中的詩寫道：「投分寄石友，白首同所歸。」竟成了他的讖語。

36.3

王大將軍執司馬愍王[1]，夜遣世將載王於車而殺之[2]，當時不盡知也。雖愍王家亦未之皆悉，而無忌兄弟皆稚[3]。王胡之與無忌長甚相暱[4]。胡之嘗共遊，無忌入告母，請為饌。母流涕曰：「王敦昔肆酷汝父，假手世將，吾所以積年不告汝者，王氏門強，汝兄弟尚幼，不欲使此聲著，蓋以避禍耳。」無忌驚號，抽刃而出。胡之去已遠。

注釋

1 王大將軍：王敦。司馬愍王：司馬丞（二六四—三二二），字元敬，《晉書》本傳作司馬承，字敬才。司馬懿侄孫，晉元帝司馬睿族叔。西晉惠帝時官游擊將軍。晉元帝時襲封譙王，任散騎常侍。輔國將軍、領左軍將軍。王敦欲以沈充為湘州刺史，元帝命司馬丞為南中郎將、湘州刺史，以牽制王敦。王敦起兵，請丞為軍司，而丞興諸郡兵聲討，斬王敦姊夫湘東太守鄭澹。戰敗，檻送荊州，敦使荊州刺史王廙中途害之，諡愍王，《晉書》作閔王。2 世將：王廙（二七六——三二二），字世將。王敦從弟，晉元帝姨弟。善屬文，通書畫音樂博弈等技藝。南渡後歷仕司馬、鄱陽內史。王敦貶斥陶侃，以王廙代侃為荊州刺史。大誅侃之將佐，甚失民情。王敦起兵，晉元帝遣廙曉喻，反為敦所留用，加平南將軍。3 無忌：司馬無忌（？——三五〇），字公壽。司馬丞子。晉成帝時累遷屯騎校尉、黃門侍郎。康帝時轉御史中丞，出為長沙相、江夏相，轉南郡、河東太守。隨桓溫伐蜀，以功晉前將軍。4 王胡之：王廙子。

譯文

大將軍王敦抓住了譙王司馬丞，夜間派王世將把司馬丞裝在檻車裏殺了，當時人們並不知道這件事。即使司馬丞家裏的人也並不是都知道的，而司馬丞的兒子無忌兄弟都還年幼。王世將的兒子王胡之與司馬無忌長大後互相親近，王胡之曾與無忌共遊，無忌進屋告訴母親，請備好酒食。母親流着淚說：「王敦從前肆無忌憚地殘害你父親，是假手於王世將的。我多年不告訴你的緣故，是王氏家族強盛，你們兄弟還幼小，不想使此事聲張開來，那是藉以避禍罷了。」司馬無忌吃驚大叫，拔刀而出，但王胡之已遠遠地離去了。

36.7

王孝伯死[1]**，縣其首於大桁**[2]**。司馬太傅命駕出至標所**[3]**，孰視首，曰：「卿何**

故趣欲殺我邪？」

注釋

1 王孝伯死：孝伯，王恭。2 大桁：大浮橋。此指朱雀橋，位於建康城南，正對朱雀門。3 司馬太傅：司馬道子。

譯文

王孝伯死後，朝廷把他的首級懸掛在大橋那裏。太傅司馬道子吩咐駕車前往到懸掛首級的高杆處，仔細看了首級，說：「你何以急於要殺我呢？」

附錄

常見人物索引

（依人名筆畫之次序）

山濤	（二〇五—二八三），字巨源。亦稱山公。 2.78　3.8　7.4　8.8　8.10　8.17　8.21　14.5　18.3　19.11　23.1　25.4
卞壼	（二八一—三二八），字望之。亦稱卞令。 9.24
孔融	（一五三—二〇八），字文舉。 2.3　2.4　2.5
支遁	（三一四—三六六），字道林。也稱支公、林公。 2.63　2.76　3.18　4.25　4.38　4.39　9.67　9.85
王玄	（生卒年未詳），字眉子。 7.12　26.1
王戎	（二三四—三〇五），字濬沖，小字阿戎。 1.16　1.21　2.23　6.4　6.5　8.5　8.10　8.16　14.6　14.11　14.15　17.2　17.4　23.1　23.8　25.4　29.2　29.3　29.5
王含	（？—三二四），字處弘。 7.15
王忱	（？—三九二），字元達，亦稱佛大、王大、王建武、王荊州、阿大。 1.44　7.28　23.51　23.52

王坦之	（三三〇—三七五），字文度，亦稱安北、王中郎、王北中郎。 5.58　6.27　6.29　9.83
王承	（生卒年未詳），字安期，亦稱東海、王東海。 9.20　31.2
王述	（三〇三—三六八），字懷祖，亦稱藍田、宛陵、王藍田。 4.22　5.58　8.62　9.23　9.47　31.2　31.5
王修	（生卒年未詳），字敬仁，亦稱苟子。 8.76
王洽	（三二三—三五八），字敬和，亦稱領軍、車騎、王領軍。 9.83　14.33
王胡之	（生卒年未詳），字修齡，亦稱阿齡、司州、長史、王司州。 5.52　9.47　9.85　14.24　36.3
王衍	（二五六—三一一），字夷甫，亦稱太尉、王太尉。 2.23　4.18　6.8　7.4　8.16　8.21　8.27　8.32　8.37　9.15　9.20　10.8　10.9　14.8　14.15　24.6　26.1　26.11
王恭	（？—三九八），字孝伯。 4.101　9.85　123.51　23.53　36.7
王悦	（生卒年未詳），字長豫，亦稱阿大、大郎。 8.96　29.7

王珣	（三五〇—四〇一），字元琳。 2.102　4.92　4.96　6.39　7.28　8.147　9.83　11.7 17.15　22.3　32.3　32.4
王祥	（一八四—二六八），字休徵，亦稱王太保、太保。 1.14
王彬	（生卒年未詳），字世儒，亦稱江州。 7.15
王敦	（二六六—三二四），字處仲，亦稱阿黑、大將軍、王大將軍。 5.31　5.32　5.33　7.6　7.15　8.51　8.55　8.79 9.12　9.15　9.21　10.12　13.1　13.2　13.3　13.4 13.8　14.15　14.17　26.5　30.1　33.6　34.1　36.3
王渾	（二二三—二九七），字玄沖，亦稱京陵。 8.17
王珉	（三五一—三八八），字季琰，亦稱僧彌、小令、王僧彌。 6.38
王廙	（二七六—三二二），字世將，亦稱平南。 36.3
王導	（二七六—三三九），字茂弘，亦稱丞相、王公、阿龍、司空。 1.27　2.31　2.33　3.15　4.22　6.8　6.13　6.19 8.62　9.20　9.23　9.28　14.15　14.24　16.1　20.8 22.1　23.24　25.12　25.18　26.4　26.5　26.8　29.7 30.1　33.6

王澄	（二六九—三一二），字平子，亦稱阿平。 1.23 5.31 7.12 8.27 8.31 8.45 8.51 8.52 9.15 10.10 14.15 24.6 26.1
王濛	（生卒年未詳），字仲祖，亦稱阿奴、長史、王長史。 3.18 4.22 4.55 5.51 7.17 7.18 8.76 9.47 14.33 17.10 25.24
王羲之	（三〇三—三六一），字逸少，亦稱右軍、王右軍、臨川。 2.62 2.69 2.70 4.36 6.19 6.28 8.55 8.72 8.77 8.80 8.96 9.28 9.47 9.55 9.62 9.75 9.85 14.24 14.30 16.3 18.6 26.5 26.8 26.19 30.12
王徽之	（三三八—三八六），字子猷，亦稱王黃門。 6.36 9.74 9.80 17.16 23.46 23.47 23.49 24.11 24.13 24.16 25.44 26.30
王應	（？—三二四），字安期。 7.15 8.49 9.96
王濟	（生卒年未詳），字武子。 2.24 5.44 8.17 14.14 17.3 20.4 25.4 29.1 30.3 30.6 30.9
王蘊	（生卒年未詳），字叔仁，亦稱阿興、王光祿。 23.35

王獻之	(三四四—三八六),字子敬,亦稱阿敬、王令。 1.39　2.91　5.59　5.62　6.36　6.37　8.146　9.74　9.75　9.80　9.86　9.87　17.15　17.16　24.15　24.17　31.6
司馬道子	(三六四—四〇二),字道子,亦稱太傅、會稽王、司馬太傅、文孝王。 2.101　36.7
司馬炎	(二三六—二九〇),字安世,亦稱晉武帝、世祖、武帝。 2.78　5.10　5.11　7.4　8.17　10.7　13.1　30.3
司馬昭	(二一一—二六五),字子上,亦稱文王、文帝、司馬文王、大將軍、晉文王。 1.15　2.18　4.67　6.2　23.2　24.1　25.2
司馬昱	(三二〇—三七二),字道萬,亦稱簡文、太宗、會稽王、撫軍。 2.56　2.89　7.21　9.31　9.49　33.15
司馬紹	(二九九—三二五),字道畿,亦稱晉明常、明帝。 9.14　9.15　9.17　12.3　20.6
司馬睿	(二七六—三二二),字景文,亦稱元皇帝、元帝、中宗、元皇。 12.3　22.1
司馬曜	(三六二—三九六),字昌明,亦稱孝武、晉武帝。 2.89　6.40　7.28　22.5　32.3

左思	（約二五〇—三〇五），字太沖。 4.68　14.7
石崇	（二四九—三〇〇），字季倫，小名齊奴。 16.3　30.1
向秀	（生卒年未詳）字子期。 2.18　4.17　23.1　24.3
何充	（二九二—三四六），字次道，亦稱何驃騎、何揚州。 3.18　17.9
何晏	（約一九五—二四九），字平叔，亦稱何尚書、阿平。 2.14　4.6　4.7　7.3　9.31　12.2　14.2
阮咸	（生卒年未詳）字仲容。 20.1　23.1　23.10　23.12　23.15
阮籍	（二一〇—二六三），字嗣宗，亦稱阮步兵。 1.15　4.67　17.2　18.1　19.11　23.1　23.2　23.5　23.7　23.8　23.9　23.10　23.11　24.1　25.4
周顗	（二六九—三二二），字伯仁，亦稱周僕射、周侯。 2.31　5.31　5.33　6.21　6.22　7.14　8.56　9.12　9.14　19.18　25.18　30.12　33.6
和嶠	（生卒年未詳），字長輿。 5.11　8.15　29.1
竺法深	（生卒年未詳），亦稱深公。 26.3

桓玄	（三六九—四〇四），字敬道，亦稱桓靈寶、桓南郡、桓公、桓義興。 2.101　2.10　2.106　9.86　9.87　10.25　10.27　12.7　13.13　25.61　31.8
桓伊	（生卒年未詳），字叔夏，亦稱桓子野、桓護軍。 23.42　23.49
桓沖	（三二八—三八四），字幼子，亦稱桓車騎、車騎。 12.7　13.10　24.11　24.13　31.8
桓溫	（三一二—三七三），字元子，亦稱桓公、桓征西、大司馬、桓宣武、桓大司馬、宣武、宣武公、桓荊州。 2.55　2.56　2.58　2.102　4.22　4.87　4.92　4.96　5.58　6.27　6.29　6.39　7.20　8.79　8.105　8.117　9.45　11.6　12.7　13.8　13.10　14.27　14.32　22.3　23.34　25.24　25.26　25.32　26.11
桓彝	（二七六—三二八），字茂倫，亦稱桓廷尉。 16.1
夏侯玄	（生卒年未詳），字太初。 5.6　6.3　7.3　8.8
荀勗	（？—二八九），字公曾，亦稱荀濟北。 20.1　20.2
袁宏	（三二八—三七六），字彥伯，亦稱袁虎、袁開美。 2.83　4.88　4.92　4.96　4.97　26.11

郗愔	（三一三—三八四），字方回，亦稱郗公、司空、郗司空。 11.6 17.12 24.15 25.44 29.9
郗超	（三三六—三七八），字嘉賓。 6.27 6.30 7.22 8.117 9.49 9.62 9.67 11.6 17.12 19.29 22.3 24.15 25.44 29.9
郗鑒	（二六九—三三九），字道徽，亦稱郗太尉、郗太傅、郗公。 1.24 6.19 9.14 9.24
孫盛	（生卒年未詳），字安國，亦稱孫監、監君。 2.49 4.25 4.31 25.25
孫楚	（？—二九三），字子荊。 2.24 17.3 25.6
孫綽	（生卒年未詳），字興公，亦稱孫常樂。 2.84 4.86 6.28 26.17
殷仲堪	（？—三九九），亦稱殷荊州、殷侯。 7.28 21.11 25.61 32.4
殷浩	（三〇三—三五六），字淵源，亦稱阿源、殷揚州、殷中軍、殷侯、揚州。 4.22 4.28 4.31 4.33 7.18 8.80 8.117 9.67 14.24 28.3
郭璞	（二七六—三二四），字景純。 20.6 20.7 20.8

陳紀	（生卒年未詳），字元方。 3.3　5.1　9.3　12.1
陳寔	（一〇四——一八六），字仲弓，亦稱太丘、太丘長。 1.7　3.1　3.2　5.1　10.3　12.1
陶侃	（二五九——三三四），字士行，或作士衡，亦稱陶公。 3.16　4.97　14.23　19.19　19.20
陸玩	（生卒年未詳），字士瑤，亦稱陸太尉。 3.13
陸雲	（二六二——三〇三），字士龍，亦稱清河。 5.18　8.39
陸機	（二六一——三〇三），字士衡，亦稱平原、陸平原。 5.18　8.19　8.39　33.3
庾亮	（二八九——三四〇），字元規，亦稱庾公、文康、太尉、庾太尉、庾文康。 1.31　2.50　4.22　6.13　6.23　8.72　9.15　9.17 14.23　14.24　17.9　26.3　26.4　26.5
庾敳	（二六一——三一一），字子嵩，亦稱中郎、庾中郎。 9.15
張華	（二三二——三〇〇），字茂先，亦稱張公。 2.23　4.68　8.19　24.5
張翰	（生卒年未詳），字季鷹。 7.10　17.7　23.20

曹丕	（一八七—二二六），字子桓，亦稱魏文帝、五官將、五官中郎、五官中郎將。 4.66　17.1　33.1　35.1
曹植	（一九二—二三二），字子建，亦稱臨淄侯、東阿王、東阿。 4.66
曹叡	（二〇五—二三九），字元沖，亦稱魏明帝。 6.5　21.2
曹操	（一五五—二二〇），字孟德，亦稱曹公、魏武、魏太祖、武王、武帝、阿瞞、魏王、魏武帝。 7.1　7.2　11.1　11.2　11.3　12.2　14.1　27.1　27.2　27.3　27.4　27.5　31.1　35.1
許詢	（生卒年未詳），字玄度，亦稱許掾、阿訥。 2.69　4.55　9.55
嵇康	（二二三—二六三），字叔夜，亦稱嵇中散、嵇公、嵇生。 1.16　2.18　4.5　6.2　9.31　14.5　14.11　17.2　18.2　18.3　19.11　23.1　24.3　25.4
嵇紹	（二五三—三〇四），字延祖。 8.29　14.11
楊修	（一七五—二一九），字德祖。 11.1　11.2　11.3
褚裒	（生卒年未詳），字季野，亦稱褚公、褚太傅。 4.25　25.25

溫嶠	（二八八—三二九），字泰真，一作太真。 5.32　11.5　14.23
蔡洪	（生卒年未詳），字叔開，亦稱秀才。 2.22
蔡謨	（生卒年未詳），字道明，亦稱蔡司徒、蔡公。 8.39
裴楷	（二三七—二九一），字叔則，亦稱裴公、裴令公。 8.5　8.8　14.6　21.9　23.11　35.2
裴頠	（二六七—三〇〇），字逸民，亦稱裴僕射、成公、裴令。 2.23　29.5
樂廣	（生卒年未詳），字彥輔，亦稱樂令。 1.23　2.23　4.14　8.23
劉伶	（約二二一—三〇〇），字伯倫。 14.13　23.1　23.3　23.6　25.4
劉惔	（生卒年未詳），字真長，亦稱劉尹。 2.69　3.18　4.33　5.51　5.59　7.18　7.20　8.77　8.146　14.27　17.10.23.40　25.24
衞玠	（二八六—三一二），字叔寶，小字虎。 2.32　4.14　4.18　8.45　8.51　14.14　14.16　14.19　17.6
戴逵	（約三二六—三九六），字安道，亦稱戴公。 7.17　21.6　23.47

謝玄	（三四三—三八八），字幼度，亦稱遏、車騎、謝孝、謝左軍、謝車騎。 2.78　2.92　4.52　6.35　6.38　7.22　7.23　8.146　14.36　25.55　26.23　27.14
謝安	（三二〇—三八五），字安石，亦稱太傅、謝公、文靖、僕射、謝太傅。 1.33　1.36　2.62　2.70　2.71　2.78　2.92　3.23　4.24　4.39　4.52　4.55　4.87　5.18　5.62　6.27　6.28　6.29　6.30　6.35　6.37　7.21　8.76　8.77　8.97　8.146　8.147　9.45　9.55　9.62　9.67　9.74　9.75　9.85　9.87　10.21　10.27　14.36　17.15　21.7　23.40　23.42　25.26　25.27　25.32　25.55　26.23　27.14　31.6　33.14
謝奉	（生卒年未詳），字弘道，亦稱安南。 2.83
謝尚	（三〇八—三五六），字仁祖，亦稱鎮西、謝掾、堅石、謝鎮西。 2.46　4.22　4.28　4.88　5.52　7.18　9.21　14.32
謝奕	（生卒年未詳），字無奕，亦稱征西、晉陵。 1.33　31.5　33.14
謝朗	（生卒年未詳），字長度，亦稱胡兒、謝胡兒、東陽。 2.71　4.39　9.46　31.6
謝琰	（？—四〇〇），字瑗度，亦稱末婢、謝望蔡。 17.15

謝萬	(生卒年未詳)，字萬石，亦稱阿萬、中郎、阿大中郎、謝中郎。 6.31　9.49　7.55　10.21　24.9　26.19　26.23
謝據	(生卒年未詳)，字玄度，亦稱謝虎子。 34.5
謝鯤	(二八〇一三二三)，字幼輿，亦稱豫章、謝豫章。 2.46　8.51　8.97　9.17　10.12　21.12
鍾會	(二二五—二六四)，字士季。 2.11　4.5　8.5　8.8　24.3　25.2
鍾繇	(一五一—二三〇)，字元常，亦稱太傅。 2.11
韓伯	(生卒年未詳)，字康伯，亦稱韓豫章、韓太常。 5.57　7.23.
蘇峻	(？—三二八)，字子高。 5.34　6.23
顧和	(生卒年未詳)，字君孝，亦稱顧司空。 2.33　6.22
顧愷之	(約三四四—四〇五)，字長康。 2.88　4.98　21.7　21.9　21.11　21.12　21.13　25.56　26.26
顧榮	(？—三一二)，字彥先。 1.25　17.7

名句索引

一至三畫

四至五畫

九至十畫

十一畫

十二至十三畫

十四畫及以上

新 視 野
中華經典文庫

新　視　野
中華經典文庫